JN217870
法使いと
中の花嫁

訳あり魔法使いと逃亡中の花嫁

鳴田るな

illustration 藤 未都也

ICHIJINSHA IRIS NEO

CONTENTS

この作品はフィクションです。
実際の人物・団体・事件などには関係ありません。

訳あり魔法使いと逃亡中の花嫁

【プロローグ　始まりの日】

引きこもり魔法使いの朝はのんびりしている。人と会わない日は特に。何せ彼の寝起きはとてつもなく悪い。目が開いて身体(からだ)が動き出してから、頭が意識を取り戻すまでに、かなりのタイムラグを必要とする。

彼は毎朝、無意識の間にむっくりとベッドから抜け出し、洗顔と着替えを済ませる。空腹のまま朝食を探し回っている時に、大体棚に額をぶつけ、頭をさすりながらまだ寝ぼけている。歯を磨きながら鏡で自分の姿を確認し、黒い髪がぴょんぴょん跳ねているのを色々手を尽くして直そうとして、結局どうにもならず諦(あきら)める。諦めきった辺りで、ようやく完全に自分を取り戻す。つつがなく覚醒した後、適当に森を歩いて回り、余った時間は家で過ごし、読書や実験に費やす。

それが彼の日課であり、代わり映えのない退屈な日々こそが彼の愛すべき安息。

――の、はずだった。

発端(ほったん)は寝起きを強引にたたき起こされたことに始まる。

いきなり何の前触れもなくやってきた知り合いの人外は、きちんと覚醒できていない状態の彼に向かって勝手に何事かまくし立てたかと思うと、気がついた時にはいなくなっていた。神出鬼没とはこのことだ。実際大精霊と呼ばれる存在は、人間の到底及ばない力を操ることができるので、神に近しい部分もあるが――何にせよ、優雅な引きこもり生活が台無しである。

（恩義のある相手ではあるが……今度会ったら文句の一つでも言ってやろうか）

朝に弱い彼は寝起きの襲来に激しく憤慨し、その憤りを薬品調合への熱意にすべて注ぎ込んだ。何度かすり鉢の中で小爆発が発生し、もともと癖のある髪の毛がさらに芸術性を増す。が、なんとか肝心の薬本体の方は失敗せずできあがったようなので、満足げに頷いた。そこでふと、彼は首を傾げる。

（そういえばあいつ、一体何しに来たんだ？）

繰り返しになるが、引きこもり魔法使いは朝が弱い。だから、大精霊が寝起きの彼の耳元に何か吹き込んでいったような記憶はあっても、肝心の囁かれた中身の方が思い出せない。

（……まあいい。本当に大事な用事なら、たぶんもう一回やって来るだろう）

彼はそうやって朝の出来事を雑に片付けてしまい、その後かなり長い期間忘れることになった。さらにショッキングな事件が直後に起こったせいで、衝撃が上書きされてしまったのである。

薬品調合を終え、多少機嫌が直った魔法使いは、いつも通り森の巡回に出かけた。

違和感を覚えたのは、歩いて少しした頃だったろうか。どうにも空気が落ち着かないと言うか、辺りがざわついているような気がするのだ。

（妙だ。俺が来てから、悪いものは皆この森からいなくなったはずなのに……この感じは、一体なんだろう。侵入者か？）

彼は迷ってから、鞄の中から紙を取り出し、手早く広げた。特殊なインクで描いた鳥の絵に向かってふっと息を吹きかける。鳥は生命を与えられたかのように紙からするりと抜け出て羽ばたき、淡い燐光を放ちながら飛んでいく。今日会う約束をしている女性に、森の様子がいつもと違うので、念のため待機するように伝言を託したのだ。

まっすぐに目的地を目指して遠ざかる姿を確認してから、目を閉じる。

（さて……どうやら騒動の元が発見できたぞ。さっさと片付く用事だといいのだが）

ため息を吐き、フードを被って杖を出し、もしものことがあってもすぐに迎撃できるような万全の状態で歩き出す。


なんとなく気乗りしないまま向かった先で、魔法使いは予想の斜め上の光景に思わず目を見張ることになった。

勝手知ったる森の中、見知らぬ誰かが——追っている方の姿はぼやけた光のようでくっきりとは見えないが、経験や知識から推測するに、精霊達なのだろうか？

精霊とは、人には見えない存在だ。基本的には人間を害することもないし、放っておいて構わない。

……はずなのだが。

（これは……精霊とは相互不干渉が基本とは言え、さすがに止めに入らなければ。事情はさっぱりわからないが、あれでは精霊に襲われて……いるのか……？　まあ、とにかく、追い立てられている方が可哀想だ。あんなに怯えきって）

気を取り直した彼が近づいていくと、こちらに気がついたのか、精霊達がぱっと散っていく気配がする。その時になって初めて、彼は精霊に追われていた侵入者の正体が、ぼろぼろの薄汚れた豪華な衣装を身にまとう少女だったことを知る。

また、さらに驚いた。

花嫁衣装の見知らぬ少女がここにいる理由とか、その衣装がぼろぼろで裸足に傷を作って痛々しくしている理由とか、少女の髪が何者かに無残に切り取られたかのようにガタガタな線を描いている理由とか——どの部分を見て取っても度肝を抜かれる要素だらけではあったのだが、中でも彼に一番の衝撃を与えたのは、こちらを向いた彼女の目だった。

透き通った琥珀色の、潤んで大きく見開かれた目。

（精霊の——）

はっと息を呑んだ彼の前で、少女の身体がぐらりと揺れ、美しい色がふっと瞼の下に隠される。駆け寄るのとほぼ同時に、花嫁の身体が崩れ落ちた。慌てて駆け寄り、手を伸ばすと、ぎりぎり抱き止めるのに間に合う。

華奢で小柄な身体でも、意識を失った人間の全体重を支えるのはなかなか大変だ。苦労して額に汗を浮かべながら、なんとか踏みとどまる。呆然と少女を見下ろして、青年は完全に硬直し、まもなく心中で絶叫する。

（待ってくれ、そこで気絶しないでくれ！　俺にここからどうしろと言うんだ⁉）

これが、引きこもりで訳ありの魔法使いと、不運続きで逃亡中の花嫁の、最初の出会いであった。

「縁談ですか？　イングリッドではなく、わたしに？」

思わず咄嗟に口に出してしまってから、はっとフローラは口をつぐみ、身を縮こまらせる。しかし珍しく、失態を叱責する言葉は飛んでこなかった。

「そうです。しかもご立派な身なりの方でしたよ。外国のお貴族様らしいですけどね。町で買い物をしている所を見初めた、なんて仰っていましたが」

じろりと叔母に睨みつけられて、少女は身を縮めた。話の内容にも全く心当たりがなく、青ざめる一方である。

「外で何か余計なことをしたんじゃないでしょうね」

「と――とんでもございません、けしてそのような！」

顔色の悪い少女の言い分を、叔母が素直に信じてくれたことはない。ふっと目を細め、釘を刺すかのように小声を漏らす。

「いや、わからない。魔女の娘で、落とし子なんだから、あたくしの見ていない所で男をたぶらかしていてもおかしくはない」

少女――フローラは悪意のある眼差しから目を逸らした。ずきりと胸が痛むが、涙なんて流そうものなら、さらに叔母を激高させることになる。ぐっと唇を噛みしめて堪えた。

フローラ＝ニンフェは十七歳。花を意味する名前とは裏腹に、くすんだ茶髪の頭を筆頭として外見は地味、体つきは薄くて貧相、しかも小柄と来ている。性格は自尊心が低く、内向的で暗い。背筋は弱気を反映して丸まっており、今はつぎはぎだらけのお仕着せに身を包んでいた。唯一、人と違って特徴的なのが琥珀色の目だが、それも前髪を長く伸ばして人には見られないようにしている。実の母親から受け継いだこの目は、叔母が養い子を「落とし子」と呼んで嫌う理由の一つでもあった。

幼い頃、両親を相次いで病で亡くしたフローラは、父方の親戚アルツット家に引き取られた。裕福な庶民の家であったアルツット家は、孤児に衣食住は保障したものの、けして家族の一員として迎えようとまではしなかった。フローラに無関心を貫いている叔父はまだマシと言える。痩せ細った叔母の方は、見た目通り神経質なこともあってか、ことあるごとに姪に冷たく当たってくる。それに従姉妹や使用人達も、フローラに誰一人として親切ではない。

「イングリッドでなく、お前に器量望みねえ……」

そんなことがあり得るのか、信じられない、とでも言いたげな叔母の言葉だったが、フローラも同意見だ。従姉妹のイングリッドは自分より何もかも優れている。

叔父と叔母に溺愛されているアルツット家の一人娘は、フローラより二つ年上の十九歳で、正反対の人間だ。明るい金髪に澄んだ空のような碧眼、透き通った白い肌に女性らしく適度に丸みを帯びたライン、すっと伸びた背筋に、ヒールを履けば男性に見劣りしないほどの高い身長と――美人のお手本のような恵まれた容姿をしている。性格も勝ち気で社交的、フローラよりよっぽど花らしい。彼女の両親は昔から愛娘の虜だ。フローラを疎ましく思う理由の一つは間違いなく、近くにこの優秀過ぎる比較対象が存在していることだろう。

それがまさか、美しく快活なイングリッドではなく、地味でどんくさいフローラの容姿を見て気に入る男がいるだなんて。しかも買い物中ということは、いつも通り叔母やイングリッドに使いっ走りにされていた最中だったはず。子どもと思うほど小柄な娘が、いかにも中古品なお仕着せをまとって、老婆のように背を丸くし歩いていたはずなのだ。悪目立ちということは考えられても、魅力的に感じるなんてことがあり得るのだろうか。

「ともかく、どうしてもお前と一度会いたい、会えるまで通い続けるとまで言われてしまったら仕方ない。直接会えば夢から覚めることもあるでしょう。さて、そうと決まれば問題になってくるのは身支度です。お前用のドレスなんてうちにはありませんからねえ」

「……待ってください。あの、それって――」

「お母さん、お母さん！」

深い息を吐き出して呟く叔母の言葉にフローラが問いかけようとした瞬間、溌剌とした若い娘の声が聞こえてきた。フローラは息を呑み、さらに身体を強張らせる。叔母の方は逆に、階段を下りてきた華やかなブロンドの美人を見ると、強張らせていた表情を一変させた。

「おやまあ、可愛いイングリッドちゃん。どうかしたのですか？」

イングリッドは母親とフローラをゆっくりと見比べてから、他者を魅了する艶やかな微笑みを浮かべてみせた。

「お母さん、お客様に会わせるためにフローラを着替えさせるのよね？　あたしにやらせて！　ねえいいでしょう？」

イングリッドが囀るように言うと、親馬鹿はあっさりと陥落したようだ。

「何をしているの。さっさとお行き！」

ぴしゃりと言い放たれると、もうフローラに否の返事はできない。しゅんとうなだれたまま、イングリッドの後に続く。

「さて、どうしましょうか。あたし、ドレスなんていくらでも持っているんだもの、貸してあげる――ううん、もうあげちゃう。自分の服なんて選び飽きているんだもの、楽しみだわ」

先導する従姉妹は上機嫌な声を上げていたが、フローラが無言で背を丸め続けていると、振り返って顔をしかめる。

「そのどこを見ているかわからない目、やめてって言わなかった？」

「ご――ごめん、なさい」

「何よ。嫌ならはっきりそう言えばいいじゃない。あんたがいつもそんな態度だから、お母さんだってあんたを落とし子なんて呼んだりするのよ」

言うだけ言ってイングリッドはまた背を向けた。フローラはうなだれる。

自分と彼女は何もかも違う。それに叔母の言うことは事実で、フローラを嫌い従姉妹から遠ざけようとする態度は正しい。

(イングリッドは覚えていないのかしら。それとも覚えていて怒っているから、こんな風に言うのかしら……)

とぼとぼと歩きながら昔を思い出すフローラの手は、自然と両目を隠す前髪を弄(いじ)っていた。

この世界には魔法が存在する。ここディーヘンという国で、魔法は庶民にとって一般的ではない。王族や貴族などの特権階級ならば、宮廷魔法使いとやらの恩恵を受けられるらしい。けれど大方の人間にとって、魔法や魔法に属する存在の話は、おとぎ話のようなものであり、さらにその希少性と謎の多さを理由に、恐れられ忌避される存在でもあった。

フローラの母親は、放浪の魔女だった。定住せずあちこちを移動して、細々と行く先々の人々のために魔法を使う、そんな人だったらしい。父は周囲の反対を押し切って家出し、駆け落ちした。叔母が姪を執拗に目の敵にしているのは、その辺りの経緯も関係しているのだろう。

フローラは母から魔法を使う力は受け継がなかったようだが、特別な目を継いだ。母の一族の人間に時折現れる琥珀色の目には、常人には感知できない魔法の世界が生まれつき見えるのだそうだ。自分達にしか見えないその存在を、精霊と母は呼んだ。大概はふわふわ浮かんでいる光の球だが、もっとはっきり形を持って見えるものもあった。形がはっきりしている方は、力のある精霊なのだと母は教えてくれた。

「精霊があなたの目に映っていることは、パパとママ以外には内緒よ。さもないと、皆が怖い目に遭うんだからね」

幼いフローラはいつも「はあい」とのんきに素直な返事をしていた。

「彼らと距離を取るおまじないをかけてあげる。これはあなたと、あなたの周りの人を守るためよ。いずれあなたが大きくなったら、もっと色々な関わり方を教えてあげようと思うけど――もし万が一、ママに何かあったら、髪で目を覆って隠しなさい。それでもう、あなたは魔法がない世界でも生きていけるから」

母は時折厳しかったが、優しい人だったと記憶している。

「かまどの左手さん、井戸のせせらぎさん、屋根の上の風見鶏さん、足下の力持ちさん――」

ふとした折、櫛で娘の髪を梳かしながら、歌のような抑揚をつけ、不思議な言葉を繰り返し唱えていた。

「ママ、それなあに？」

「これはね――」

懐かしくも悲しい記憶が、風のように流れていく。


幸せな時代は短かった。十に満たない頃、両親が立て続けに病死したフローラは、アルツト家に引き取られることになった。叔父は最初から無関心で、叔母は最初から冷たかった。しかしイングリッドの方は、新しくやってきた少し年下の子を、当初歓迎していたようだった。

「あんたトロいんだから、あたしがめんどうを見てあげる」

そう言っては、フローラの手を引っ張って歩き回っていたものだ。実際、フローラはもともとおっとりしている性質で、短気でせっかちな部分もあるイングリッドから見たら、大分のんびりしているように見えたのだろう。おまけに彼女は人見知りする方だった。

だから引き取られて少しの間だけは、フローラはイングリッドに振り回されてはいたものの、逆に言うとそれだけで済む平和な時を過ごしていた。娘に甘い叔母は、イングリッドに頼み込まれると譲歩し、当初はなんだかんだ従姉妹二人が一緒にいることを見逃した。

ところがフローラは、過ちを犯した。イングリッドに精霊が見えることをうっかり教えてしまったのだ。饒舌で社交的なイングリッドに言葉巧みに聞き出されたとも言えるし、当時から常にフローラの数歩先を歩いていた従姉妹に幼い対抗心を抱いたのかもしれない。

「うそじゃないわ、ふわふわして、あそこにも、そこにも、いっぱいいるの。お話だってできるのよ。じゅもんだって知ってるんだから」

「でも、あたしにはなにも見えないもん。それに聞いたこともないわ。作り話でしょ？」

幼い少女達はちょっとした口論になった。その最中、珍しく強情になったフローラに挑戦状を叩きつけるように、イングリッドが家の二階、窓から見える鉢植えを指差して言った。

「じゃあ、ここから今すぐに、あれを動かせたりする？　それならあんたの言う『せいれい』ってやつを信じるわ、うそつきよばわりもやめる！」

そこでフローラは、彼女にしか見えない精霊達に鉢植えを動かすよう頼んだ。

「かまどの左手さん、いどのせせらぎさん、屋根の上の風見どりさん、足下の力持ちさん……あの鉢植えを動かして、わたしがうそつきじゃないって教えて！」

精霊達は確かにフローラの願いを叶えたが、同時に惨事を引き起こした。二階の窓ガラスが割れて、破片が落ちてきたのだ。フローラは精霊達に守られたが、イングリッドの方はそうはいかなかった。手を切った彼女の大泣きに反応した叔母が飛んできて、絶叫した。

「この、恩知らず！　魔女の血を引いている落とし子でも、半分は兄さんの子でもあるからと思って引き取ってやったのに、うちの子を殺す気か！」

フローラはショックだった。何があったのか精霊が見えない人間には説明できないことも、自分の些細な行動が人を傷つけたことも。

幸いにもイングリッドの怪我は軽傷で済み、フローラはアルツト家にいることを許された。けれど、叔母はもう二度と少女達が二人で遊ぶことを許さず、姪の言うことは何一つ信じなくなった。落とし子、と何かにつけて言うようになったのも、この頃からだ。ディーヘンでは、常人とはあまりに違った言動を繰り返す子どものことを、人ならざるものの落とした子という意味で「落とし子」と呼ぶことがある。当然、いい意味ではない。

　イングリッドの方も、叔母に言い聞かされたのかそれとも本人が嫌になったのか、前のように積極的にフローラを誘うことはなくなった。

　母の言っていた意味をようやく体感したフローラは、同時に言いつけを思い出し、前髪を伸ばすようになった。すると確かに、今まで普通に見えていた精霊達の姿が消え、あらぬ場所を指差して他人に気味悪がられることも、不思議なことを起こして誰かに害をなすこともなくなっていった。

　目立たず、騒がず、何事もなく。そのはずだったのに——。

「ええ？　このまま行くの？　さすがにちょっと……わかったわよ、切れとまでは言わないから、せめて上げてみない？」

「い、いや……これだけは、絶対に、駄目！　ここは、変えてはいけないの」

　ドレスを着付けた後、仕上げに髪を整えている所でイングリッドがフローラの前髪に触れようとすると、途端に彼女はそれまで着せ替え人形に甘んじていた態度を変えた。目を隠すほどの髪は、相手に印象が悪いどころか、下手をすると失礼になるとわかっていても、どうしても譲れない。咄嗟に従姉妹の手を振り払ってしまってから、フローラは真っ青になる。

「……ま、いいけど。あんたのお見合いなんだもの、結局はあんたが責任取ることになるんだから」

　イングリッドは驚いたように目を見張り、その後不満そうに口を尖らせたが、幸いなことにそれ以上機嫌を損ねることはなかったらしい。自分の美意識より、フローラにしてはかなり珍しい自己主張の方を尊重したようだ。それでもせめてこのぐらいは、なんて言いながら後ろ髪の一部を取って三つ編みにしつつ、うきうきした声で語りかける。

「ちらっと見たけど、あんたに会いたいって言ってきたお貴族様、背も高いし顔も綺麗だし、なかなかいい男よ。見た目だけなら間違いなく及第点——と言うか、満点で言うことなし。ま、あたしの経験上、あんな風にやたらと見た目のいい男って、大体中身の方が何かしらろくでもないのだけど。……あら、無神経だったかしら。変な先入観ができちゃうからこれ以上言うのはやめるわね。後は会ってからのお楽しみ、自分でなんとかしなさいな。——さあ、できた！」

フローラはひゅっと息を呑んだ。仕上げとばかりに、思いっきり腰の紐を絞られたからだ。着付け監督係が終了を告げると、鏡の中にごてごてと着飾られ、息苦しさに顔から血の気をなくしている少女が取り残される。

（まるで自分じゃ、ないみたい）

イングリッドは横で着せ替えを楽しんでいたこともあってか満足そうだが、フローラは見知らぬ自分の姿にひたすら戸惑っている。

今まで服と言えば、染みが取れなくなったか穴の空いたような古着しか与えられず、自分で裁縫をしてなんとか古着を着続けていたのに、どうしたことだろう。ほとんどおろしたてのドレスに身を包み、ヒールのついたシルエットの美しい婦人靴を与えられ、化粧までしている。どれもこれも、下働きには必要のないものだった。

とはいえ、今フローラが身につけているものは、そのほとんどがイングリッドのお下がりか、買ったはいいが気に入られずにずっと棚の奥にしまわれていたようなものだ。

ドレスの色は赤、ぱっと見は華やかなものの大分襟が詰まっており、この辺りのデザインが趣味と合わなかったのだろう。フローラが着ると丈や胸のかさ等がところどころ合っておらず、おかげでごまかすために詰め物をする羽目になった。

「あんたの足、小さいのねえ。お母さんがあたしの靴を取っておいて助かったわ。でもデザインが……少しドレスと合わないんだけど、買いに行く暇(ひま)もないものね」

イングリッドが靴についてコメントしていると、フローラは居心地悪く身をすくめる。

その横では、うるさいお嬢様にあーだこーだ言われながら実際にフローラを手伝っていた他の使用人達が、一礼して去っていく。

彼らの目は一様に冷たく、降って湧いた縁談を祝福する雰囲気は皆無だ。準備の合間にさりげなく髪を引っ張られたり、小物をぶつけられたりもされた。けれどアルツト家のヒエラルキーの最底辺にあったフローラにとってはいつものこと、むしろあり得ない状況の中で変わらぬ彼らの意地悪に安堵(あんど)の気持ちすら覚えた。

そんな彼女の後ろ向きな雰囲気が伝わったのだろうか、イングリッドが顔をしかめる。

「陰気ねえ。おめかしはできるし、もしかすると将来の旦那様になるかもしれない相手と会うのよ？　どうしてそんなに暗いままなの。ほら、しゃんと姿勢も伸ばして！」

ばしんと背を叩かれて、フローラは慌てて背筋を伸ばす。ちょうどそこで叔父と叔母が迎えに来た。どうやら顔合わせがてら、レストランで一緒に夕食ということになったらしい。苦しい呼吸を我慢して、馬車に乗り込む。

「行ってらっしゃい。健闘を祈るわ。ああそうそう、名前、と言うか苗字を聞いても笑わないようにね」

イングリッドが馬車に乗り込む家族達とフローラを、ひらひら手を振り見送りがてらそんな声をかけてきた。彼女が他に先約があるせいでついてこられないと聞いて、ほっとしたような心細いような、おかしな気分になる。目立つ彼女がいればフローラはまず脇役だが、同時に陰に隠れていられる。それが普段イングリッドがいる場所に急に自分が立たされて、どうすればいいのかわからない。ぴんと来ないし、不安ばかりが募っていく。

レストランには求婚者よりフローラ達の方が先についたようだ。イングリッドがたまにデートに使う場所とは聞いていたが、フローラには今まで全く縁のなかった高級店だ。マナーのなっていない客は店員につまみ出されるという話を思い出し、フローラは一層身を縮ませる。

長く永遠に待ったようでもあり、実は一瞬のようでもあった。ざわめく気配に叔父と叔母が立ち上がって挨拶するので、フローラも慌てて後に続く。待ち人が訪れた。

「ああ、堅苦しくせずとも構わない。余計な前置きは結構」

やってきた男の声は低い。態度は身分の高さとやらを反映してか、高圧的だ。身長も高い。服装は遠目には地味な方だが、見た目だけ華美なその辺のものよりずっと手がかかっている上等なものだ。顔立ちはイングリッドが言っていた通り、整っている方だと思う。ところがその冷ややかな美貌を視界に入れた瞬間、フローラの全身が凍えた。特に、アイスブルーの目に睨まれると、身体がすくんで動けなくなる。

一方、フローラを見つめる男の方は顔に浮かぶ喜色を隠そうともせず、にたりと言う音が聞こえそうな、粘度を持った嫌らしい微笑みを浮かべてみせた。

「初めまして、花嫁殿。我輩はジャン＝ピエール＝ド＝ディアーブル。隣国の伯爵で、君の夫になる男だ」

　長身の彼が小柄なフローラに向き合うと、自然と見下すような姿勢になる。フローラは思わず胸元を押さえた。着慣れないごてごての服越しにも、心臓が激しく脈打つのが伝わってくる。髪が伸びていて幸いだった、白を通り越して紫色になっているだろう酷い顔を見せずに済む。

（なに……？　一体、なんなの……？）

　とても恐ろしい。けれど、自分が一体何に怯えているのかはわからない。ただただこの男と離れたい。しかもディアーブル――今は思い出せないが、嫌な感じがする響きだ。イングリッドが事前に忠告していたことも頭の片隅に残っているし、良い印象は抱けない。

　しかし、動けず突っ立っている間に状況は悪化した。男がフローラの手をいきなり不躾につかみ、強く自分の方に引いたのだ。

「では行こう。こんな所で茶番をしている時間が惜しい。すぐにでも儀式を始めようではないか」

　フローラは一瞬なすがままに連れて行かれそうになるが、警鐘のようにもう一度強く心臓が鼓動すると、我に返り、慌てて口を開く。

「あ、あの！　行くってその、どちらに……!?」

「我輩達の式場に決まっているだろう」

　息苦しさや気分の悪さも相まって、卒倒するなら今だろう。しかしそんな場合ではない、なんとか堪えた。

ディアーブル伯爵の見た目は洗練された美しい貴族そのものだ。それなのにこの感じの悪さは――漠然とした心地の悪さは、なんだろう？　つかまれた手すら、全力で拒絶反応を示すように汗を掻いている。絶対に、このまま言いなりになってはいけない、それはもう本能でわかっているのに。

「きょっ――今日は、その、お会いするだけって――」

「時は金なり、善は急げだ」

「でも、その、こちらにも準備が、色々と」

「着の身着のまま来たまえ、何も不自由はさせせない」

「旦那様、奥様……！」

男は彼女のささやかな抵抗などものともせず、ぐいぐいフローラを引っ張っていく。立ち上がらされた拍子に、テーブル上の物が音を立てて床に落ちた。アルツト家だって、庶民とは言え裕福で、それなりの名も格もある家なのだ。いくら貴族相手だろうが、ここまで常識外れで強引なことをされて叔父と叔母が何も言わないはずがない。――ところが。

「ではここでお別れだ。幸せにおなり、フローラ」

「何も心配することはありませんよ。伯爵様が全部、ご用意してくださいますからね」

わずかな希望、助けを求めるように振り返った先にあったのは、奇妙な笑顔をこちらに向け、何の抵抗もなくフローラを送り出そうとする二人の姿だった。二人ともフローラに無関心、あるいは積極的に厄介払いをしたがっているのだとしても、この態度は明らかにおかしい。

それだけではない。客が食事もせずに立ち上がり、しかも揉め事の気配を漂わせているのに、誰もやって来ない。引きずられていくフローラの目の端に、叔父や叔母と全く同じ表情で二人を見送る店員達の姿が映り込む。よく見れば彼らの目は笑っておらず、口角だけが不自然につり上がっている。

さすがの内気で弱気なフローラも、この異常事態において黙ったままではいられなかった。

「あの……あの！　待ってください、やっぱり急すぎます！　それに、なんだか変です、皆、様子がおかしいの。待ってください――！」

ありったけの勇気を振り絞り、声を張り上げてみた所で、男の気配が変わった。くるりと振り返り、フローラに向かって視線を下ろす。無表情にじっと面と向かって見下ろされると、フローラは恐ろしくなって震え上がった。

「気が弱そうで、もっと簡単に御せると思ったのに、随分激しく抵抗するじゃないか。やはり落とし子は一味違うと言うことかな」

フローラの心がこの辺りで限界を迎えた。一生懸命働こうとしていた思考能力がすべて奪われ、蛇に睨まれたカエルのように、なすすべもなく凍り付く。男はフローラが騒がなくなったことに気をよくしたのか、くっと口の端をつり上げ、彼女の顔に手袋をしたままの手をかざした。

「眠りたまえ。次に起きた時にでも説明してやろう。……もっとも、意識を取り戻せたらの話だがな？」

視界を覆われると、激しい頭痛に襲われた。

自分が悲鳴を上げたような気がしたのを最後に、彼女の意識は闇の中に吸い込まれていった。

【――起きて。ねえ、起きてよ】

瞼が、体中が重くて、フローラは耳に入ってきた微かな囁き声を無視しようとする。

【だめだめ、ここで眠っちゃ。我慢して】

くすぐったくて身をよじるフローラに、なおも声は優しく語る。

【ぼくはいつだってきみの選択を尊重するけどさ。そのためにはまず、きみが自分で選ばないといけないんだ。さあ、可愛いシュヴェスター。——ほら、目を開けて】

妹？　わたしにお兄様なんていないのに。

疑問が彼女をゆるやかな覚醒に誘った。

「う……」

うめき声を上げて身を起こそうとすると、硬い感触に全身が軋む。

最初に自覚したのは気持ち悪さだ。ひどく寝覚めが悪い。口元に手をやってうつむくが、なんとかそのままとどまる。せり上がってきそうな感覚は、堪えていると、徐々に下がって落ち着いていった。口を開けて深く息を吸い込もうとすると、喉の奥に異物感を——苦みのようなものを、感じる。それがおそらく、気持ち悪さの最たる原因だった。

次に感じたのは寒さだ。ガチガチと耳障りに鳴る音が、自分の歯の当たる音だと気がつく。けして薄着をしていた訳でもないはずなのだが……。

(なんだろう……何か、夢を見ていたような気が……？)

ぼやける視界が瞬きごとに戻ってくると、辺り一面が白かった。それが自分を覆う薄いヴェールなのだと気がつくのには、多少時間がかかる。なんとなく見下ろした先に異常を発見した所で、一気に緩慢だった思考がはっきりした。

フローラは赤いドレスを身にまとっていたはずだ。それが見覚えのない、立派な白いドレスに替わっていた。靴も履いたことのない、固く冷たい感触をしている。透明だが、まさかガラス製なのだろうか？

（一体、何が……）

倒れていた床から起き上がろうとして、慣れない不安定な高いヒールの感触にバランスを取れず、ひっくり返りそうになる。おまけにヴェールも邪魔だ。このままではろくに視界も確保できないので、もたつきながらもなんとかめくり上げて頭の後ろに流す。

見たことがないのは服だけではなく、場所もだった。殺風景な小部屋の中には、ふわり、ふわりと不思議な光が漂っており、木製の椅子と机だけ置いてある。椅子を支えに使って慎重に立ち上がり、フローラは室内を見回した。

蝋燭（ろうそく）が一つだけ灯（とも）してあって、心もとない光源となっている。扉は一つ。その向かい側には窓が一つ。外は暗くて何も見えない。窓に鉄格子が嵌（は）まっていることまで気がつくと、気分までもが暗くなっていく。

試しにゆっくりと歩いていってドアノブを回してみようとするが、開かない。目眩（めまい）を抑えるように手を頭に当て、漠然と、けれどはっきりと理解した。

ここは、フローラを閉じ込める牢獄（ろうごく）だ。おそらくあのディアーブルとか言う男に、気絶させられて連れてこられたのだろう。

フローラを花嫁に迎える、と言っていただろうか。状況も相まって、身体が冷えていく。怪しげな空気を身にまとい、危険な力を操る――たぶんあの男は、魔法使いなのだ。他の人間よりは魔法に縁のあるフローラだが、自ら魔法との縁を切ることを決意した身である上、こんな悪意まみれの魔法に触れるのは初めてだ。ただただおぞましく不快で、恐ろしい。

――あちらの世界とは、もう関わらないと決めたはずなのに。

そこではたとフローラは動きを止める。なぜ、自分はこんなにはっきりと物が見えているのだろう？　どうして、ふわふわと漂う見覚えのある光が――けれどもう、髪の毛越しに見えなくしていたはずの存在達が、視界に映り込んでいるのだろう？

（だって、あんなにいつも、自分からも周りからも見えないように、伸ばして。もう二度と、怖い思いをしないように、怖い思いをさせないようにって――）

おそるおそる指で目の前をなぞれば、そこにかつて確かにあったはずの、彼女と外界を隔てる茶色のカーテンの感触がない。震える目が机上(きじょう)の燭台(しょくだい)に移る。そこにはざくざくと無造作にハサミでぶつ切りにされたのであろう無残な髪と、呆然(ぼうぜん)と自分を見つめる琥珀色の瞳が二つ、はっきりと映し出されていた。

抗(あらが)いがたい現実がすとんと自分の中に落ちると同時に、フローラは絶叫した。

ここだけは、誰にも触れない、触れさせない場所だったのに。

フローラのお守り。母の言いつけを守れなかった自分への戒(いまし)めであると同時に、自分も他人も守ってくれていたもの。それが、こんなにもあっさりと踏みにじられ、散らされた。何も知らない、見知らぬ冷たい男の手によって。

叫び、わめき、転び、身体を打ち付ける。机の上の蝋燭が反動で倒れ、ふっと光がかき消える。火事にならなかったのは幸いと言えるが、訪れた暗闇はますますフローラの感情をあおり立てる。

我慢に我慢を重ねた末、とうとう沸点を超えて訪れた恐慌は、生来内向的な彼女にとてつもない行動力を与えた。しかし何度扉のドアノブを回そうと、窓の鉄格子を揺らそうと、所詮少女の身ではびくともしない。大騒ぎしても、誰も駆けつけてくる様子はない。バランスを崩して倒れ込んでなお、一番近くの壁まで這っていって、がりがりと爪が傷つくのも構わず引っかいた。

「出して！　お願い、ここから出して!!　家に帰して！　誰か助けて！　誰か――誰、かっ……」

子どものように泣きじゃくり、意味のある言葉、ない言葉、様々口にする。それでも何一つ状況は変わらない。静かな闇が頭上に降り注ぐだけだった。一通り暴れた後、フローラは力なく座り込み、うなだれる。

(ばかみたい。誰か助けて？　誰が助けてくれるって言うの？　誰にも必要とされていないのに？)

嗚咽が一周回って笑いに変わる。やがて、疲れたため息に。

(いらない子、駄目な子、いなくなっても困らない。いつもそう、何をやっても逆効果――)

じくりと鈍い痛みが指先に走る。抱え込むと、爪が割れていた。ぽたぽたと血が滴って、純白の上に赤い染みを作っていく。

(疲れた。そうよ、髪が切られたぐらい、なんだって言うの。わたしがどうなったって、何だって言うの。騒いだところで、わたしに何が、できるって言うの……)

徒労感に満ちて瞼を閉じる。疲れが諦念を呼び込んで、無気力に変わる。

――その寸前。

誰かが、彼女の頬を優しく撫でて通り過ぎていく。

【大丈夫、シュヴェスター。恐れなくていい。今のきみだからできることがあるはず。――さあ、思

い出して】

懐かしい声が、耳の奥から身体の内部にしみ通っていく。

琥珀色の目が見開かれた。燭台の中で、自分が見つめ返している。その目からは、まだ光が失われていない。

(わたしに、できること――)

今のフローラの精神状態は尋常ではなかった。極度の緊張と疲労、ストレスに晒された結果、恐慌を越え、暴走状態にあると言って過言でない。普通でないがゆえに、きっかけが与えられると、いつもと全く違う方向に向かって思考が進み出す。

(そうだ。ここにはもう、誰もいない。一人、独り。……もう、守ってくれるものもないのなら……自分で、なんとかするしか――ない)

心臓が鼓動を上げる度に、傷ついた両手がじくじく痛む。奇妙な高揚感で頭が熱く、ぼーっとしたような感じがするのに、思考回路だけは妙に冴え渡っていた。

(なんとかする……なんとかなる? 逃げなくちゃ。ここにいては駄目。大人しく、あの男を待つなんて、馬鹿げている。知らない間に、わたしの大事な前髪を勝手に切った人になんか……このまま従いたくない！)

ふつふつと身体の内側から不思議な熱がこみ上げてきていた。暴かれたフローラの欲求は、彼女が普段抑えに抑えている願望を自覚させ、行動を起こさせようとする。

壁にもたれかかったまま、静かに考え事を続けていたフローラだったが、びくりと身を起こした。最初は錯覚かと思ったが、どうやら不幸にも現実のことらしい。遠くからではあるが、足音が近づいてくるのが聞こえる。暴れ過ぎたせいか？　少し前の自分が悔やまれるが、過ぎたことにこだわっていても仕方ない。落ち込んでいた時や、普段のフローラならここで大人しく縮こまってただ扉が開くのを待つだけの人形になってしまっていただろうが、今の彼女は一味違う。

（考えて、考えるの！　この状況を、ここから逃げる方法を――何か、わたしが、できること）

その時、また誰かがそっと囁きかけたように、フローラの耳にまたとある音が、記憶が蘇る。

――梳かれる髪。歌う母。何度も繰り返される言葉。

（ママ、それなあに？）

（これはね、おまじないよ。こうすると、精霊がやってきて、お願い事を叶えてくれるのよ）

――割れる鉢植え、子どもの泣く声。

そう、どうすれば願いが叶うかなんて、もう知っている。

足音はもう、かなりはっきり聞こえる。一刻の猶予もない。

（一か八か。どうせ失敗したって、何も変わらないだけ。……それなら、わたしは！）

両手を胸に、ごくごく小さな声で、早口で、震える唇を動かす。

「かまどの左手さん、井戸のせせらぎさん、屋根の上の風見鶏さん、足下の力持ちさん――」

ああ、口上はこれで合っていただろうか？　音はこれで正しかっただろうか？　唱えている間にもう、音が部屋の前で止まり、鍵が無情に回る。

動くドアノブを、両目を見開いて見つめながら、彼女は最後に思い切って唱え終えた。

「お願い、どうかわたしを助けて――わたしを安全な場所に連れて行って！」

扉が開く。ちょうどその時、すべてが止まる。

……誰かが彼女の後ろで、ふっと安堵の微笑を零した。

次の瞬間、突風とまばゆい光と共に、ぶわりと白色が辺りすべてを包み込んでしまった。


彼女がはっと気がついた時には、すべてが終わっていた。

見知らぬ部屋も、アイスブルーの目を持つ冷酷な男の姿も、どこにもなく――替わりにただただひたすら、周囲に鬱蒼と木々の茂る森が、どこまでもどこまでも、果てしなく広がっている。何度目をこすってみても、突然変化した景色が変わる訳でもない。

「ここ、どこ……？」

ほとんど無意識に力なく呟くが、返ってくるのは木々が風に揺れる音だけだ。

しばらくへたりこんだままでいると、やがて暗いだけの森の中の様子が徐々に見えてくるようになった。

見上げた先、ざわめいて鳴る木々の枝葉の向こうに、ほんのり一面の暗闇が薄くなりかけている空が見える。どうやら夜がゆっくりと明けかけてきているらしい。そういえば、時間がわからない。もともと叔父叔母と出かけた時は、夕方辺りだったはず。その後、意識を奪われて閉じ込められた部屋から見た外は暗く、すっかり夜も更けていたように思える。となると、自分は夜一杯眠らされていて、明け方より少し前に起き出し、そして今逃げ出した先で、また新しい朝を迎えている、という所なのだろうか？　いや、そもそも飛ばされた先のこの場所が、フローラの常識が通じる現実世界なのかも怪しい。

……たぶん、きっと、おそらく。フローラは精霊に助けられた。邪悪な魔法使いから逃げるために、二度とするまいと思っていた精霊へのお願い事をして、叶えられたのだ。

　自分のしでかしたことをはっきりと自覚すると、すうっと身体が冷えていく。あの恐ろしい日以来、二度と手を取るまいと誓っていた存在だったはずなのに。切り取られた髪と異常な状況は普段とは違う行動力を与えた。

　しかし、危機状況から抜け出してみると——今の状況もけして安全とは言い切れないが、少なくともディアーブルに関わることで発生していた頭痛等の体調不良は大分マシになっていた——恐怖がじわじわと染みてくる。

　どれほど身を縮こまらせてみても、彼女は一人のまま、森は森のまま、何も変わらない。強いて言うなら、日が昇っているのだろう、辺りがどんどん明るくなって、より見やすくなってきている。

　何もしないで突っ立っているのが、ひどく無意味なことのように思えてきた。いい加減、座り込んでくよくよしているだけでなく、辺りの様子をもっと探るべく立ち上がろうとしてみる。すると、慣れない靴でよろめきかけてしまった。少し迷ってから、思い切って二つとも脱いでしまい、両手に持つことにする。おそるおそる木の葉の散らばる地面の上に立ってみるが、痛みのあまり歩けないということはなさそうだ。

　足に傷がつかないように探り探り、注意しつつゆっくり歩き出してみる。時折下の地面の様子を見ながらなら、靴がなくても歩行は可能そうだった。落ち着くために深呼吸してから、もう一度ぐるりと辺りを見回してみる。

（そういえば、光に包まれる直前、誰かが側にいたような気がしたのだけど……？）

靴を自分がいた最初の場所に置いて目印にしてから、軽く辺りを歩き回る。特に誰かの気配もなければ、フローラが歩くことに反応して何かが出てくる様子もない。囁きかけてきた声について思い出してみようとするが、どうにもふわふわとしてつかみ所がなく、そのうちにだんだん曖昧な記憶になってしまう。

(どうしよう。周りにも、誰もいないみたいだけど)

一難去ってまた一難だ。危険な魔法使いから逃れることができたらしいとして、突然見知らぬ森の中に一人きりで放り出されて、この後一体どうすればいいのだろう？　途方に暮れてしまう。

フローラは幼い頃、母と父に連れられてあちこちを転々としていた。両親が病死してからは、アルツト家がある町で暮らしていた。森に慣れているとは言えない。

まずは人——ないし、話のできる存在を探すべきだろうか？　だが、今がたまたま安全なだけで、実は魔獣の巣のど真ん中だった……とかいうことなら、音を立て過ぎてこちらの存在や位置の手がかりを与えてしまうのはよくないことに思える。逆に、大きな音を立てることで自分の存在をアピールし、獣や魔獣と鉢合わせないようにするという話も、聞いたことがあるが……。

(しっかりするのよ、わたし！　何もしなければ何も変わらないのは、今までのこと。わたしはもう、変わることを選んだはずでしょう。なら、これからも、怯えてばかりではいけないわ)

また、ぐるぐると停滞しそうになった思考回路を振り切るように、両頬を叩いてみる。

(今の所、安全は確保されている……と、言っていいのかしら。もし有害な生き物がこの森にいなかったとしても……水よ、そう。何をするにも、まずは水の確保が必要だわ)

フローラは自分を落ち着かせるように意識してゆっくり深呼吸を繰り返しながら、考える。

（水場……理想は、川かしら。水質がわからなくても、下っていけば森を抜けたり、人里にたどり着けたりするかもしれないもの。それに、静かに待っているだけでも、生き物がやってくる可能性は高いと思う。それが人にしろ、そうでないにしろ……ここで座り込んだままよりは、いいはず）

　浮かんだ考えを鼓舞するように、強く頷き、靴を拾い上げて歩き出す。

（勇気を出して、逃げてきたのだもの。しっかりしなくちゃ）

　木々の間から降り注ぐ日の光を頼りに進むフローラは、辺りの音に注意しながら、歩きにくい花嫁衣装を引きずって足を進めた。硬い靴のヒールを使って、木々に謝りながら小さなひっかき傷を作り、一応通った道がわかるよう、目印にしておく。川のせせらぎの音を聞くために声を出したら邪魔になると考えていたが、本当は何者かを呼び寄せてしまうのが恐ろしかったのだ。

　特に、もう一度出会うかもしれない人ならざるものの可能性がちらつくと、頭に血が上りきった状態から多少落ち着いてしまった今、どうしても踏ん切りがつかない。十年近く、ずっと避けてきた相手なのだ。昔経験した怖い思い出も、なお渋る思いを強くさせる。

（でも、どうしても、いざとなったら……選択肢に入れないと。あの呪文をもう一度唱えたら、応じてくれるかしら？）

　どんよりしそうになっては頭を振り、歩いては耳を澄まし、木に目印をつけ、また足下に注意しながら歩を進める。一体どれほど長い間続けていただろうか？　誰にも会わないし、何も見ない。ただただひたすら、同じような景色が続く。それでも懸命に歩き続けてきたフローラだったが、突如ぴたりと足が止まった。

「……ああ、やっぱり。どうしよう」

わかりにくいが、よく見てみると木にひっかき傷のようなものがついている。近づいて確かめてみて、それは自分が靴を使ってつけた傷だとわかった。まっすぐ歩き続けてきたつもりだったのに、いつの間にか元の場所に戻ってきてしまったようだ。完全に迷子である。

一気に気が抜けてしまうと、意識しないようにしていた疲れがどっと押し寄せる。

（そうだわ……ちょうど、休憩（きゅうけい）するのも、いいかも。ずっと、歩き続けていたのだもの……）

痛む足をさすり、なるべく前向きになろうとしているフローラの耳が、ふと異音をとらえた。

「……なに？」

心臓が高鳴る。期待と不安を胸に、彼女が耳を澄ませてみると、音はどんどん近づいてくるようだった。気配が近づいてくるのにつれて、なぜか期待がしぼんで不安の方が大きくなっていく。

（……なんだろう。すごく嫌な予感が、する）

疲労のせいか、元が消極的な性格だからか、とにかく最初の決断を下すまでには時間がかかってしまった。慌てて立ち上がるのとほとんど同時に、木々の間から音の正体は姿を現す。

「おっ、狼（おおかみ）!?」

物音を上げている相手がはっきり見えた途端、フローラの血相が変わる。唸（うな）り声を上げながら姿を現したのは、犬のような四つ足の生物だ。しかも一匹だけでなく、次々と飛び出してくる。ずらりと並び、フローラを取り囲むように位置取った連中が、ぱっと口を開け——彼女に向かって、一斉に吠（ほ）えかかった。

「いやああああああ！」

フローラは咄嗟に叫び、身を翻（ひるがえ）した。

開いた口の隙間から、だらりと垂れた舌、鋭い牙、それにぎらりと一斉に発光する目。しかも光る目は両目だけでなく、額の辺りにもあるようだった。

——逃げなきゃ！

フローラがまともに意識できていた言葉はそのぐらいである。ただでさえ見知らぬ場所で訳もわからずさまよい、徒労感と心細さをどっと覚えていた矢先のこと、いささか刺激が強過ぎたのだ。

慣れないドレスを引きずって走る彼女を、三つ目の狼達は追い立て、はやすように吠え声を上げる。怖くて逃げることにいっぱいいっぱいのフローラには、彼らが鈍足にいつまで経っても追いつききらないことや、怖がって大げさな反応を示すとますます喜んでいるらしいことに考えが至らない。

追いかけっこは実時間にするとかなり短かった。靴もなく不慣れな森の中を、その前に散々歩き回っていた状態で走りきれるはずもない。がくり、とまず膝から下が抜けた。あっと思う間にどしゃっと身体が投げ出される。びりっとドレスのどこかが裂ける音がした。

狼達はフローラが止まると次々に飛びかかり、服の裾をくわえてぐいぐい引っ張った。その割に、彼女の身体に歯を立てるものは一匹もいないのだが、追われてパニックになっている方が気がつけるはずもなく。

「やめて、やめて……！」

泣きじゃくりながら逃げていたから、顔面はもうぐしゃぐしゃだ。自分を庇うように手をかざす。それもまもなく、鋭い牙達に無残に食い荒らされる——。

暴力的な想像は、幸いにも実現しなかった。もう駄目だと思ったその瞬間、狼達がぱっと顔を上げたかと思うと、お互い顔を見合わせ——そのままいずこかに素早く去っていってしまったからだ。ぽかん、と取り残された方は呆けかけるが、彼らが走っていったのと逆方向に顔を向け、またも心臓が跳ね上がるのを感じる。

森の奥からやってくるそれは、今度こそ人間の形をしている。だが、まとう空気がやはり何か違う。なんと言えばいいだろう？　オーラ、エネルギー……とにかく何かこう、強い、強い力を感じる。

狼達が逃げたのは、おそらくこの強大な気配を感じてのことだろう。獣は上下関係に敏感だ。勝てない相手に喧嘩をふっかけるような馬鹿はしない。災難から逃げたと思ったら、また別の災難がやってくる。それもより大きく、険悪になって。まるで逃れられない負の連鎖のようだ。

フードの人物が立ち止まる。顔は陰で見えない。その片手に鋭いシルエットを見つけた瞬間、フローラの精神はついに限界を超え、ふっと意識が遠のく。

（ああ……やっぱりわたしって……）

がくん。身体と意識が落ちる。優しく受け止められたことには、彼女は気がつかなかった。

前に気絶した、というかさせられた時、フローラの覚醒を誘ったのは底冷えのする冷気と悪寒だった。今度のきっかけになったものは、その逆——穏やかで優しい温もりだった。

温かく、柔らかい何かが額を覆う気配。それが離れていきそうになった瞬間、行かないで、と咄嗟に思った。同時に口から言葉も漏れていたのかもしれない。

ピクッと薄目を開けたフローラの上で、何かがびくっと震えて、素早く引っ込んだ。その勢いに興味を引かれ、フローラはゆっくりと瞼を上げる。

　最初に目に入ってきたのは、端整な青年の顔だった。思慮深く賢そうな、深く濃い緑色が、じっとこちらを見据えている。

（森が、目の中にある……）

　青年は若いが、幼くはない。フローラより少し年上といった所だろうか。表情と言い服装と言い、全体的に大人びた雰囲気だが、癖のある黒髪がところどころ跳ねている部分は——はたして寝癖がそのままになっているだけなのか、それともこういう前衛的なお洒落(しゃれ)なのか、判別しにくい。奇妙な黄金比を演出している見事な跳ねっぷりだ。

　少し視線を横にずらすと、右手がなんとも言えない微妙なポーズで固まっている。……もしかすると、さっきフローラの方に手を伸ばそうとして、彼女が目を開けたから驚いて引っ込めた、のだろうか？

　起き抜けでぽーっとなっているフローラが無遠慮な視線を向けていると、見知らぬ青年の方が視線を逸らした。彼はいったん離れていったかと思うと、さほど間を置かずにまた戻ってきた。彼の横にはどうやらあまり大きくない——本ぐらいの大きさだろうか、石版がふわふわと浮かんでいる。彼が胸の前にそれを持ってくると、すうっと黒い画面に白い模様が浮かび上がる。

　フローラは何度か瞬きする。羽ペンやチョークなど、何か書くものを使った様子は全く見られない。それなのに、模様が勝手に浮かんでくるのだ。どうやら大量の文字のようだが、ほとんどが読めない。驚きで目を見張っていた彼女だったが、ふと慣れ親しんだものを見つける。フローラの出身国、ディーヘンのものだ。

『読めているなら、答えてほしい。言葉は話せるか？』

そんな文が綴られていた。そこでフローラは、他の言葉も同じような意味を持っているのではないか、つまりこの人物が、複数の言語を出して、どれが通じているのか試しているのではないか、と思い至る。

はっと我に返った。フローラがのんびり寝ぼけている間、青年が辛抱強くずっとこちらの返事を待っていることに、今になって気がついたのだ。悠長に観察や考察している場合ではない。慌てて、こくこくと何度も頷き、読めた文字列を指差してみせた。

すると多少、彼がほっとしたような表情をした気がする。石版の文字達が瞬時にさっと消えて、また新たな文字が浮かんでくる。

『なら、筆談も可能だな、よかった。私は訳あって喋ることができないから、これで意思疎通させてもらうが、構わないな？』

浮かんだ文字はディーヘンのものだ。素直に頷いた後、石版を物珍しそうに見つめている彼女を見て、青年は首を捻る。

『石版が珍しいのか？』

「……へっ？」

フローラが唐突な質問に思わず間抜けな声を上げると、彼はさらに安心したように相好を崩した。

『なんだ、声が出ない訳じゃないのか。筆談でやりとりしなければならないかと思っていたから、それならそっちの方が楽でいい。とりあえず、意識が戻ったなら飲むといい。大した物ではないが、身体が温まる。落とさないように気をつけて』

「あっ、ありがとうございます！　すみません……」

石版を一度片手に持ち直したかと思うと、脇に置いてあるカップを取って差し出してくる。フローラが受け取りがてら謝ると、青年はマグカップが無事に渡ったことを確認して手を離した後、今度は眉の辺りを少し歪ませる。

（ど、どうしよう！　何か、してしまったのかしら。心当たりしかない。どうしよう、どうすれば――）

『いいから。まずは飲んで、落ち着け』

おろおろしそうになったフローラだが、文字で促されると、おどおどしながらもマグカップに口をつける。深緑色の品と知性を感じさせる目は、その様子をじっと眺めている。

（……白湯、だわ）

飲んでみてわかる。熱過ぎず冷た過ぎずな、ちょうどいい温度の白湯だった。つまり無味である。なんかこう、相手の見た目や今先ほど見せた謎の石版芸からは、もっと色々えげつない味がするものを出してきそうな印象がしたもので、素朴、と言うか何も味がしないことに、一瞬びっくりする。

『まずかったのか？』

顔を上げたら、微妙に不満そうな文字が並んでいた。

「い、いいえ！　と、とても美味しいです、ごちそうさまです！」

『……何の捻りもないただの湯のはずだが？』

「はいっ！　絶品です！」

青年は毒気を抜かれたような顔になり、首を傾げている。絶品――は雰囲気に飲まれてさすがに言い過ぎた感じもあるが、今まで飲んできた水よりこう、身体にすっとしみ通る感じがするのは確かだった。

しかし、フローラがのんきに感動していられたのもつかの間だった。一息ついた所で改めて話をしようと思った頭が、がくりと揺れる。

（あ、あれっ――？）

安心して気が抜けたのだろうか、それとも別の要因か。猛烈な眠気が襲ってきて、かろうじてマグカップを安全な場所に避難させたものの、まともに身体が言うことを聞いたのはそこまでが限界で、柔らかなベッドの中に沈み込んでいく。

（言わなきゃいけないことが、聞かなきゃいけないことが、まだたくさんあるのに……）

抵抗を試みている間に、身体の向きが直され、自分の上に何かがかけられた後、額にまた柔らかく温かいものが乗せられる。温められたタオルだろうか？　正体を理解する前に、再びとろとろ安寧の中に落ちていく。無理矢理気絶させられた時や失神した時とは違い、今度は恐ろしさや不快感を感じることはなかった。

そう、入眠自体は、だからかなり健やかなものだったのだけど。

＊＊＊

誰かが笑っているのが聞こえる。自分もその楽しい輪の中に入っていた。

【おいで。いっしょに、おいで】

駆けていく。身体がどんどん軽くなる。スカートを翻し、手を引かれるまま光の中を進む。まるで自分が風に浮かぶ羽になったような気分だった。

ふと高揚感に水を差され、高まっていた気持ちが一気にしぼむ。幼子が急に立ち止まると、集まっていた皆が心配そうな、あるいは不満そうな声を上げた。

【はやく！】

「でも……あのね、そっちには　いっちゃだめって、ママが言うの」

幼い少女の足を止めさせたのは、前々から言いつけられている言葉だ。

（あの子達と仲良くするのはいいわ。遊ぶのも構わない。でもね――）

必ず、時間と場所だけは守ること。日の出ている間、線の中。それが一人で遊んでいい所。他人には見えていなくても、琥珀色の目の持ち主にはくっきりと、地面に引かれた淡い光を放つ白い線が映っていた。

素直な気性の彼女は、約束を違えることを渋る。けれど困ったことに、遊び仲間達はお構いなしのようだった。行くか戻るか迷っている間にも、急かすように呼んでくる。

【おいでよ】

【こちらには、たのしいことばかり】

【いたいことも、くるしいことも、ない】

気弱な子どもは優しかった。優しさは優柔不断につながり、大勢に囲まれて強く誘われると、まるで自分一人がいけないような、断るのが申し訳ない気になってくる。困った。でも言いつけは守らないといけない。どうやって彼らに納得してもらおう。

引かないと決めたのは少女ばかりではなかった。彼らの様子が、少しずつ変わっていく。

【ネエ、オイデヨ】

【ラクエンニ、ツレテイッテアゲルヨ】

【モット、タノシイコトヲシヨウ？】

無邪気な言葉は幼い子どもを招く。ばらばらだった声達は、次第に一つの旋律を奏で始め、心をくすぐる甘やかな合唱となる。聞いているうちに不思議と、今まであったはずの罪悪感や未練のようなものが消えていき、純粋な欲求だけが残されていく。好奇心がちょんと、幼く小さな背中を押した。

(ちょっとだけ、なら。だって、本当にあぶなかったら、すぐに帰ればいいのだわ。みんな、あんなにやさしくて、なかよしなのだもの。きっと、だいじょうぶ……)

手招かれるまま、足を踏み出す。微笑む友達が手を取って、いつもより強くぐっと引いた。その瞬間。

「フローラ、駄目よ！　戻って！」

くらむ。歪む。視界の端で、笑顔がぐにゃんと歪んで裂ける。聞いたこともない悲鳴が耳の奥にとどろき、感じたこともない痛みで身体が支配される。

——泣き虫さんはだあれ？　喚(よ)んでいるのはだあれ？

——それがお前の声なら、どこでも聞こう。聞いてあげよう。

——唱えてごらん。さあ、呪文を。どうすればいいのか、きみは最初から知っているはず。

ぐるぐる回る輪の中と外。誰かが手を引いて、一緒に歩いている。

気がつくと、痛みはどこかに消えていた。

声を上げて飛び起きると、閉められたカーテンからほのかな陽光が差し込んでいる。窓の外から鳥の声が聞こえてきた。のどかな朝だ。荒い呼吸を繰り返してから、ほーっと大きく息を吐き出し、額に浮かんだ汗を拭う。怖い夢を見た――はずだが、内容についてはあまり覚えていなかった。

（こうしていられないわ……呼び鈴が鳴る前に、早く支度を済まさないと）

羽毛布団をどけようとした所で、はたと止まる。変だ。ベッドが全体的に快適過ぎるし、知っているサイズよりも大きい。どこまでも沈み込んでいく柔らかさで、試しに好奇心でシーツ越しのマットを叩いてみると、ぽふんぽふんと音を立てて痛みが全くない。

注意深く見回してみると、ベッドの周りの景色にも見覚えがない。ここはどこだろう？　天井が近いようだが、慣れ親しんだ屋根裏より随分と広い。単純な空間の広さは間違いなくこちらの方があるのに、フローラの寝起きしていた屋根裏よりさらに惨憺たる物置の様相である。潔癖症の叔母が見たら、激怒を超えて卒倒しそうな散らかりっぷりだ。

室内の様子を把握した後、自分のことを見下ろしてみてさらに仰天した。サイズの合っていない、だぼだぼな――たぶん男物のガウンを着ている。

ふと、そこでベッドサイドに設置されている机の上のマグカップが視界に入ってきた。見覚えのあるものを目にしてようやく、フローラはちょっとした混乱から現実に戻ってくる。

（そうだ。わたし、逃げてきたんだ。森で、その後……）

状況を思い出したのと同じぐらいのタイミングで、物音がした。音源の方に顔を向けると、梯子(はしご)から見覚えのある青年が上って……来ない。階段下から手だけがにゅっと出されたかと思うと、石版が見える。

『おはよう。目が覚めたか？』

「わ、わたし……すみません、あの――」

『下りてくるといい。トイレと水道、あと入りたければ風呂もある。食べ物もな』

青年はどうやら、失神の無礼をとがめに来たのではなかったらしい。フローラの謝罪を流すと、それで用事は済んだとばかりに引っ込んでいってしまう。

拍子抜けした感じになっていたフローラは迷ってから、静かにベッドを抜け出す。これを履けとばかりに置いてあったスリッパに足を通し、ひたひたと木の床の上を歩く。よく見てみると、物の散らかった寝室（推定）にも多少の規則性があり、ベッドと下りるらしい梯子をつなぐまでの床だけは、綺麗(きれい)に空いて道ができていた。普段から通り道にされているということなのかもしれない。余計な物に触らないように注意して梯子を下りていく。そうすると、どうやら自分が今いた所はロフトなのだと理解した。

上の階よりはかなりマシだが、下の階も下の階でなかなか凄(すさ)まじい。まず、視界の範囲に倒れっぱなしになっている家具がある。フローラがびっくりして目を見張っていると、リビング――いやダイニングだろうか？　机と椅子の置いてある場所の辺りを、癖毛の青年がうろうろしているのが目に入った。

フローラは思わず、その頭をじっと見つめてしまう。昨日が品のある前衛的芸術なら、今日はワイルド系で攻めてみたというような雰囲気に、髪の毛が跳ねている。あれはセッティングなのか、寝癖の怠慢なのか、いずれにせよちょっとしたカルチャーショックだ。

　フローラの出身国、ディーヘンはきっちり真面目な人間が多く、身だしなみや家の中の整頓具合もその国民性に準じている。寝癖をそのままにしておくなど言語道断だ。叔母なんか毎日髪型をきっちりセッティングし、娘を除く他人にも一本の乱れも許さなかった。

（あんな頭で、あの方は誰にも怒られないのかしら。いえ別に、見苦しいという訳ではない、あれはあれで不思議な均衡を得ているのだけど……やっぱり、気になる）

　地味に衝撃を受けていると、彼がこちらを向く。なぜだろう、胸が高鳴った。昨晩の落ち着いた雰囲気とはまた打って変わり、気怠げなオーラを存分に振りまいている。思わず息を呑んだのは、深緑色の眼光が思った以上に鋭かったからだ。すべてを見透かすかのような眼差しに、ぴんと姿勢が伸びる。

「お、おはようございますっ、すみませんっ！」

　反射的に謝った途端、露骨に彼の雰囲気は悪くなり、大きなため息を吐かれた。身をすくませたフローラだが、いつまで経っても怒声は飛んでこない。ちょんちょん、と肩の辺りを突かれる感触に、ぎゅっと閉じていた目をおそるおそる開けてみれば、石版に文字が浮かんでいた。

『目を閉じられてしまうと、ちょっと困る。貴女の言葉は聞こえているが、こちらは声を出すことができないから』

　フローラが咄嗟に答えようとした言葉も察したのだろう、次の文もすぐ現れる。

『貴女は謝罪を少々安売りし過ぎだ。詫びは挨拶ではないし、この程度のことで私がうるさく言うような心の狭い男に見えるということなら、そちらの方が心外だな』

　大声を出されると、それだけで萎縮してしまう。けれど文字で書かれているからだろうか、彼の言葉にはパニックになることもなく、冷静に受け止められた。フローラは口を開き、止まり、迷う。青年はじっと彼女を待っていた。

（この人は、わたしが口を開く度に、怒鳴りつけたり鞭を振るったりすることはないのだわ）

　舌を凍らせていた強張りがほどけ、自然と溢れ出した言葉は、いつもと違うものだった。

「ありがとう、ございます」

　すると青年の眉間に集まっていた皺もなくなる。

『うん。その方が、ずっといい。貴女のような可憐な女性には笑顔の方がよく似合う』

「……えっ？」

　ほっとしかけたフローラだったが、思わず固まる。見間違いかな、と思ってもう一度見たらさらに文字が増えていた。

『貴女は今はまだ蕾、けれどいずれ咲き誇る花。雨に濡れている様もまた美しいけれど、悲しげな表情は寂しい。ああ、私が貴女の傘になってあげたい』

「あ、あの……」

　じりじりと石版と共に迫ってくる青年の謎の圧力に、フローラはたじたじとなる。

（こ、こんな人じゃないと、思っていたのだけど……!?）

　どうしよう、ディアーブルに同じようなことをされた時の気持ち悪さや嫌悪感はないのだが、何にせよ美形の青年に迫られると、こう——心臓が早くなって、身体が熱くなって、頭がぼーっとする。

目のやり場に困るあまり、もはや白目を剥きそうになっているフローラが距離を開けようと後ろに下がると、ちょうど壁にぶつかってかなりいい音がした。頭をさすっている彼女の前で、つられるように青年が停止する。だだ漏れていたオーラが引っ込んで、ご立派な欠伸を一つ。ぼんやりした顔で、なぜかフローラの顔を凝視する。

何か変な所でもあるのだろうか、ああ、そういえば前髪が――とフローラが額に手をやっていると、青年はなんだか悲壮感漂う気配で顔を覆った。今度は一体何が、とおっかなびっくり相手を窺っているフローラに向かって、かなり長い間を挟んでから、石版に文字が浮かぶ。

『………おはよう』

「……え？　あっ、はい！　おはようございます！」

咄嗟に応じてから、「さっきも挨拶したはずでは……？」と内心首を傾げる彼女に、青年は真顔のまま言葉を続けた。

『早速だが、聞きたいことがある。私は貴女に何か変なことを言ったか？』

「へっ？　な、何か……ですか？」

この人は一体何を言い出すのか。確かに相当変なことを言っていたけど――いやそんな、さすがにそんな正直に話してしまったら失礼過ぎないか。でも様子がおかしかったのは確かだし――。

困惑しつつ、どう説明するか悩んでいるフローラの前で、青年は申し訳なさそうにうなだれた。

『全く意識がないという訳ではないが、ぼーっとしていたと言うか……寝起きの私は、もう一人の私のようなもので、いや、あの、断じてこう、変な意味ではないんだが、その』

間を置いてから、結びの文は浮かんできた。

『すまない。すごく、朝に弱いんだ。寝ぼけていて今までの記憶が曖昧で、何か無礼があったら本当にすまない』

「あ、ああ……ええと、はい。大丈夫です」

納得はしたが、気が抜けた。しっかりした人だと思っていたのだが、案外そうでもないのだろうか？　しかしこの意外性は不快なものではなく、むしろフローラにとって好ましく感じられる。大分心臓には悪かったが。

そこで思わずほっと脱力したせいなのだろうか。ぐぎゅるるるるるる、となかなかに威勢のいい音が鳴る。

ちょうど二人とも黙っていたタイミングで、静かな朝だったせいだろうか。それはもう、どう頑張ってもごまかしようがないほど、空腹を告げる音はリビング（仮）に盛大に響き渡った。

気まずい沈黙が落ちる。青年の目が、フローラが咄嗟に庇った腹部の辺りに、それから彼女の顔に向けられる。

『まあ、その。まずは朝食だな。腹が減ってはなんとやらと言うし』

家主は優しかった。その優しさが、なぜだろう、心に染みて泣きたくなる。卑屈になり過ぎだろうか、筆跡にも、心なしか憐憫の情が出ている気がする。

「すっ、すみません、本当に、ごめんなさい……！」

顔から火が出る勢いのフローラに、青年はふっと口元をゆるめ、穏やかな表情を作るのみだった。ところが視線を上げた所で、なぜかまた一転して表情が怖くなる。すっかり縮こまっていたフローラも、腹の虫でやわらいだはずの彼が戻ったのを不思議に思い、視線を追った。

そして、はっきりと見てしまった。

食卓になるであろう場所は、二階のデジャブを引き起こさせる。つまりもっと具体的に言うと、テーブルの上だけでなく椅子までもがごちゃごちゃと統一感ない物品の山に埋もれており、「ここで何か食べよう」なんて安易な言葉ごと、見事に封鎖されていたのだった。

「……ええと」

フローラがなんと言ったものか迷っていると、青年は無表情のまま石版に文字を浮かべた。

『一瞬で楽にテーブルが片付くが後が大惨事になるのと、ゆっくり片付けて苦労と時間がかかるのなら、どちらがいい？』

「へっ？」

突然出された二択に戸惑いつつ、フローラは考えてから返す。

「だ……大惨事には、ならない方がいいのではないでしょうか？」

『ふむ。だが、貴女はとてもお腹が減っているのでは』

「大丈夫ですから、わたしは少しぐらいご飯が食べられなくても全然大丈夫ですからっ！」

『う、うん。よしわかった、手動でやろう』

真っ赤になって半ば抗議のように言うと、青年も勢いに気圧されたのか引いた。口を引き結び、食卓を睨みつけてから、観念したように物の移動を始める。

非常に、こう、モタモタと。

まあ、前振り――ではない、この状況や彼の態度から十分予想できていた、とフローラは温かい微笑みを浮かべて見守る。結構長い間放置されているのか、埃がぱっと散った。瞬間、彼女は自分の表情が凍り付いたのを感じる。無言のまま、半ば無意識に歩き出していた。

「窓を開けてもよろしいですか？」

『え？　あ、ああ。大丈夫だ』

ほぼ反射的に最短距離で一番近い窓にたどり着いてから、振り返って青年に聞く。亀のようなゆったりした挙動を見せつつ、彼はどこかフローラの気迫に押されるように答えた。空気の入れ換えをして、爽やかな晴れた朝の空気を取り入れる。気分も空気も落ち着いた所で、フローラはそっと探りを入れた。

「あの。普段はどちらで、お食事をいただいているのでしょう？」

『一人だから、基本立ち食いなんだ。台所とかで、ぱぱっと済ませてしまう』

返答は、文字上でも歯切れが悪かった。たぶん本人も後ろめたさは感じているのだろう。どう見ても物を食べる食卓ではないことが一目でわかるのだし。納得しているフローラに向かって、言葉は続く。

『ちなみに先に言っておくが、私は人に出せるような物は作れない。昔張り切って作ろうとしたら、お前これは炭だよ、食べ物じゃない――と優しく諭されるように言われたから、二度と人間に食い物を出さないと誓った』

「………………」

『だから、朝ご飯は絶対に失敗しないパンと水だ。捻りはないが、炭よりはマシだろう？　過剰に期待してくれるな』

どうしよう、すごくコメントに困る。激励したらいいのか、慰めたらいいのか、寄り添えばいいのか。迷ったのでとりあえず保留し、そっとしておくことにする。沈黙もコミュニケーションの一つだ。目を泳がせつつ、それでももうしばらくは家主に任せてみようかと思ったフローラだったが、五分ぐらい経った所で意思が揺らぐのを感じる。

もともと下働き同然の生活をしていた身だ。時間のない軽食、立ち食いにもある程度慣れている。家主が懸命にしている以上、好意に甘えた方がいいのだろうかとも思ったが、たった五分見守っていただけでも、食卓が永遠に片付かない恐れがあると判断できた。

食卓に積み上がっていた物の中で最も多かったのは分厚い本の類いだったのだが、青年は一つに手をつけると（たぶん確認のために）ぱらりとページをめくって中を改めて、そのまま「おっ！」の形に口を開いて目を輝かせ、読み入ってしまう。そして時は止まったまま無慈悲に経過する。どこからどう見ても、超典型的な片付けられない人の行動パターンである。イングリッドも似た所はあったが、彼女よりさらに酷かった。

「あの……わたし、立ちっぱなしでも大丈夫、ですけれど……」

『………………』

フローラの魅力的な提案に、青年の動きが止まった。ぱっと上げられた顔には「願ってもない！」と浮かぶ。が、そこは家主のプライド、このまま屈していいものか迷っているようだ。しかし、自分が「できない」人である自覚は本人にもあるのだろう。決断は早かった。

『台所で、いいか？』

「はい！」

フローラも思わず、満面の笑みで答えてしまう。何しろ腹の音が鳴るほどお腹が空いているのだ、丁寧さよりは迅速さを求めたい。

台所も台所で、なかなか色々危ないものが見えた気がするが、彼女は全力でスルーすることにした。家の数だけ流儀がある。見えている傷には触れないのがマナーというものだろう。

空いている棚の上（机や台の上でないという所が如実に何かを語っている）にカップと皿を置き、パンを乗せる。温めようかという案も出たが、丁重にお断りした。嫌な予感しかしない。

そんな一部不穏な過程を経て、ようやく朝の食卓（懐疑）が整うと、フローラは立ったまま自分の両手を組んだ。

「親愛なる家族、共に生きる友人と隣人に感謝いたします。七人の賢者様に祈りを捧げます。今日が一日良い日になりますように。健やかに、幸せに、生きられますように」

滑らかに唱えてから閉じた目を開けてみると、青年がこちらをじっと見ていた。

フローラはアルツト家の家族の食卓についたことがあまりなく、一人で食べることが多かった。だからだろうか、ついいつもの癖で、昔母が生きていた頃の食前の祈りを唱えてしまったのだが。

「あの……すみません、おかしかったでしょうか？」

『いや。そうでなくて……』

青年は言葉を濁してから、一度脇に石版を置き、自分もフローラと同じように手を組んだ。そのましばし止まるが、唇がわずかに動いている。

彼は訳あって、口から言葉を出すことができないらしい。だから心の中で祈りを唱えてくれているのだと、フローラは気がついた。

『よし、食べよう』

たぶん、普段は一人で食べているということだし、特に祈る文化のない人だったのだろう。けれど彼がフローラの――たぶん聞き慣れないであろう祈りの言葉を聞いて、文句を言うどころか合わせてくれたのが、フローラをくすぐったい気分にさせる。簡素な立ち食いメニューだったが、今まで食べた食事の中で一番温かい、と感じる朝ご飯だった。

「申し遅れました。わたし、フローラ＝ニンフェと申します。改めまして、昨晩も今日も、大変お世話になりました。このご恩は必ずお返しいたします」

ささやかな食事を済ませ、食器の片付けは家主に任せた後（フローラが積極的に動くと、確実に視界に余計な物を入れることになるからである）、彼女は自己紹介をした。今までなんとなくタイミングを失い続けていたが、ようやく話のできる余裕ができたという所だろうか。

青年はフローラの言葉に「おや？」とも、「ああ、やっぱりか」とも解釈できるような表情をする。しかしそれは一瞬のこと、彼女が首を捻ってもう一度じっくり見ようとした時には普通の状態に戻っていた。

『すまなかったな、こんな家で一夜を過ごさせてしまって』

こんな家。一瞬そのまま納得しかけてしまいそうになるフローラだったが、慌てて頭を振り、失礼な考えを消し去る。

「いえ、そんな、あの……ええと。あなたのことは、どうお呼びすればよいのでしょう？」

『私か？　そうだな、知り合いは魔法使いと呼んでくるから、それでいいんじゃないか？』

「では、魔法使い様、と？」

『うん。そう言ってくれれば返事をするから』

そういえば、文字が勝手に浮かぶ石版と言い、どう考えても目の前で起きているのは超常現象、魔法だ。フローラも常人には見えないものを見ることができる目を持つ身だが、母以外本物の魔法使いにお目にかかるのは久々である。

ローブ姿や森奥に隠遁（いんとん）しているのは、魔法使いは人目を避けるものと考えられているディーヘンの一般的なイメージ通りだ。逆に、あの頭上で遊んでいる独特の跳ね毛や、驚きの生活力のなさ（推定）は、フローラの思っていたなんでも完璧に一人でできる魔法使いとは、ちょっと違っている感じがある。

そんな密（ひそ）かな感動と幻滅をよそに、青年は真面目な顔になった。

『最初に確認しておきたい。貴女はどこから来たのだ？　急にこんな場所に飛ばされて不便だろう、できれば帰してあげようと思うが……』

フローラは血相を変え、ぶんぶんと勢いよく横に首を振った。脳裏に浮かぶ、冷たいアイスブルーの瞳。閉じ込められた部屋に、切り刻まれた前髪。

「元の場所に戻るのは……嫌、です。わたし、ディアーブル伯爵から逃げてきたんです。無理矢理結婚させられそうになって、それで――」

『ディアーブル？　伯爵？』

フローラの言葉を大人しく聞いていた魔法使いだが、ふと思わずといった感じで、出てきた人名を繰り返した。びくり、と彼女は大きく身を震わせる。

「お知り合い……ですか？」

『いや、そういう訳ではないが、ディアーブルはランチェ語で悪魔を意味する言葉だ。そんなふざけた苗字の貴族は、この国にも他の国にもいなかったと思うんだがな』

怪訝そうに首を捻っている彼に言われると、フローラも恐怖から困惑を浮かべた顔になる。確かに、悪魔なんて名前の貴族がいるのだろうか？　そこでもう一つ、蘇る記憶があった。

——ああそうそう、名前、と言うか苗字を聞いても笑わないようにね。

イングリッドの言っていた意味を、ようやくここで理解する。それにしても怯えたり怪訝に思ったりする前に、まず笑うという発想が来る辺り、やっぱり従姉妹は大分その……しっかりしていると表現していいのだろうか、こういうのは……？

遠い目になっているフローラの視界に、なにやら魔法使いが石版に思考なのか独り言なのか、流している様子が目に映る。

『まあ、ランチェ王は大分問題のある男ではあるが……ディアーブルなんて縁起の悪い名前、認めないだろう。面白半分に言い出しても周りが止めるだろうし……止めるはずだ、さすがに。真面目なディーヘン国王に至っては、さらにあり得ない。本当に、どこの領主なんだ……？』

これはランチェの国民性なのだろうか。王様のことを随分と気軽に、まるで知り合いのように話せるのだな、と真面目なディーヘン人気質のフローラは少しびっくりする。ちょうど魔法使いと目が合って、さらにどきっと心臓が跳ねた。

『ひょっとしてその男——男でいいのか？　は、魔法使いだったか？　あ、いや、すまない。思い出したくないのなら、言わなくていいが』

青年はフローラに尋ねた後、配慮の姿勢を見せた。何せ、ぼろぼろの花嫁衣装をまとって森の中をさまよっていたし、前髪に至ってはいかにも雑にハサミを入れられていたのだ。事件の香りしかしないとフローラ自身も思う。

　青ざめた顔のまま、フローラは微笑んだ。あの男のことを思い出すとそれだけで気分が悪くなるが、パンのことはパン屋に聞けと言うように、魔法のことは魔法使いに任せるのがいいと思う。

「だ、大丈夫です――あの、はい。そうだったと思います。おかしな、見たこともない力を使って……人を操ったり、わたしを気絶させたり、しました」

『本当か？　徽章の模様を覚えているか？』

「きしょう？」

『ええと……そうか、ディーヘンは魔法や魔法使いが一般的ではないのだったか。この辺りに、何か模様が描かれているローブを着ていなかったか？　国家資格を持つ正式な魔法使いなら、ほぼ必ず身につけているはずなんだ』

　魔法使いは自分のローブの左胸を指差して説明した。そこには百合と翼のシンボルが特徴的な模様が彩られている。確かランチェの王族を意味する紋章だったはずだ。彼はランチェの魔法使いだから、こういうデザインなのかもしれない。フローラはううん、と唸り声を漏らし、記憶を手繰った。

「いえ……なかったように、思います。そもそも、ローブは着ていなくて。その……立派な格好をしていらっしゃったので、貴族様なのだろうとは、すぐに思ったのですけど」

『そうか。たまたま私服だった可能性もあるから、断言はできないが……では、指輪は？　腕輪でもいい。そういったものを、名乗る時に見せられなかったか？』

「特にそういったことはなかったかと……」

『私の知らない地域の人間という可能性もあるが、普通の王侯貴族なら肌身離さず持っているはずなんだがな。必要ないから出さなかったという言い分もあるが、十中八九その男は悪質な詐欺師だろう。しかし、それなりに力のある禁術使いの可能性があるのは気になる所だ。最近破門された奴なんていたか？　そんな情報は伝わってきていないが……』

そこまで独り言を呟くように文字を描いてから、青年は考え込む顔になって黙ってしまった。物知りな人だな、とフローラは感心する。魔法使いになると、魔法のことだけでなく、特権階級のルールにも詳しくなるのだろうか。優秀な魔法使いは、国が他国に取られないように様々な優遇をするという話だから。

『とにかく、貴女がとんでもない男から逃げてきたことはわかった。無理矢理追い出すようなことはしないし、万が一現れても貴女を引き渡すようなことはけしてしないと誓うから安心してくれ。ただ……元の場所には戻りたくないから、こちらで暮らしていきたいと考えていると——貴女はそう考えている、そういうことでいいのか？』

フローラはそっと目を伏せた。一瞬安堵でゆるんだ自分の顔が強張るのを感じる。

「……はい。両親は幼い頃に既に亡くしていますし、暮らしていた家ではわたしは常に厄介者でした。むしろ、いなくなってせいせいしたと思われているのではないでしょうか。わたしに戻る場所はありません」

『そんなことは——いや、その。……変なことを聞いて、すまなかった』

魔法使いは、気遣いがかえって相手を傷つける形になってしまって、動揺しているらしい。フローラは寂しげな笑みを浮かべてから、首を振ってみせた。彼は咳払いをして、重くなってしまった空気を変えようとする。

『さて……それなら、貴女がこれからどうやって生活していくかが問題になるな。ちなみにここは、アルチュールの森と呼ばれている。ランチェの西側だ。知っているか？』

フローラは聞き覚えのある単語に驚いて目を見張った。こくこくと頷いてみせながら、記憶を手繰る。

アルチュールの森とは、ランチェにある有名な魔の森だったはずだ。フローラの出身国であるディーヘンはランチェの東側に位置しており、さらにアルツト家のあった町はディーヘンの北部に位置していた。常識で考えたら、どう頑張っても移動できない距離だ。

フローラが状況を整理したり悩んだりしている間にも、魔法使いの文字は続いていく。

『私は得意分野以外のことに全く気が利かないから、こういったことの適任者を紹介しようと思う。昨日、気を失っていた貴女を世話してくれた女性がいる。今日の昼を過ぎた頃にまた訪ねてくると言っていたから、まずは彼女に会ってみたらどうだろう？　お節介だが親切でもある人だから、これからのことについて力になってくれると思う』

「あ――ありがとうございます、十分過ぎます。このご恩は、けして忘れません」

フローラは慌てて深々頭を下げた。ついでに、そういえばいつの間にか整えられていた服装の件について、ほんのり彼へ疑惑の眼差しを向けてしまっていた自分をこっそり反省する。

『困っている人を助けるのは当たり前のことだ、そんなに堅苦しくならなくていい』

魔法使いはそんな風に言っているが、ずっとこちらが何かしてもらうばかりで申し訳ない。人が来るというのは昼過ぎで、もう少し時間には余裕がある。何か自分に、今すぐできることはないだろうかと見回したフローラは、そっと声を上げた。

「あの……」

『何か？』

「出過ぎたことかもしれませんし、一宿一飯のご恩返しには、とてもならないとは思うのですけど……」

フローラは一度息を吸い込んでから、生来引っ込み思案な彼女にしては珍しく、ぐっと握り拳を作って熱心に言う。

「よろしければ、洗い物をさせていただけないでしょうか！」

埃が積もっているのは、使っていなかったり通っていなかったりするからとまだ納得できるが、生活に必須のはずの水場が封鎖されているのは見過ごせない。提案された魔法使いは、驚いたように目を見開いてから、気まずそうに逸らした。

『いや、その、ありがたい申し出だが……見ての通りだぞ？』

「大丈夫です、皿洗いには自信がありますから！」

『ええと……その。では、お任せしようかな……？』

アルツト家で約十年間鍛えられたのだ、家事だけは人並みにできる自負がある。静かに燃えるフローラに、青年の方が若干根負けした感じがあった。

腕まくりをしたフローラは、最初に皿洗いにあたって必要な物がどのくらいあるか確認を始める。これまでの彼の言動や視界に入る情報からして、最悪何もない（それこそ食器を冷水で洗うような）

状態からスタートすることになるかと思っていたが、案外化石になりかけているだけで、物は十分なほど揃っていた。

たとえば、蛇口を捻るとあっさりお湯が出る。温かいお湯が蛇口を捻っただけで出てくるなんて、ディーヘンではなかなか上等な暮らしぶりだ。フローラが本当の両親と生活していた時は、定住せずあらゆる場を移動していたため、冷水や井戸、川を利用する生活が当たり前だった。

国民性から魔法後進国と揶揄されることもあるフローラの出身国だが、都市部の水道は充実しており、蛇口ぐらいならどの家にもある。けれど、加えて安定して温水が出る設備を備えた家となると限られてくる。アルツト家だって水には困らなかったけど、温水を用意するとなるとそれなりに面倒な作業が毎回必要だったのに。清潔な水の流れる水道を引くこと、水圧を保つこと、その水を魔法石で温めること、さらに温度が調節できること——温水一つ流すのにも、地味に大変な技術と労力がかかるのだ。

これが魔法最先端の国との違いなのだろうか。それとも魔法使いという存在が皆こういう生活をしているのだろうか。どちらにせよ素晴らしい。魔法使い様が当たり前のことに何を感動しているのだろうという顔をしているのが信じられない。魔法ってすごい。ランチェってすごい——。

フローラにしては随分と怪しいテンションになっているのは、目の前の惨劇を受け入れたくない思いも半分ぐらいあるのだろう。気が遠くなりそうな所を、両頬をパンパンと叩いて気合いを入れる。

髪をささっとまとめ（縛る物は適当に魔法使いからもらった。ついでに明らかに使ってなさそうなエプロンも貸してもらった。やっぱりサイズはだぼだぼだった）、早速手を動かし始めた——。

一時間ほど経過した頃のことだろうか。手際よく動く彼女の後ろで、邪魔しないように、しかしとても何か言いたそうにうろうろしていた魔法使いが、彼女が振り返ってほっとした顔を見せたのと同時に、石版を突き出す。

『おかしい。流し台から皿がなくなっている』

「いえ、その、おかしくはないと言うか、これが普通ですと言いますか」

『どんな魔法を使ったと言うのだ……？』

「魔法使い様もご覧になっていた通り、お皿を洗っていただけですよ……？」

魔法使いの困惑したような声に、フローラも思わず似たような調子で返事をしてしまった。

何しろキッチンは、探ってみれば片付けや掃除のための掘り出し物で溢れている。洗った食器の水切り場及び収納スペースを探し、棚をそっと開いた先に（この棚の開け心地もまた異常に軽くて驚いたのだが）、最初は探し物があったのだと思った。ところがフローラの知っているただの水切りと様子が違う。普通水切り場とは流し台の上にあるものだと思うのだが、流し台の下、棚の中にそれはあった。いぶかしげに見下ろすフローラの目に、次に飛び込んで来たのは棚にひっついている奇妙なボタンの群れだ。よくよく見ると、ボタンの説明だろうか、ランチェ語が書いてある。まさか、いや、そんな。高鳴る胸を押さえ、ひとまず洗った食器の中からよさそうなものをセットしてから、一番目立っているボタンを押す。

ゴウンゴウンゴウン――。

まもなく何かが稼働する音が聞こえてきて、フローラは感動に震えた。間違いない。これが、あの、憧れの、魔法式食器乾燥機だ！　しかもたぶん食器洗浄機も兼ねている！　イングリッドが家にもあったら面白いのにと話題に出していたことがあったし、どこかには存在すると聞いていたけれど、本当に実在していて、しかも自分が使う日が来るなんて――！

　両頬を押さえ、うっとりと静かに感激していたフローラだが、後ろで見守る魔法使いの方はたぶんそんな彼女に静かに引いていた。このような恵まれた設備が腐ったままではもったいないと、彼女の洗い物魂に火が入り――。

『これは何をしているのだ』

「ちょっと、煮沸消毒をしようかなと。あと、黄ばみを落とそうかなと」

『しゃふつ？　きばみ？』

「はいっ！　せっかくこんな、大きくて色々あるキッチンですし、汚れ落としの魔法石鹸なども充実しているようなので！」

　ついには、一度汚れを落とした食器にさらに追い打ちをかけることにまで、手を出し始めたのだった。

「ついでですから、台所のお掃除もぱぱっとしてしまいますねっ！」

『ついで？』

「大丈夫です、慣れてますから！　ただ、これだけ色々あるので、試していると時間がかかってしまうかもしれません、よろしいですね⁉」

『もうなんか、貴女の好きにすればいいんじゃないかな……』

「ありがとうございます！」

　下働きとして長年こき使われていたフローラだが、恐れていたのは叔母を筆頭とする関係者達の叱責、特に怒鳴り声や暴力であり、家事をすること自体が嫌な訳ではなかった。むしろ好きだ。仕上がりのこだわりについてはマニアックですらあったりもする。歌を歌いながら実際の持ち主よりよっぽど正確に的確に台所を掌握していく少女の快進撃に、家主は後ろで棒立ちして指を咥えているしかない。

いつの間にか熱が入り過ぎて自分の好きなように動きまくっているフローラだったが、一応何か変化を起こす前に毎回家主に確認は取っている。魔法使いはこの小一時間、そんな彼女に時折頷いては後ろで謎のため息を吐いているだけの平和な置物と化していた。インテリアを動かされても文句の一つも言わない。いや、この辺は家事慣れしているフローラが、うまいこと青年をこき使って収納をより円滑にできるように手伝わせている感じもあった。

『おお……ここまで綺麗だと、料理もできそうだ』

ぴかぴかに輝き、あらゆる汚れとおさらばし、散らばっていた食器があるべき場所に戻って広々したキッチンを見て、魔法使いは感動の声を上げる。思わず漏れた言葉にくるりと振り返ったフローラが、微笑んだ。彼女も彼女で、憧れの魔法式設備が完備された技術の粋を集めたであろう贅沢キッチンをふんだんに利用し、あるべき姿を取り戻させたことに達成感を覚えている。

「お作りしましょうか？」

『できるのか？』

「そこまで大した物はできませんが……食材の残りを拝見させていただいてもよろしいでしょうか？」

当然、魔法使いは黙ってこくこく頷いた。もはや完全に、この場の実権は突然転がり込んできた、本来とてつもなく気弱なはずの小娘に握られてしまっている。

さすがは魔法使いの家と言うべきか、とにかくこの森奥の隠遁者の隠れ家（偏見）には、意外にも最先端の魔法式技術が揃っている。この家は、家事に費やすコストを可能な限り下げるという点で、現状での一つの最適解を示しているモデルハウスだった。

家事とは家での仕事である。人が生きていくということ、それだけで手間はかかる。掃除、洗濯、炊事、買い物、裁縫、子どもが生まれれば育児、エトセトラエトセトラ。それを、ボタン一つで人の代わりに魔法式装置があらゆることを代行してくれるのだ。たとえば皿洗い。たとえば掃除。たとえば、たとえば……。すばらしきかな魔法、すばらしきかな人類の堕落への惜しみない投資。しかもその上、ボタンに大体ランチェ語で押したら何が起こるか書いてあるし、それでもわからなかったら魔法使いを呼びつけると、なにやら面倒くさそうに操作した後、音声付き説明映像のようなものを出してくれる。

しかしこの家において、ある意味一番感動的なのは、これだけ至れり尽くせりの設備が揃っていて、家主がその活用に無関心ということだろう。

驚愕（きょうがく）と感動を繰り返しつつ、フローラは厨房（ちゅうぼう）を動き回っている。

今も、どういうシステムなのかはさっぱりわからないが、生ゴミを投入するとすうっとどこかに消えていく魔法のゴミ箱に震えていた所だ。ちなみにフローラが命名したのではない。箱の上に誰かの手書きで書いてある。

何気なく開けた白い棚の向こうから冷気が漂ってきた時も、フローラは思わず魔法使いを呼びつけ、例によって詳しい説明を求めてしまった。彼は「どれだけ魔法後進国にいたのだ」と言いたげな顔をしつつも、それが冷蔵・冷凍機能を完備した食料貯蔵庫であることを明かした。ランチェではそこそこ一般的な魔法器具らしい。ディーヘンでも魔法式冷蔵箱ぐらいなら見たことがあるが、瞬間冷凍機能を備えた冷凍庫は今回初めて見る。魔法使いが無感動なのが逆に信じられない。

しかも家の外、隣にある倉庫も凄まじかった。一定周期で食材などが送られてくるのだそうだ。こちらからもある程度物を送れる転送装置付きで、ゆえに魔法使いは割と本格的に引きこもり生活を謳歌できているらしい。

もうなんと言うか、絶句だ。本当にこの家に引きこもれる。誰と顔を合わせなくても生活していける。しかも日々の家事も楽に過ごせる。……はずなのに、半ばゴミ屋敷化しかけているのだから、なんとかとハサミは使いよう、とよく言ったものである。

フローラは魔法器具の数々に感動し、いちいちぴょんぴょん跳ねて喜びを示しながらも、さすがにそればかりでもいられないので合間に真面目に手を動かす。朝はとっくに過ぎていて、時間を見るともう正午も過ぎていた。食材がぎゅうぎゅうづめに山ほどあるので（しかも何個かは冷蔵室の中にあっても傷み始めている気がする）何かどっさりシチューなど作ってしまいたいが、その前に軽くつまめるものをと探す。ひとまず、ディーヘンでも結構なじみ深い果物があるのを見て手に取り、包丁を使って皮を剝く。

――と。

『貴女は料理人か何かか？』

「え？　い、いいえ？」

『あっ馬鹿目を離すな、切ったらどうするんだ！』

「一瞬ですし、このぐらいなら手の感覚でできますから」

　自分から話しかけてきておいて（しかも相手の言葉を見るためにこちらは必ず相手の方を見なければならない）慌てた魔法使いだったが、今度はフローラの手慣れた包丁さばきに顎が外れんばかりに驚いている。

『なぜ手を切らない』

「ええと……切ったら料理になりませんから」

『なぜ手がその速さに動く』

「手早くしないと、叱られましたもので。それに、やっているうちに慣れると、自然と速さも上がります」

『私が同じことをしようとしたら間違いなく手が穴だらけになるんだが。しかも包丁だけでなく皮むきも使いこなしているな、なぜだ!?』

「なぜと言われましても……」

『私は昔爪をすぱっとやってから二度と触るまいと誓った。一応ここに来る人が使うことがあるから残ったままなのだが、なるほど本来はそういう風に扱うものだったのだな』

「…………」

　フローラは途中から生温かい微笑みを浮かべ、うるさい家主をスルー気味に料理に集中していた。仕上がりを並べると、魔法使いはなぜか真顔である。

『おかしい』

「え？　あの、何かお気に召しませんでしたか？　嫌いな食べ物とか……」

『違う、できあがるのが早過ぎる。なぜ無傷なのだ。それになぜ料理が終わるのと同時に厨房が片付いている？　おかしい。やはり不正があったとしか思えない。しかも美味しそうだ』

「何の不正でしょう……？　あの、それとすみません、か、簡単なものなのですが……」

『それはこれしきのこともできない私に対する挑発か!?』

「すっ、すみません、すみませんっ、違います！」

『食べるぞ？　私は本当に食べるぞ？　食べていいんだな!?』

「あの、どうぞ、召し上がれ……？」

結局フローラが魔法使いに振る舞った昼食は、切った果物と卵やハムのサンドイッチ、それからサラダだった。これ以上あまり家主を待たせてはいけないと思ったのと、凝ったものを出して合わないよりはと判断したメニューである。

相変わらず食卓は台所だが、さっきより随分マシだ。片付ければキッチンは広いし、椅子も二人分持ってきた。パンをメインにしたサンドイッチなら、朝食に魔法使いが出してきたぐらいだし、食べられるはずだ……たぶん。さりげなく好みのメニュー、ないし食べられないものを聞き出せたらと思ったが、魔法使いは「口に入ればなんでも」としか答えてくれなかったので仕方ない。が、やっぱり軽過ぎただろうか、自分で作ると言い出した以上、もっときちんとしたものを用意するべきだっただろうか。と言うかそもそも、人様の台所を勝手に占拠して料理を作るとは何様のつもりなのだろう。

魔法器具のあれこれに浮かれていた状態から落ち着いてくると、フローラは内心胃が痛い。こっそり途中味見した感じではいつも通りで、少なくとも食べられないということはないと思うが、ドキドキしながら石版を見ると――。

『美味しい！　美味しいぞ！　美味しい！』

……どうやら一応喜ばれているようなので、ひとまずほっとする。

『すごい。まるで魔法みたいだ。すごい。生野菜が食べられるとは、魔法か』

（魔法使いはあなたでは……？）

なんだか不穏な言葉が聞こえてきた気もするが、即席のドレッシングがうまく言ったのならよかった、とフローラは思う。魔法使いはたまに石版を向けて大感激の様子を表しては、サンドイッチを口に放り込んで神妙な顔で咀嚼する作業に専念している。自分の分を確保するのも忘れて魔法使いの食べっぷりに魅入ってしまう。下働きもどきだった頃は、早く美味しくできるのが当たり前で、できないことを叱咤されることはあっても、こんなに誰かに喜んでもらえることなんてなかった。

（やっぱり、もっとちゃんとしたものを、作ればよかったかしら……）

『ニンフェ殿』

最初、慣れない呼びかけだったせいで咄嗟に自分のことだとわからなかった。少し遅れてから、フローラはぴんと姿勢を伸ばす。

「あっ、はい！　なんでしょう⁉」

『なくなった』

「え？」

『なくなってしまったんだ、昼食が』

「…………」

悲壮感漂う魔法使いの視線の先を追うと、確かにすっかり空になった皿が残されている。

「す、少な過ぎました、ね……？」

彼女の基準では一人分をもう少し過ぎたぐらいだったのだが、成人男性には足りなかっただろうか。

彼の熱っぽい視線の先を追い、つい彼女は自分のサンドイッチの載っている皿をそっと押す。

「あの……よろしければ、こちらも」

『そ、そんな意地汚いことはしないっ』

「で、でも……わたし、あまりお腹が空いていなくて、その、半分食べていただければ、と」

『何？　そうか、それでは仕方ないなっ！　そ、そういうことなら、私が半分食べても問題ないな！』

落ち着いた、ともすれば老成を感じさせるほどクールな雰囲気はどこへやら。今の彼はすっかり幼い、無邪気な子どものような顔をしていた。

（朝と言い、随分印象の変わる方だわ……）

けれど一心にサンドイッチを頬張ってはうまいうまいと繰り返す、その姿はけして不快ではない。

不思議と品のある食べ方のせいだろうか？

フローラが自然と笑みを零したちょうどその時、家の外からハスキーな声が聞こえてきた。

「ごめんくださーい！　魔法使い様、いるー？」

魔法使いが話していた、フローラの世話をしてくれる知り合いとやらがやってきたのだろう。

「すみませんねー、遅くなっちゃって。どんな感じになってます？」

『意思疎通も健康状態も今の所特に問題なさそうだ。昼ご飯ももう済ませてある』

「あらま、それはよかったことで」

家主が玄関で出迎えた訪問者が、家の中に入ってくる。新たな人物を見て、フローラは自分の心臓が嫌な風に跳ねたのを感じた。

頭を覆う婦人の帽子から零れ落ち揺れて波打つ髪の色は金、ぱちぱちと瞬く瞳は澄んだ青色。雰囲気は明るく、キュッと絞られた腰の上下にはボリューミーな丸みが主張していて、いかにも女性的、さらに健康そうだ。実にイングリッドを思い出させる見た目である。もっとも、この女性の方がイングリッドより大分年上、三十代は行っていそうだが。

構成要素が一致しているというだけで瞬間的に結びつけてしまうから、人間の発想とは時折余計な仕事をしてしまう。反射的に苦手な人物にイメージが結びつき、魔法使いを盾に引っ込もうとしたフローラだったが、それより女性がフローラを見つけ、がっしりと勢いよく両手をつかむ方が早かった。

「あらあら、まあまあ！　起きたのねえ、お嬢さん。お加減いかが？　あたしも家のことがあるからさあ、泊まるって訳にはいかなくて、かといって気絶している若いお嬢さんをデリカシーのない野郎だらけの我が家に連れ込むのもなんだか気が引けて、ごめんなさいねえ。まあ、デリカシーないのは魔法使い様も一緒なんですけどね、あはははは！」

『おい』

すっと不満そうな文字を掲げている魔法使いの横で、フローラは目を回しそうになった。一応ランチェ語の聞き取りもある程度はできるが、かなりの早口だったため、ところどころ聞き取りが追いつかないのだ。勢いに押されてなすがままになっている彼女に向かい、女性はまくし立ててくる。

「それで、大分顔色もよくなったみたいだけど、昨日は大丈夫だった？　この人に何かされなかった？　具体的に言うと若い男女が一つ屋根の下、何もないなんてつまらなぐふっ」

『なんてことを言い出すんだ、アホか！』

女性の言葉が途中で途切れたのは、魔法使いが石版でしこたま頭をすぱーんと殴りつけたからだ。冷静になって見れば見るほどイングリッドとは似ていない。そばかすもあるし、格好も随分と——その、所帯じみている。

「ちょっと魔法使い様、何も叩くことないじゃないですか！」

『私に叩かれるようなことを言うからだろう⁉』

「必死になって否定すると余計それっぽいですよ——暴力反対、暴力反対！」

『自分の発言を顧みてから言ってもらおうか！　あとこうでもしないと、あんた黙らないだろうが！』

「そうなんですかー。ところで余裕のない殿方って魅力が半減以下になりますので、覚えておくと魔法使い様の今後がもう少し明るくなると思いますよ。やだ、あたしってば親切！」

『誰が！　私の！　余裕を！　なくしていると思っているんだ‼』

魔法使いの方は相変わらずの筆談なため、音声的には結構シュールな状況だ。大分年上の女性の方は若い魔法使いを適当にあしらった後、フローラが血相を変えているのを見ると、今までと雰囲気を変えて真面目な顔つきになる。

「大丈夫？」

「……え？　あ、あの」

「あなたのことよ。大丈夫？」

女性はもう一度フローラの両手を握る。今度はさっきと違って、優しく、気遣うように、反応を窺いながらだった。

「ごめんね、いきなり変なのが出てきてうるさくしたから、怖くなっちゃった？　脅かしちゃったなら申し訳ないことをしたわ。あたしはあなたの敵じゃないのよ。魔法使い様もたぶんそう」

『たぶんとか言うな』

　魔法使いが定期的に抗議しているが、女性はまるで相手にしていない。さっきまでフローラの苦手な早口の大声で喋っていたが、喋り方が丁寧になった。フローラがちょっとだけ力を抜いたのを見てから、手を離し、目を見張る優雅な仕草で腰を折る。

「改めて、お初にお目にかかります、お嬢様。あたし、セラ＝セルヴァントと申します。森の近くの町に住んでいて、時々魔法使い様の様子を見に来る係って所です。昨日はあなたのお世話も、少しさせていただきました。魔法使い様は紳士的なお方ですから、さっきからかったようなことは何も……ないですよね？」

『ない、と何度も言っているだろうが、そんなに私が信じられないか』

　そういえば寝起きに口説かれたような気がするが、あれは……寝ぼけていたからノーカウントということなのだろうな、などとフローラがこっそり思っている横で、女性の滑舌のいい早口が続けられる。

「とのことです。いえ、むしろあるって言われたら見直しちゃうんですけど、やっぱり魔法使い様はこういう人ですよねー、ハッ」

『セラ、真面目な話をしようか！　あと鼻で笑うな！』

　新たな人物にフローラが落ち着いてきたこともあるのか、単に自分がネタにされ続けるのが我慢ならなかったのか、魔法使いが訪問者の女性、セラに向かって石版を向ける。

『ニンフェ殿、こっちはセラ。本人も言っていた通り、時々私の様子を見に来てくれる親切でお節介な女性だ――ってそうだ、こっちは紹介もまだだった。

セラ、彼女はディーヘンから――ちょっとこう、事故に巻き込まれてここまで来てしまったらしい。色々と事情があるみたいで、私より貴女の方が彼女の役に立つと思うと言うか……』

「あら、そうなんですか？　と言うかディーヘンの方だってんなら、最初に教えてくださいよ、魔法使い様。あたし今までランチェ語でまくし立てて、なーんもわかってなかったかもしれないじゃないですか」

「あの……」

フローラは自分の話題になったこともあってつい声を上げたが、二人の視線が一斉に向けられるとひるむ。それでも二人とも機嫌を悪くすることもなく待っている様子なのを見ると、言葉を続けることができた。

「申し遅れました。こちらこそ、お初にお目にかかります。フローラ＝ニンフェと申します。出身はディーヘンですが、ランチェ語の読み書きや聞き取りもできますし、つたないかもしれませんが、少しは話せます。なまりとか、早口になってしまうと、駄目なのですが……」

この辺りで、長話になりそうだと気を利かせたらしい家主が椅子を持ってきた。女性陣はありがたく利用することにして、話を続ける。

賑（にぎ）やかでお喋りな女性は、意外にもかなりの聞き出し上手で、引っ込み思案なフローラも、あれよあれよと言う間に自分のことを話していた。元から話し慣れていない方が話し慣れている方に会話の主導権を握られているだけと言ったら、その通りなのかもしれないが。

ランチェ語で表現や言葉に詰まることがあっても、セラは嫌な顔をせず待ってくれる。この辺は、魔法使いと一緒で気が楽だ。大声を出すことはあるが、フローラが嫌がっているのをすぐに悟って切り替えてくれた辺り、賢く気の利く人だと思う。

魔法使いも時折フローラがランチェ語に迷ってディーヘン語に戻ると、セラに向かって翻訳してくれる。そういえば彼はフローラと喋っている時全く聞き取りに苦労している様子がなかった。教養の深い人物なのだと感心する。髪型はあれだし家の中の様子はこれだが、全体的に品と知性があって思慮深い人物のようだ。国家資格のある魔法使いって皆こうなのだろうか、とちょっとフローラはおののく思いである。

「なんてことだろうねえ、とんでもないこった！」

一通りの説明を聞き終えたセラが、開口一番に口にした言葉はそれだった。いつの間にか号泣しており、青い目から溢れ出した洪水(こうずい)をエプロンで拭(ふ)き取りながら、話の途中からリビングでごりごり薬草をすり潰しているらしい魔法使いの方に振り返る。

「ちょっと聞いてくださいよ魔法使い様、この子ったら本当に可哀想(かわいそう)で可哀想で！　小さい頃にご両親を亡くして！　育てられた家では使用人同然にいびられて！　苦労を重ねてきて！　それで挙げ句の果てに、とんでもない男に誘拐(ゆうかい)されて監禁されて、無理矢理夫婦にされそうになったんですよ！」

「その、違っているという訳ではないのですけど、大分話が大げさになっていると、思うのですが……？」

「何より許せないのが、年頃の女の子の髪を勝手に切るなんて！　どこの馬の骨か知りませんが、サイッテーのクズ野郎ですよ、地獄に堕ちやがれってんだ！」

「と言うか、その、魔法使い様はお忙しいのですから、お邪魔をしては……」

『大丈夫だ、問題ない』

「魔法使い様⁉」

「本人が大丈夫だと言ってるので遠慮する必要はありませんよ、フローラちゃん。あの人本当に忙しかったら、そもそも返事どころか喋りかけたことすら気がつきませんから。と言うかたぶんあれ、あなたの身の上とか事情について、がっつり聞いていいのか、聞かないフリをした方がいいのか、距離感わかりかねて適当にどっちにでも取れるように忙しいポーズ取ってるだけですから」

『セラァ！』

フローラは反応に困って、引きつった微笑を浮かべるままにとどめた。おいおい泣いていたセラが、そこですっと顔を上げ、魔法使いの方におもむろに向き直る。

「あたし決めましたよぉ、魔法使い様」

『急になんだ』

「この子のこと、全力で応援するって。この子はね、今から幸せになるべきなんですよ。わかりますか？」

『まあ、うん。別に異存はないが』

「ちょっと、あたしのことなら構いませんけど、フローラちゃんのことなんですよ、わかってますか⁉　魔法使い様だって当事者になるんですからね！」

『待て。なぜ私が当事者になるんだ。とてつもなく嫌な予感がするぞ、何を企(たくら)んでいる？』

「別にぃ、とーってもいいことを思いついただけ」

　ガタッと魔法使いが音を立てて椅子から立ち上がった。フローラもまた、不安の混じった眼差しをやたらと自信満々な様子の話し手に向ける。二人分の注目を受けて、ふん、とセラは得意そうに豊満な胸を張った。

「簡単な話です。フローラちゃんは着の身着のまま逃げてきて何も用意がない、これから住む所や働く所はどうしようってことでしたけど、それならここに住み込んじゃえばいいんですよ！」

「…………えっ？」

　フローラはたっぷり間を開けてから声を上げる。きっと魔法使いも、彼女と全く同じ、ぽかんとした顔をしていたに違いなかった。

「そうと決まれば善は急げ！　色々とご入り用でしょうし、あたしはちょいとこれで――」

『待て、なぜそうなった。そして私は何も許可していないぞ、勝手に話を進めるな』

　二人が唖然としている間に、さっさと一人で話をまとめて出て行こうとしたセラだったが、さすがに魔法使いが石版で突っ込み代わりに彼女の身体を突く。はっ、とフローラが我に返るのと、セラが口を尖らせ腰に両手を当てつつ抗議を始めたのは、ほぼ同時だった。

「だって魔法使い様。前々から言われていたじゃありませんか。本人に任せたら何回家を倒壊させてもきりがなし、お世話する人を誰か雇うべきだって」

『それは、そっちや周りが勝手に言っているだけで、私は今のままでも問題ないと思う』

　言葉を聞いた女性二人ともが、輝いているキッチンと未だ惨憺たる有様のダイニングを黙ったまま見比べてしまったのは、仕方ないだろう。

『その意味深な間の置き方はやめろ！』

「す、すみませんっ！　わ、わたしは、その、えっと――」

　フローラは魔法使いに味方するべきか、セラに味方するべきか、咄嗟に迷ってしまった。その間に、セラの方が素早く答えてしまう。

「だって、魔法使い様が高度な自虐ネタを仕込んできたのかと思って」

『違う！』

「つまり相変わらず天然でいらっしゃる。なるほどよりたちが悪いですね！」

『セラァ！』

　この二人は口論しているというより、魔法使いが一方的に遊ばれているという印象の方が強い。フローラは会話のテンポの速さにおろおろしつつ、一生懸命加わろうとしたり、諦めて引っ込んでいったり、交互に繰り返している。

「あとねえ。お忘れのようですから思い出していただきますけど、あたしのもともとの仕事はあなたの様子を見ることだけ、家事のお手伝いをすることは完っ全にあたしの好意に寄っかかってるサービス残業ですからね？　今のままでもって言うからには、たぶんあたしの手を借りることを当たり前のように予定に入れているんだと思いますけど、こうなったからには今日から本来の業務に戻らせていただきますからね？」

『うっ……いや、でも、わかった。私の家の家事手伝いをしてくれる人を雇うと言うのならわかった。それはいいが、住み込みにする必要は全くないだろう？　町に住んで、通えばいい。今までのセラみたいに』

「あのねー。森は魔法使い様が来てから安全っちゃそうですし、そのことにはこちらもとてもご恩を感じています。けれど、いくら魔獣が出なくなって明るくなったからって、森の中を往復するのは楽なことじゃないですよ。それに、若い女性の一人歩きを推奨するなんて、何考えてるんですか？　だからモテないんですよ？」

『モテ云々は今関係ないだろう!?』

よくもまあ、これほど舌を回して噛まないものだとフローラは感心してしまう。

早口を聞き取って新しい情報を整理するに、セラはここアルチュールの森の近くにあるアルチュールの町の住人で、魔法使いの様子を定期的に見に来ている（ついでに今まで家事手伝いをしていたこともあったらしい）。町から森は歩いてこられる程度の距離にあるが、セラの口ぶりから察するにけして通うのが楽な距離ではない。森の道が平坦でなく、馬車や馬などを利用できないせいで、人の足を使うしかないのも道のりを困難にしている一因なのだろう。それから、アルチュールは昔魔の巣くう恐ろしい森だったはずだが、おそらくこの魔法使いが来たことで安全な場所になっている――ということは、やっぱり何かこう、すごい人なんだろうなあとは思う。さっきから駄目な所ばっかり目についている気もするし、みょんと飛び出た前衛的な寝癖――じゃない、緻密に計算されてセッティングされた髪型？　とか気になるけど、たぶんきっとおそらく、すごい人なのだ。

「帰ったらうちのボンクラどもの世話だってしなきゃいけないんだし、って言うか主婦なんですからそっちが本業なんだし。魔法使い様はあたしに対する感謝の気持ちがちょっと少ないと思うんですよね」

『それは……悪かった。今まで迷惑をかけてたのは、その、本当に悪かったから』

「ってことで、フローラちゃんが住み込めばその辺が全部解決してあたしのやることが超ラクチンになるじゃないですか。よかった、これで肩の荷が大分下りるわ」

『結局そういうことだと思った、自分が楽するために適当なこと言ってるんじゃないか!?』

「でもそっちの方がみんな得するんだからいいでしょ。ねー、フローラちゃん」

「へっ!?」

急に話題を振られてフローラは素っ頓狂な声を上げた。特に構わず、セラは続ける。

「だってフローラちゃん、掃除でしょ、料理でしょ、お洗濯でしょ、あとお裁縫もできる?」

「で、できます、その、少しなら……」

「この子の場合絶対謙遜してるから、これは針の腕もプロ並みに間違いありませんよ、魔法使い様」

「あの、本当に、少しですから……」

「それにディーヘン出身らしいですけど、ランチェ語だって問題ないようですし、あたしなんかと違って育ちが良さそうで上品だし、何より人見知りの魔法使い様が一緒にいて何も問題を感じていないようですから、これはもう適材適所、逸材と言って差し支えありませんよ。違いますか？」

新たに気になる言葉が出てきて、フローラは思わず魔法使いの方を振り返ってじっと見る。

彼は気まずそうに目を逸らそうとした後、諦めたのかフローラに石版を向けた。

『初対面の相手と、何を話せばいいのかわからないだけだ。貴女の場合は、こう、それどころじゃなかったと言うか、貴女は本当に困っているみたいだったし、その……』

言われてみれば森奥に人目を避けるように住んでいるのだし、フローラの事情を聞こうとして失敗し、動揺していた辺りなんかいかにも話し慣れていない。けれど、慣れていないなりに彼がとても自分を気にかけてくれたということなのだろうかと感じると、申し訳なく思いつつも嬉しく感じる。

「と言うか元はと言えば昨晩泊めたのだって、決め手は魔法使い様がどうしてもと一緒にいたいって、ゴネ――」

『捏造するな！　おそらく魔法絡みの事件だから、私の近くにいる方が確実に安全だという話をしただけだ！』

「あら、そうでしたっけ？」

『そのニヤニヤした顔をやめろ！』

「でもぉ、それならなおさら、ここで放り出すのはちょっと無責任じゃありませんか？　この子を酷い目に遭わせた変な人の正体だって、まだ知れないんですよ」

『それは……』

「部屋のスペースがないってことなら昨晩泊まれているから理由になりませんし、物が入り用ってことならあたしが手配しますから。と言うか、なんならもう手配済みですから」

『いや、でも、その――は？』

魔法使いがしどろもどろになった瞬間を、セラは見逃さなかった。ぎらりと瞳が怪しく輝き、わざとらしく声を上げる。

「あーらもう、こんな時間！　やだー、あたしったら帰らないと怒られちゃうわ！　ただでさえ週一勤務のはずが、今回だけ連日勤務でうちの子ども達もちょっとぴりぴりしてるんだから――そんな訳で、じゃっ」

魔法使いとフローラの二人が理解する前に、こざかしい主婦はひらりと身を翻し、家からたたたと小走りに出て行ってしまう。

「じゃっ――!?」

『おい待て、セラ！　お前まさか、最初からそのつもりで、今日――』

大分出遅れた後、慌てて玄関まで追いかけた頃には、彼女の姿は森の木々の向こうに消える直前だ。

「フローラちゃん、魔法使い様のこと、よろしくお願いしますねー！　だーいじょうぶ、あなたならできるわ！　必要なものは充実の転移装置で届きますし、あたしも今まで通り週一で様子を見に来ますから！　おーほほほほほほほほ！」

「セルヴァントさん――!?」

『セラー！』

後には謎の達成感に満ち溢れた高笑いと、悲鳴だけが残される。

少しの間、置いてきぼりにされた二人は揃って悲壮感に包まれていたが、魔法使いの方が立ち直りが早かった。

『ええと……セラは適当な部分も多いが、困っている相手をそのまま放置することはない、むしろお節介に手を出してくるような人だ。少々やり方が乱暴だとは思うが、今の所貴女はここにいる方がいいと判断したのだろう。ディアーブル伯爵とやらが何者かもわかっていない以上、確かに私の側にいるのが一番安全ではある……と、思うんだ』

恐縮しているフローラに、大きなため息を一つ吐き出してから、彼は続ける。

『また一週間後には様子を見にやって来るだろうし、とりあえず我慢してもらって、どうしても駄目そうならその時貴女の方から彼女に訴えてみてくれ。もし、貴女が真剣にこの状況は嫌だと言うのなら、セラも何か別の手を考えてくれるだろう』

　フローラは作り笑顔を浮かべた。フローラ自身は、急に言われて驚きはしたものの、魔法使いと一緒に暮らせと言われて全く嫌ではないのだ。だからどちらかと言うと、自分が魔法使いの機嫌を損ねて叩き出される予感しかしない。既に勝手に家の中を弄り回したりしているし、いつ出て行けと言われても仕方ないと思うが……。

　彼女の心配などつゆ知らず、魔法使いは一度足を踏み出した。どこに行くのかと思えば、セラが去り際にさりげなく置いていった、と言うか投げ捨てていった荷物を拾い上げ、戻ってくる。

『さて、こうなってしまったからには腹をくくろう。まずは……部屋からだな。セラも言っていた通り、そのまま昨日使った二階で寝起きするといい。どうせ私は使っていない。……いや、まあ、全く使用していなかったと言う訳じゃないんだが、調合室で寝起きしていることも結構あるからな。貴女が使っても問題ないだろう』

「あ、あの、でも、そんな――」

『必要なものは後で倉庫の転送装置に届くと言っていたから、まずは信用することにしよう。何もなくても定期的に私の分は送られてくるし、こちらから注文をすることもできる。今の時間はまだ早過ぎると思うから、もう少し経ったら倉庫に確認しに行く。そんな所でいいか』

「ええと――」

『初めてのことで、私も何をすればいいのかわかっていないが、色々試して決めていこう』

「ま、魔法使い様！」

『なんだ？』

彼はあっさりとした風情で、話を続けていこうとする。問い返されて、一瞬うっと言葉に詰まってから、フローラはおずおず言った。

「なんと言うか、その……魔法使い様は、本当にこれでよかったのでしょうか、と言うか……わたしなんかが、おこがましいのではないでしょうか、と言うか……」

彼の方も、ちょっとだけきょとんと間の抜けた顔をした。けれどすぐに元に戻る。

『本気で嫌だと思ったら私だってもっと拒絶するし、そもそも泊めることだって許さないぞ？ 少なくとも――そうだな、私の方は、特に嫌だとは感じない。貴女が私と一緒にいるのが嫌と言うのなら、仕方ないと思うが――』

「そ、そんなことは、ありません！ わたしは――」

ド真面目な顔で言われると、フローラは自分の顔が赤くなるのを感じる。が、何に恥ずかしがっているのかは自分でもわからない。困惑している彼女に、魔法使いはセラの持ってきた小包をぽんと優しく手渡した。

『昨日持ってくると言っていたから、貴女に必要なものが入っていると思う。長い間その格好にさせていてすまなかった。まずは上か浴室で着替えておいで。それから続きを話そう』

言われてみれば、フローラは魔法使いのものであるだぼだぼのガウンをまとっているだけの状態だ。自覚すると一気に顔が赤くなる。頭を下げ、小走りに二階まで逃げ戻ってから、渡された包みをそろそろと解いてみる。

中には着るもの一式の他に、髪留めや帽子などのアクセサリー、櫛、簡単な化粧道具や小さな裁縫道具なども入っていた。靴が出てきた所で、ようやく自分がスリッパ生活だったことを思い出し、苦笑する。それからメモらしきものが入っていて、貸すのではなくあげるので遠慮なく使ってほしいということ、あり合わせのものしか詰められなくて申し訳なく思っていること、後は中身のちょっとした説明――等々、細々と右上がりのランチェ文字で走り書きがされている。セルヴァント夫人の帰り際の様子から察するに、他にもやることがあって忙しい中わざわざ出向かせてしまったのだろう。申し訳なさとありがたさを感じてから、待たせている魔法使いのことを思い出し、急いで着替えを始める。

白いパフスリーブのブラウスの上に、スカートと一体になった胴衣(ボディス)をつける。小柄で痩せ型のフローラには少し大きかったようだが、腰のギャザーを絞ることで調整した。さらに、ブラウスと同じ色合いの白いエプロンをつけて完成するらしい。身につけてみると、胴衣(ボディス)の色は結構明るめだし、エプロンにはさりげなく愛らしい花模様の刺繍(ししゅう)が縁にちりばめられているし、スカートの裾にはフリルがついているしと、デザインがいささか可愛らしい。今まで地味で目立たないつぎはぎの服ばかり経験し、それが当たり前だったフローラにはちょっとまぶし過ぎるように思えた。チョーカーなども入っていたが、今のままでも十分なので遠慮する。ガーターリングだけは、もっとシンプルでいいのにと思いつつ、代用品がなかったので渋々甘んじた。これもまた、フリルとリボンがあしらわれている。身支度の仕上げには手早く髪をほどき、三つ編みに結い直してから一階に下りる。

「お待たせしました！」

声をかけると、魔法使いはダイニングで読書にふけっていた。はまり込んでいたらしく、三回目でようやくこちらを向く。

『よし。それじゃあ、出かけながら話そうか。実際に見た方がたぶん早い』

「どこにお出かけするのですか？」

『森だ。私の日課に付き合ってもらう』

フローラを促して家を出た青年は、特に鍵をかけるような素振りを見せない。森奥だから誰も来ないということなのだろうか。でも家の中には本やら何かの素材やら、持って行かれたら困る物があったようだし、そもそもこの家自体が貴重品と言うか。戸締まりにうるさいディーヘン出身のフローラがまた一つ密かなカルチャーショックを受けていると、魔法使いが彼女の視線に気がついたようだ。

『ああ、そうか。今までは私一人だったから、気にしなくて済んでいたのだが』

彼は荷物をごそごそと漁り、扉に向かってフローラにはわからない作業を始めた。邪魔をしないように覗いてみると、音が鳴ったり謎の文字が光って浮かんだり、たぶん魔法が働いているのだろうとは思うが、具体的な原理や仕組みについてはさっぱりだ。

『私が家を出ると、この扉は勝手に閉まるんだ。それで私が帰ってくると勝手に開く。オートロックというシステムだな。このままでは貴女が家を出た時に閉め出されてしまうから、設定を直している所なんだ』

魔法使いは作業の合間に石版でそう教えてくれる。さすが数々のオーバーテクノロジーを見せつけてきたびっくりどっきりワンダーハウス、戸締まりにも抜かりない。

そういえばフローラのイメージする魔法使いは呪文を唱えて魔法を起こすものだが、彼は言葉が話せないためか、文字を書いたり、鞄から出した道具で何事か作業したりしているらしい。

（呪文……そうだ、わたし！）

呪文という言葉が頭に浮かんだ所で、フローラはとても大事なことを思い出した。彼女があの謎の男の所から逃げ出してくる時に唱えた言葉──あれはまさしく呪文だったのではなかったか？

（でも、わたし……魔法なんて、使えたのかしら。ママは、間違いなく魔法を使えていたのだけれど、わたしはどうなんだろう）

一般的に、魔法使いになるような人間は、それこそ赤ん坊の頃から周囲に超常現象を起こし、物心つく頃になるとその制御方法も、誰に聞くこともなくなんとなく会得しているのだと言う。フローラは不思議なものを見ることができるし、たぶん彼らの力を借りるようなこともできるのだろうが、制御はできない。魔法使いに聞いたら、どう答えてくれるだろう？

『どうかしたのか』

「い、いいえっ！」

（今はまだ、何もかもわからないことだらけ。うまく言葉にして説明できない。もう少し自分の中で整理してから、お話ししてみようか……）

気を取り直し、いよいよ森に出かける魔法使いにそのままついていこうとして、今度は彼の荷物に気がつく。

フローラが着替えている間に準備をしていたのだろうか。魔法使いは服装こそ変化がないが、肩からショルダーバッグを下げた上、手には何か小ぶりの袋をもう一つ持ち、腰の辺りにも小さなバッグをベルトに吊り下げている。フローラの頭に浮かんだ疑問に答えるかのように、彼は石版を見せた。

『出かける時の準備だ。いつもより少し多めだが、行った先で足りない思いをするより、持って行き過ぎて役に立たない方が、気分的に楽だろうと思ってな』

普段はここまで持たないが、今回フローラが同行するのでそのための装備といった所だろうか。こういったさりげない気遣いをしてくれるからだろうか、魔法使いと一緒にいることは快い。彼がそのまま何気なく歩いていってしまいそうになるので、フローラは慌てて追いつき、注意を引く。

「あの。わたし、一つお持ちしましょうか？」

『このままでも特に問題ないが……では、お言葉に甘えて任せようか』

「は、はいっ！」

魔法使いは一瞬断ろうとした気配を見せたが、フローラが自分だけ手ぶらなのが落ち着かない気持ちをくみ取ってくれたのか、一番軽そうな手に持っていた小さな袋を渡す。

『水筒と、それからタオルとか……まあ、適当に入れておいたものなんだが。私一人の時とは違うだろうが、貴女のために何を用意すればいいのか、まだよくわかっていなくてな』

「すっ――あ、ありがとうございます……」

フローラが身一つで駆け込んできた以上、何かと相手に頼ることになるのが心苦しい。咄嗟に定型句が飛び出しそうになったが、直前でふと朝のことを思い出し、謝罪ではなく感謝の言葉を口にする。

恩は、これから働いて返していくのだ。静かに改めて決意している彼女の心を知ってか知らずか、彼は穏やかな微笑みを浮かべた。渡された小さな袋は長めの紐がついていて、ちょうど首から下げるといい位置に納まる。フローラの準備が整ったのを確認してから、彼はゆっくり森の中を歩き出した。

魔法使いの家の前から、森の中に一本線のようなもの――草が生えていない、か細い道のようなものが見えている。

『この道を行くと、そのうち森が開けて、アルチュールの町まで行ける。セラが使っている道だ。町に行きたかったら、外れなければ迷うことはない』

言われてみれば確かに、セルヴァント夫人の走り去った方に向かって道は延びている。幅は人二人分ほどだろうか、一応でこぼこしておらず均（なら）されているものの、土がむき出しになっているから雨の時は大変そうだとフローラはちょっと思った。

「町までは歩いてどのぐらいですか？」

『慣れていないと片道だけで少なくとも三時間半はかかるらしいが、コツをつかめば二時間程度に抑えられるという所だったかな？　森の中が一時間程、森を出て町の城壁にたどり着くまでがやはり一時間程だったと思う。ああ、ただセラの場合、騎士の夫君が馬で森の入り口まで送り迎えしているんだ。そう考えると、慣れていない状態で全部歩いたら――』

「たぶん移動だけで、ほぼ半日かかりますね……」

『そうなるな』

魔法使いはあっさり答えたが、フローラは陸の孤島っぷりを改めて噛みしめている。

片道三時間以上――単純な距離にして十五キロといった所だろうか？　往復すると三十キロ。大体、巡礼等の旅人が一日歩く目安の距離と一致する。魔法使いの家は、一番近くの町に行くのにも、それなりの装備と覚悟が必要だということだ。

『まあ、必要な物は基本的に全部転移装置で揃うから、あまり心配しなくても大丈夫だ』

魔法使いが頼もしく言ってくれるが、フローラは思わず顔を引きつらせてしまった。この物理的な環境と、甘やかし要因（主に転移装置）もまた、彼の引きこもり力により一層拍車をかけているのだろうな、とわかってきたので。

魔法使いは道なき森の中を勝手知ったる顔で進んでいく。時折振り返っては、フローラがちゃんとついてきているか確認してくれる。

セルヴァント夫人が選んでくれたのは中古の婦人用革靴だが、適度に手入れがされていた。新品でない分ある程度人の足に慣らされて柔らかくなっているようだし、紐で多少は調整が利く。ヒール付きのガラスの靴に比べたら、大体の靴は天国の履き心地だ。

フローラはもともと幼少期は各地を移動する暮らし方を、引き取られてからは使いっ走り生活を送っていた。普通の女性より歩き回るのには慣れている。慣れないなりに、さほど息を上げずに魔法使いについていけるのは、彼をいくらか感心させたようだった。

十五分ぐらい経つともう、彼女がそれなりのペースで歩けることを理解したのか、同行人を振り返るより、森の中をきょろきょろ見回す方が増えていく。一体何を探しているのだろうと疑問に思った所で、タイミング良く魔法使いは立ち止まった。

『よし、この辺りが良さそうだ』

「何を始めるのですか？」

フローラが聞くと、彼は柔らかな表情を見せる。

『素材の採集だ。貴女も一緒にやってみるか？』

「……はい！」

二人が立ち止まった場所は、ちょうど季節なのだろうか、小さな花畑のようになっていた。

魔法使いは持ってきた鞄から片手で持てるような小型のシャベルを取り出すと、何気なくその辺りにかがみこみ、花の根元をいきなりざくざくと掘り出してしまう。てっきり花を摘み取るのかと思いきや、根こそぎ取りに行くアグレッシブな姿勢に、フローラは少々うろたえ、どうしたらいいのかと立ち尽くす。彼は黙々と作業をした後、掘り出し終えた花をフローラに見せてくれる。

『この植物は根の部分が薬の元になるので、掘って根ごと採集する。しかし茎から上、花や葉の部分は人体に毒だ、麻痺や呼吸困難を引き起こすためけして口に入れてはいけない。この季節だとちょうど咲いてしまっているが、花は薬には使えないし、根の栄養を奪うから、咲く前に掘り出してしまった方が薬としての価値は高い。ただし、このようにそれなりに花の見た目も綺麗だから、加工して観賞用にすることもできる』

そこまで解説すると、何気なく鞄の中にポイッと花を放り込んだ。すると、ちょうど花が鞄の穴の中に収まったと思った瞬間、淡い光を放ってから消えてしまう。目を丸くしたフローラに、魔法使いは思い通りの反応を得られたのか、満足そうな顔をしている。

『ちなみにこの採集鞄は別の空間と魔法でつながっていて、一時的に物を詰め込んでおくことができる。鞄分の重さしか感じないし、かさが一杯になってしまうようなこともない。ただ、出し入れや入れていい物の種類にはちょっとしたコツがいるから、嬉しがってなんでもかんでも詰め込むと後で大分酷い目に遭う』

そこまで言うと、彼は再び紫色の花を掘り出す作業に戻り、あらかた終わるとシャベルをしまい込んで今度はハサミを出した。チョキチョキと、フローラにはその辺りの道草にしか見えない物を、手際よく選んで切り取っていく。

『この小さな灌木からは葉を集める。別の魔法薬の材料になるんだ。持って帰ったら、乾燥させて細かく刻んで――そういう処理をする。特に毒はないし、尖ったりしている部分もないから比較的安全に集められる』

彼は集めた物をフローラに見せて解説しては、鞄の中に放り投げていく。

途中まではただただ感心し、見守るばかりだった彼女だが、魔法使いが頃合いを見て声をかけると、ぎこちなく動き出す。けれど、ようやく取れたと思って持って行けば、それは形が似ている別の種類の物だと言われてしまった。素人(しろうと)にはたかが植物採集だけでも難しそうだ。間違える度に青くなるフローラを、大丈夫だと魔法使いは優しく慰めてくれる。

少し作業に慣れてきたから、彼女はおずおずと切り出した。

「あの。草や木の種類などを、わたしも覚えた方が、よろしいのでしょうか？」

『無理にとは言わないが、知っていた方が森を歩いていて楽しいし、危険な物を避けることができる。もしこの森から出て別の場所に行っても、何かの役に立つかもしれない』

「わたし、あの……魔法使い様の、ご迷惑でないのなら、森の植物のこととか、色々と教えていただきたいです。あまり、要領がよくないので、何度も覚え直すことになるかもしれません、が……」

『なら覚えるまで繰り返せばいい。私も聞かれればその度に答えよう。別に覚えなくても責めはしないから、萎縮する必要はない』

「おっ、覚えます、覚えてみせます！」

彼のよく言えば優しい、悪く言えば素っ気ない言い方に、少しフローラはムキになった。

魔法使いはフローラに優しい。優しいが、何もしなくていい、というようなことを言われてしまうと、無性に面白くない。自分でもなぜこんな風に反発心を覚えるのか困惑するが、できないままでいるのを甘やかしてほしくなかった。

(怒鳴らずに、失敗をしても優しく受け入れてくれるのが、とても嬉しいはずなのに……変ね、どうしてこんなにもやもやするの？）

そんなフローラの葛藤をよそに、彼女が意欲的に採集を手伝う姿勢を見せ、また向上心をあらわにすると、彼はますます上機嫌になったようだ。

『素晴らしい。意欲は学びに効く、唯一にして最高の薬だよ、トワソン君』

フローラのぽかんとした反応を前に、青年は無言になり、無表情になった。ほんのり赤らんだ頬を隠すように掲げられた文は、言い訳をしている。

『……小説の引用だったんだが、忘れてくれ』

言われてみれば、フローラも聞いたことのある言い回しだった。本人的にかっこいい台詞のつもりだったのに、盛大に滑ったという所だろうか。先ほどまで勝手知ったる顔で彼女を先導し、まさに落ち着いた様子は森の賢人と言って過言でない、威風堂々たる風格だったのに。

落ち込まれると今度は逆にこちら側が慌ててしまう。

「い、いえ！　わ、わたしこそ、すみません、無知で……」

『いや。私が悪かったんだ。なんかこう、調子に乗った』

フローラの知らないネタを振って見事に流されたことに、彼は割と本気で沈んでいるらしい。なんと言うか――残念な人だ。けれどフローラには、その間の抜けた部分が嫌ではない。

（偉くて、すごくて、近寄りがたい人は、尊敬できるけれど。一緒に暮らしていくのなら、このぐらいの方が楽な気持ちでいられるのかもしれない）

自分が欠点だらけの人間である自覚があるだけに、相手が完璧人間だったら今頃いたたまれなさ過ぎて身の置き所がなかっただろう。だから、魔法使いのとても人間らしい所は、安心感を与えてくれる。本人は大層恥じ入っているようだけど。

「あの……わたしも、本は好きです。冒険譚とか、こっそり読みました」

どうすれば彼を慰められるだろう？　喜んでくれるだろう？　考えていると、自然と口が動いている。深緑色の目がこちらを見て、目尻がゆるむ。フローラは注目を受けて、自分の心臓が跳ねるのを感じた。奇妙な高揚感だ。心拍数が上がるのに、嫌でも恐ろしくもない。

「よろしければ……後で詳しく、お話をさせていただけませんか？　きっと、わたしも知っているお話なので……」

魔法使いはきょとんとした後、嬉しそうにくしゃりと顔をゆるめた。するとまた一つ、フローラの心臓が高鳴った。


穏やかな会話を挟みつつ、その後も魔法使いは時折場所を移しながら鞄に物を投げ込んでいく。フローラも彼の真似をしたり、時折横で見守ったりして、彼が教えてくれる知識を時折頭の中で繰り返して一つでも多く覚えようとする。なかなか思うようには行かないが、彼女が前向きに手伝っているだけでも魔法使いは機嫌がいい――ように思えるのは、所詮願望の見せる幻覚でしかないのだろうか。自分が慣れない環境にあるせいか、ひどく浮かれている自覚があって、いまいち判断に自信がない。

なんとなく落ち着かず、絶えずこれでいいのかと首を傾げているフローラに比べ、魔法使いの方は冷静そのものだ。黙って作業をしている時の彼はとても大人びていて、冷ややかにすら感じられる。

フローラも黙っていると、辺りに静寂が満ちる。彼は森の解説なら熱心にしてくれるが、それ以外のことを積極的に話そうとはしない。

「いつもこんな風に、森を歩いていらっしゃるのですか？　ええと、その……素材を集めるために？」

移動している間だとか、フローラは彼の様子を窺いながら、おそるおそる話題を向けてみる。少しでも機嫌を損ねたら即時撤退、お口にチャックの構えだが、今の所聞けばちゃんと石版でなにがしかの応答を返してくれていた。

『どちらかと言うと、歩き回って異常がないか確認している方がメインなんだ。素材集めはついでの部分が大きい』

「こうして森を歩くこと自体が、魔法使い様のお仕事……と、言うことなのでしょうか？」

『そんな所だな。アルチュールの森は、もともと魔獣の巣窟で――今ではこうして歩いていられるが、十年ぐらい前までは人間が立ち入るどころか近づくのも危険な場所だった。魔法で森に封印をしていたが、魔獣の力が強過ぎて、囲いを突破するものも出てしまって。そうなると、町にも犠牲が出た』

「でも、魔法使い様が来たから、森が平和になったのですか？」

この質問には、答えが返ってくるまでに大分間が置かれた。彼は十分考え込んでから、ようやく石版を向けてくれる。

『そうだな。私が来たから……森には私以外の危険はなくなった』

フローラは、はっと息を呑んだ。先ほどまで穏やかで快い雰囲気だった魔法使いが、今は憂鬱そうにどこかどんより重たげな空気をまとってしまっている。

（どうしよう……いけないことを聞いてしまったのかしら）

黙り込んでしまった魔法使いの後ろに重たい足取りで続きながら、フローラは少し前の軽率な自分を恥じる。

（せっかく、お話しできていたのに。わたしったら、どうしていつも、こうなんだろう）

魔法使いが思い出したくないらしいことにうっかりと触れてしまった自分が情けなく、悲しくて仕方ない。フローラは落ち込む一方だったが、そんな彼女の様子に気がついたのだろうか。長らく黙って森を進んでいた魔法使いが、少し歩調をゆるめると、石版を見せてくる。

『その。なんと言うか……何から話したものかな。貴女はディーヘンから来たということだし、魔法について今までそれほど関わって来なかったようだし、どこからどのぐらい、何を話せばいいのかが、わからなくて』

「あ、あの。違うんです、わ、わたしがその、想像力が足りなくて、気が利かなくて、不躾なだけですから。魔法使い様がお気をつかわれることはないと、思うのです！　むしろわたしは、怒られて当然、と言うか……」

何にしろ、ただでさえ色々過剰サービスを受けていると感じる身なのである、彼の話したくないことを無理に聞き出したいとは全く思わないのだが、彼女の言った言葉に何か思う所があったのだろうか、魔法使いは首を傾げる。

『想像力が足りなかったり、気が利かなかったりすると、それだけで怒られるものなのか？』

「え？　ええと、その……」

『誰かを傷つけてしまったのなら、責任を取らなければならないのかもしれない。しかし、貴女は別に、誰も傷つけてないだろう？』

フローラは驚き、立ち尽くして目を見開く。魔法使いも真顔のまま立ち止まり、彼女の顔をしばらくしげしげと見守っていた。しばらくの間、二人は見つめ合うことになる。先に我に返って慌てたのは、やはりフローラの方だった。真っ赤になってうつむき、髪で自分の顔を隠そうとしてからなくなっていることを思い出し、挙動不審に口を開く。

「で、でも……わたしは、駄目な子だから。わたしのせいで、皆嫌な思いをするから」

『ええと……どうにも貴女は、自分を責め過ぎる癖があると言うか。厳しい家と言うかなんと言うか、そういう環境で育ったように思えるな。ディーヘンはランチェに比べて堅実で厳しいと聞いたことはあったが、そのせいなのだろうか？』

先ほどはフローラが魔法使いの顔色を一生懸命窺っていたが、今は魔法使いが彼女を必死に探っている。

『話したくないことなら、いいから。大丈夫だから、私は。大丈夫だ』

そんな魔法使いが全力で平静を装っていると、整った顔で黙っているせいか、フローラにはただの冷静な真顔に見えている。大丈夫だ、の言葉も、強がりや動揺を鎮めるためでなく、本当に大丈夫なのだと思い込んでしまう。彼は全く動じていないのに自分ばかり動揺して情けない、と彼女は彼女でますます慌ててしまいそうになる。人生経験の少ない若者同士はまだ、ぎこちない空気になった時の上手な立ち直り方、立ち直らせ方を知らない。奇妙な緊張感の中、迷いに迷ってから――このまま黙っているよりは、と決心し、フローラが重たい口を開いた。

「わたしも、どこから、何から、話したらいいのか、わからないのですが。長く、冗長になってしまうかもしれません。それでも……お話ししてもよろしいでしょうか？」

『う、うん。何も問題ないぞ、うん。貴女の話を聞かせてくれ、とても今聞きたい気分だから』

魔法使いは相変わらずコチコチであるし、文章にも割とその辺が出てきているのだが、フローラの方も相変わらずいまいち余裕がないため、そんな彼に気がつけていない。思案げに琥珀の瞳を揺らしてから、彼女はゆっくりと身の上話を始める。

「両親が亡くなってから親戚に引き取られたという話は、先ほどさせていただきましたね。わたしの育った家は……ディーヘンのそれなりに大きな都市で、代々町医者をやっている所、でした。宮廷魔法使いを始めとして、魔法の存在は、どの国でも広く認められる所ですが、魔法の素養を持つ人も、その恩恵にあずかれる人も、限られています。ディーヘンでは、生まれた環境によって、魔法と生涯無縁の暮らしを送る者も珍しくありません」

森と同じ、深い緑色の目に励まされるように、彼女は言葉を紡ぐ。

「わたしの父方の祖先――アルツト家は、本当に助けが必要な人に手を差し伸べられない魔法に意味なんてないと、魔法を必要としない医術を、誰にでもできる医術を広めよう、という家でした。治癒魔法が扱える人材は、特に少ないそうですから……」

図らずも魔法使いを責めているような言葉になってしまった申し訳なさにフローラが恐縮すると、彼は気にしなくていいと言うように首を振った。

「魔法使いなら治せたはずだ。その言葉を言わせないために、血の滲むような努力と勉強を重ね、成果を出してきたのがアルツト家です。それでも、魔法使いには勝てない。

特に叔母の、魔法に対する憎悪と嫌悪は深かったです。尊敬していた跡継ぎの兄が、よりによって魔女と――わたしの母と駆け落ちして、アルツトの信念を歪めたから。父が死んで仕方なく引き取ってくれましたが、母と同じわたしのことを、彼女は憎んでいました。わたしも最初は、わたしのせいではないのにと思って、辛かった」

深呼吸をすると、森の空気は澄み通っていて気持ちがいい。町は便利だったが、空気がよどんでいたように思える。あの家では、特に。フローラの居場所はなかった。

「でも……違っていたんです。母はいつも言っていた。あなたは人と違うのだから、気をつけなければならないと。わたしは何もわかっていなくて――」

『――自分のせいで、誰かを傷つけた？』

フローラが飲み込んだ言葉を、魔法使いが引き取った。彼女は無言で頷いた。

「だから、ああ、叔母の言う通り、わたしは駄目な子なんだな――って、ずっと思っていました。それに、わたしが皆を嫌にさせてしまうことは、本当のことですから。魔法使い様は、力の使い方を知っているから、大丈夫でしょう。でも、わたしは……見えるだけで、何もできない。いいえ、何もできないならまだ良かった。中途半端にお願いの仕方だけは知っていて、従姉妹を傷つけた……」

魔法使いはフローラの言葉を聞きながら、思慮深い眼差しの奥で色々と考えているようだった。

『今朝や、昼間の家での立ち回りを見ていた限り、貴女が駄目で人の邪魔にしかなれない人間とやらには、全く思えない。むしろ私のできないことばかり軽々こなしていく、素晴らしい人だと思ったのだが』

魔法使いは深く深く息を吐き出す。相変わらず、互いに探り探り、危なっかしい空気はなかなか落ち着かない。けれど、彼女は踏み出そうとし、彼はそれを受け止めようとしている。

『それに、貴女にある才能だって、悪いものなんかではない。貴女はただ、使い方を知らないだけだ。使い方を教えてもらう機会がなかっただけだ。貴女の知っている呪文は、昔貴女の大切な誰かを傷つけたのかもしれないが、貴女を危険から逃しもした、そのはずだろう？　おいで。魔法は悪いばかりのものではないし、貴女だってそうだ。見せてあげよう』

彼女の視線がきちんと自分の文を追ったのを確認してから、魔法使いはゆっくりと歩き出す。フローラもその後に従った。

『魔法使いにも、種類がある。私は自分の体内から生み出した力で魔法を起こすスタンダードなタイプだが、他の存在との契約によって魔法を扱う、そういう種類の魔法もある。貴女には、その素質がある。……そしてそれ以上に、とても希少な目を持っている』

フローラは目を見張った。魔法使いはさらに言葉を続ける。

『精霊と呼ばれる存在のことを知っているか？　彼らは通常の人間には見えない。魔法使いにもだ。私も彼らがその気になってくれなければ、こちらから勝手に姿を見ることはできない。しかしディーヘンのどこかには、精霊を生まれつき見ることのできる特異体質を持つ一族がいると聞いたことがあった。彼らは定住せず色々な場所を渡り歩き、特有の、変わった目の色をしているらしい』

じっと緑色の目に見つめられて、フローラは息を呑んだ。

『ちょうどディーヘンの言葉で、ニンフェは妖精を――精霊のことを意味している』

「それは、その。わたしが、その一族だという、ことですか？」

もしかして、初めて姓名を名乗った時、彼がどこか意味深な表情をしたのは、この心当たりがあったからなのだろうか。魔法使いは確信を持った表情で頷いたが、彼女にしてみれば実感が乏しく、困惑の方が大きい。するとそんな彼女に、彼は優しく言った。

『貴女はディーヘンから、ここランチェのアルチュールまで、どうやって移動してきたのだろう？

彼らが見える貴女が彼らを呼んで願い事をして、それが叶えられた――違うか？』

（きいてあげるよ、きみの言うことだもの。かなえてあげるよ、やくそくだから）

幼い頃のおぼろげな記憶が鮮明になり、フローラは立ち尽くす。どうやらちょうど魔法使いも目的地についた所のようで、自分も止まると手を上げて指差した。

『ほら、きっとこの辺りだ。貴女になら、見えるはず』

促されてフローラが送った視線の先は、一見何の変哲もない、今までと変わらない森の様子が広がっている。特に目立つような植物がある訳でもなし、動物がいる訳でもなし。木々がまばらに立って、石ころが転がっているだけの場所。

けれど日が傾いて暗くなってきている中、フローラの目にはぽつぽつとところどころで灯る、不思議な白い光が映り始めた。炎でもないし、人工物でもない。生き物のようではあるが、それよりはるかに透き通っていて、質量が感じられない。

『何が見える？　教えてほしい』

彼女の様子をじっと観察している魔法使いの言葉につられ、目を凝らしたまま、考えながら言葉を紡ぐ。

「淡く燐光を放つ、雪……いえ、綿毛です。これから飛んでいくのを待つ、綿毛――ポンタタの花に似ていますが……でも、なんだろう。もっと違う……透明な香りがする。満ち引き……月……潮……いいえ、やっぱり森だわ……。なぜかしら？　とても懐かしい。ずっと前から知っていたような……」

目に見える光景を一生懸命言葉にしようとしていた彼女が、あっと息を呑んだ。

「今、皆が――」

透明な綿毛のような光の群れは、一斉にふるりと震えると、空に向かって飛び立った。フローラの指差した先、森の木々から見える紅色から闇色に変わりゆく空に向かって、飛び立っていく。ちょうどポンタタの花の綿毛が風に吹かれて飛んでいく様に似ていたが、それよりは能動的に自分達で空に浮かんでいったように見えるし、揺れて舞い上がる様子はシャボン玉にも似ているが、けしてはじけてしまうような危うさはない。綿毛達の囁(ささや)き交わす音は小さくて一つ一つの言葉は拾えないが、さやさやとこそばゆい、優しい響きを持って鼓膜を震わせる――。

「巣立ち、かしら。彼らは夜を恐れないから、この時間でも大丈夫なのね」

ふわふわと森の中や空に吸い込まれていく白い光の群れを見送りつつ、ため息を吐くようにぽつりとフローラは漏らす。一連の情景を見ていてちょうど脳裏に浮かんだ言葉がそれだった。すると、しばらく黙り込んでいた魔法使いが彼女に向かって石版を向けてくる。

『そうか、貴女には、そう見えるんだな』

「……魔法使い様には、見えないのですか？」

まさか、と思ったが、彼は苦笑混じりに頷いた。

『私の目には、夕方の闇に包まれる何の変哲もない森でしかない。言っただろう？　魔法使いにも種類がある。私はあまり、精霊に好かれていなくてね。なんとなくどこにいるのかはわかるが、触れることも、見ることも叶わない』

なんと言ったらいいのか、わからない。思いもよらないことが多過ぎて。

言葉を探して黙っているフローラを前に、先ほどまで彼女がじっと見つめていた先を見やって、彼

は呟くように言葉を浮かべた。

『ここは、とても空気が澄んでいる割に、時折夕方になると気配が濃くなる場所だから、精霊達が何かしているのかな、とは思っていた。貴女が教えてくれたおかげで今日、ようやくわかった気がする。精霊の旅立ちの場所だったんだな』

優しい緑色の目には、精霊を見ることのできるフローラに対する、純粋な羨望が浮かんでいるようだ。なんとなくうつむいてしまう彼女に向かって、彼は最後にもう一言付け加える。

『やっぱり、私には貴女の目が、その力が、恥じるようなものには思えない』

ぽたり。フローラの目から一滴が落ちる。魔法使いが異変に気がつくのは少し遅かった。

彼はぎょっとした顔になり、あわあわと口をわななかせ、手を上げたり下げたりするが、ついに決壊してしまった彼女の涙の止め方がわからずにおろおろするのみである。

そうこうしているうちに、フローラの口から嗚咽と共に言葉が溢れてきた。

「わたし……あの子にいつも引っ張り回されて、からかってるだけだってわかっていたけど、意地悪なことを言われるのが、嫌だったの。わたしばっかり、なんでって思ってしまったの。それに、のろまでどんくさいのはしょうがなかったけど、嘘つき呼ばわりは耐えられなかった。だってわたし、見えていたんだもの——見えていたんだもの！　わたしより何もかもできるあの子が、それだけはわたしに敵わないって思って——ちょっとだけ、脅かすだけのつもりだったの、本当よ。わたしだってできることはあるって思って、わたしの言っていることを信じてほしかった、それだけだったのに——」

しゃくり上げるフローラの目には、同じように大声を上げて泣く少女の姿が映っていた。

「ごめんね、イングリッド……怪我をさせて、ごめんね……痛い思いさせて、ごめんね……」

ずっと喉に引っかかっていた。ずっと口に出せないまま、ただ罪悪感と劣等感と大失敗の記憶だけが残り続けていた。魔法使いを困らせている、いけないと思っても、あの時呆然(ぼうぜん)と立ち尽くすばかりで言えなかった言葉が、溢れて、零れて、止まらない。

ただ、信じてほしかった。それからほんの少し——羨ましいと、思われたかった。たったそれだけのことだったのに。

十年越しに叶えられた気持ちが、一気に溶けて流れていく。

泣きじゃくるフローラを前に、青年は途方に暮れたように立ち尽くしたが、おっかなびっくり不器用に背中に手を伸ばし、結局は触れることなく戻っていく。

彼はぎこちなく不器用に——それでも彼女が落ち着くまでずっと、優しく隣に寄り添い続けた。

見知らぬ男女の共同生活は、お互いに素直な気質だったことと、相手に好意を持って興味を示していたことが幸いしたのだろうか。概ね拍子抜けするほど、平和に日々は過ぎていった。

ただし、ちょっとしたハプニングのようなものが皆無だった訳ではない。


たとえば、ある朝の出来事である。

フローラは毎朝、きっちり素早く起きられる方である。生来の素質もあれど、アルット家で揉まれながら培われた能力と言えよう。前日の寝る時間が多少前後しても、朝は同じ時間に、何もせずとも活動を開始することができる。

魔法使いの家で居候を開始してからも、彼女の体内目覚まし時計は正確なままだった。手早く着替えを済ませて、与えられた二階ロフトの寝室から下に下りると、一階は大抵しんと静まりかえっている。魔法使いは本人が言っていた通り、かなり朝が苦手なようで、初日以外フローラより早く起き出してきた例しがない。

フローラは天気を確認した後、洗濯物を分別し、料理を済ませ、可能な範囲での洗い物を終わらせた。それでも同居人の気配がないままなので、そっと食卓にメモを置き、外に出て庭の掃除を開始する。

今日はなかなかよく晴れそうだ。整備した物干しを見ると、心が浮き立つ。軽く箒とちりとりで玄関周りを掃除したら、家をぐるりと一周し、手の届く範囲の窓を拭く。その時、一際生い茂っている裏の様子が視界に入って、思わず唸り声を上げてしまった。

(草むしり、したいけど……もしかするとこれ、魔法使い様が育てる薬草だったりするのかしら)

仮に育てているならなおさら、もう少し手入れをした方がいいように思うのだが。とにかく気になった部分はまず、家主にご意向を伺うことにしている。住み込みをさせてもらっている以上、互いに快適な生活を送るために必要な手続きと、彼女は心得ている。

もし片付けの許可が出たらどんな庭にしようか。魔法使いはどんな庭にしたいのだろうか。鼻歌交じりにそんなことを考えながら外から戻ってきた所で、ダイニングにまだ自分以外の気配がないことに気がつく。思わず壁掛け時計を確認した。短針は九と十の間ぐらいにあり、町医者稼業のアルット家なら、家人の起床は言わずもがな、診療所をとっくに開いている時間だ。

(魔法使い様、まだ起きてこない……)

これ以上待ったら昼になってしまうではないか。それにいい加減、お腹が空いてきた。朝ご飯を作っている間に軽く味見がてら口に入れてはいるのだが、やっぱり家主不在で勝手に先に済ませてしまうのは気が引けるし、単純な話、一緒に食べたいではないか。フローラは魔法使いが幸せそうに食べておかわりをする姿を見るのが嫌いではない——と言うか、好きなのである。迷ってから、結局起こしに行くことを決心した。

フローラにかつての自分の寝室を譲っているので、魔法使いはダイニングのソファか調合室で寝ている。そのことに罪悪感を覚えた彼女は、何度も自分が床で寝ることや、せめてベッドに交代で寝ることを提案したが、魔法使いはけして譲ろうとしなかった。

『貴女（あなた）のような華奢（きゃしゃ）な人をそんな粗末に扱うなんてとんでもない！』

だそうである。フローラは使用人同然の生活をしていたので魔法使いが思うほど繊細ではないという話もしたが、それはそれで、

『私に貴女をぞんざいに扱えと言うのか⁉』

なんて反応をされてしまったから、結局はフローラが折れることになったのだ。

彼女がそっと調合部屋を覗（のぞ）き込みに行くと、案の定雑多に物が散らばった床の上、巨大な芋虫（いもむし）もどきが転がっているのが見える。何のことはない。掛け布団をぐるぐる自分に巻き付けて寝ている魔法使いだ。

（あれでは寝心地が悪いし、疲れを溜め込んでしまうのではないかしら……）

魔法使いのけして快適とは言いがたい睡眠環境を、フローラは心配していたりもするが、本人曰（いわ）く地べたでも普通に快眠可能な体質らしい。実際、そろりそろりと物を踏まないように部屋の中を進んでいったら、幸せそうな顔のまま、すやすやと寝息を立てているのが見えた。よだれすら垂らしそうな勢いである。

一瞬ほっこりと癒やされかけてから、いやいや今はすることが違う、と気を取り直し、フローラは咳払（せきばら）いした。

「魔法使い様。朝ですよ。放っておいたら、お昼になっちゃいますよ」

呼びかけながらパンパン、と手を鳴らしてみる。ピクッと芋虫布団が痙攣（けいれん）した。彼は眉をひそめ、唸りながらフローラと反対側に寝返りを打ってしまう。シンプルに、起きない意思表示だろう。

（夜更（よふ）かしなんかするから……）

昨晩おやすみの挨拶をした時、まだ彼が何かの作業に没頭していたのを見かけているフローラは、思わず軽く頭を押さえた。この幸せそうな寝顔の邪魔をすることに、こちらだって罪悪感が皆無という訳ではないし、基本的には居候は家主の考えを尊重するつもりである。しかし、ここは心を鬼にしてでも健康な生活を促進する所だろう。だって寝過ぎだ。さすがに寝過ごし過ぎだ。

「魔法使い様！　……えーい、こうなったらちょっと強引になっちゃいますからね！」

何度か呼びかけてみてほぼ無反応だったため、フローラは腕まくりした。どうしても起きないのだから仕方ない、最終手段だ。イングリッドにも度々したことがあるし、慣れている。彼女にしては相当大胆になっているフローラだったが、おそらくディーヘン人として怠惰な睡眠を看過できなかったのと、相手の無防備さに悪戯心が芽生えたのと、少ない付き合いなりに魔法使いを信頼していた部分があったのだろう。掛け布団にいよいよ手をかけた。

「おはようございまっ……へっ？」

元気よく挨拶の声をかけながら引きはがそうとしたが、なぜかその瞬間、視界がぐるりと反転した。ばさっと音がしたかと思うと、柔らかいものに巻き取られる。

『うるさい』

急展開についていけず固まっているフローラの横、割と至近距離で魔法使いがもぞもぞ動いた。かと思うと、石版だけにゅっと顔の前に持ってくる。深緑色の目は半開き、半覚醒――なのかも怪しい、ほぼ眠りかけまどろみ状態の模様だ。その状況でも石版は忘れない辺り、突っ込みどころなのか悩ましい。

つまりは、どこをどうしたのか、掛け布団を剥がそうとした結果反撃に遭い、逆に引っ張られて彼の隣に寝転がった上で毛布の中に包み込まれている訳だ。と言うか、同じ布団の中に捕まってしまった訳だ。

「○×△⁉」

『表情が既(すで)にうるさい』

「すみません⁉」

声にならない悲鳴を上げたフローラは、続けて小声で素早く謝ってしまう。

『けれどそんな貴女も可愛(かわい)らしい。春の野に咲くヴィオラの花のようだ』

「まっ、まほっ――」

『しっ、黙って。貴女の音が聞こえなくなる』

何かのオーラをだだ漏(も)れにしている男は、そっと彼女の唇に指を当て、さらに追撃を重ねた。

フローラ＝ニンフェ、十七歳。ずっと華やかな従姉妹(いとこ)の影に埋もれて虐(しいた)げられてきた彼女に、男性に口説かれたり褒められたりする免疫は、当然ながら皆無だ。……ちょっと何を言っているのかわからない部分も多々あるが、たぶん口説かれているのは確かなのだと思う。まして魔法使いはかなり顔立ちの整っている若い男である。たとえ髪が毎日前衛的に跳ねていようが、それを上回る美男子なのである。

真っ赤になって思考停止しかけたフローラだったが、相手の意思疎通があくまで石版という微妙なシュールさのせいだろうか。放心する前に、咄嗟(とっさ)に少し前の記憶が蘇(よみがえ)る。

時刻は朝。ほとんど昼になりかけている気もするが確か朝。

ふらふらとさまよう姿。唐突に壁際に追い詰められてぶつけた頭。

『寝起きの私は、もう一人の私のようなもので』

思い出される、申し訳なさそうな顔をした彼の自己申告。

「――さてはあなた、寝ぼけていますね⁉」

奇行の謎が解けて我に返った彼女に、未だ夢の中に半分いるのだろう魔法使いは、のんびりした文字を浮かべた。

『だから、あと、五分……』

「いや、でもあの、これはその、ちょっとさすがに色々とまずいのではないでしょうかっ――むぎゅっ⁉」

『うるさい……』

あと五分や寝ぼけて口説くのは百歩譲るとしても、人のことを同じ掛け布団の中に引っ張り込んで「いい抱き枕が来た」とばかりにがっちりホールディングを固めてしまうのは、いかがなものか。抵抗したいが、案外と広い胸板の中に顔をむぎゅっと押しつけられ、背中にも手を回されてさらに足までちゃっかり極められている。パニック状態のフローラは内心悲鳴を上げるしかできない。

(お願い、早くいつもの魔法使い様に戻ってー!)

――十五分後、若干宣言より延びつつも一応誠実に約束を守って目が覚めたらしい魔法使いが、声なき絶叫を上げた後フローラに猛然と謝りまくったことは言うまでもない。

しかしこれでフローラは「寝起きの彼は危険」ということを身を以て体感した。おかげで強引な起こし方をすることは控えるようになった。半覚醒でふらふらしている時に遭遇して口説かれることは、さすがに防ぎようがなかったのだが。毎朝の恒例行事とわかった後も、謎の語彙力でやれ可愛いやれ綺麗だやれ美しいと美男子に口説かれるのは、たとえ筆談であってもなかなか心臓に悪い。そのはずなのに、まるで声をかけられるのを期待しているかのように、毎朝彼が起き出すと、わざわざいそいそ挨拶をしに行ってしまう自分がいる。

(だ、だって、びっくりするだけで、別に害はないし……)

誰に向かって言い訳をしているのかわからないフローラは、毎回正気に戻っては反省している魔法使いに申し訳なく思いつつも、密かに寝起きの彼を楽しみにしている感じがあった。

彼の語彙力や言葉選びの謎についても、一緒に暮らしているうちにすぐ判明した。

ダイニングを食べられる場所にしようとした時のことだ。この場所の片付けには、まず山と積まれた本の整理が必要だ。フローラは埃払いと魔法使いがサボらないか監督する係で、家主には仕分けを依頼する。大半は読んだことのない文字だったり、読めても内容が頭に入ってこない難しそうな本だったりしたが、ふとその中に見たことのある装丁があって手が止まる。

「ホムズテルスの大冒険……?」

渡された本を拭き取って表紙のタイトルを読み上げた彼女に、魔法使いが反応した。

『もしかして、知っているのか?』

「はい!　小さい頃は、父が寝る前に読み聞かせをしてくれて……」

以前に森で魔法使いが引用して滑った文の出典だ。ぼんやりとしたおぼろげな記憶しか残っていなかったフローラだったが、現物を目にして色々と思い出してきた。

大冒険、とタイトルに入っている通り、それは魔法と夢に溢れた冒険譚だった。児童向けのシリーズ物だが、大人にも幅広く支持を得ていると聞く。フローラの両親が生きていた頃に刊行されていたから、今はもう完結しているのではなかろうか。主人公は魔法使いで、相方の一般人トワソン、女騎士のマリアらと共に、様々な事件に遭遇し、冒険を繰り広げる物語となっている。

『ホムズステルスはいいだろう。ハッタリも入っているが、本職でも楽しめる。子ども向け、子ども騙しと言われることもあるが、魔法使いのホムズステルスと魔法が使えないトワソンのコンビを中心として、どの世代にも通じるテーマの良作だと思う』

「魔法使い様はやっぱり、ホムズステルスがお好きですか？　わたしは、ホムズステルスとマリアがどうなるか楽しみにしていました！　このシリーズ、お好きなのですか？」

『あ、ああ。まあ……』

「それと魔法使い様、お話は構いませんが、手が止まっていますよ」

『あ。う、うん、そうだな』

自分の職を忘れないフローラとは違い、魔法使いは一度興味ができるとそちらの方に引き寄せられるタイプらしい。あからさまにそわそわしていて、片付けに集中できないでいる。よっぽど好きな物語と見た、話がしたくて仕方ないのだろう。しかし、ダイニングの復旧任務に取り組む監督係として、掃除がサボられるのは見過ごせない。フローラが本を拭く作業に戻ってすぐ、魔法使いがまたちょんちょんこちらを突き、文字を出してくる。

『どのぐらいまで読んだんだ？』

「このシリーズですか？　そうですね、父と母が生きていた頃ですから……三巻まで、確か見たことがあります」

『全七巻なのにか？　それはもったいない』

「引き取られた家では、魔法関連の物が嫌われていたこともあって……」

フローラが言った直後、魔法使いが無言で立ち上がったかと思うと、本の山をかき分けてどんどんどんと素早くいくつかをフローラの前に置く。

『ここに全巻揃(そろ)っているから』

「え？　あの、えっと――」

『ホムズテルスを完読できていないなんて人生の損だ！　読めなくなっただけで、読みたくなくなった訳ではないのだろう？　ホムズテルスとマリアの決着だって気になっていると言った、是非その目で確かめてみるべきだ』

そして読み終わった暁(あかつき)には是非感想を言い合いたい。

魔法使いの無言の願望は、言葉にされなくても如実(にょじつ)に目が語っていた。

「あ、ありがとうございます……でも、まずは掃除ですよ、掃除！」

勢いに圧されそうになったフローラだったが、現状一番やらなければいけないことを強調すると、彼は残念そうな顔をしながらも大人(おとな)しく仕分け作業に戻っていく。

（本当にお好きなんですね）

くすっと忍び笑いを漏らしてから新しい本を拭こうとしたフローラの手が、また止まった。

「ランチェの男必見、可愛いあの子を確実に落とす魔法の呪文――」

見慣れない文章を思わず読み上げた途中で、ひったくられるように本が手から消える。

『こ、これはいいから！　私がやるから！　と言うか、勝手に送りつけられてきただけで、私の趣味ではないから‼』

先ほど以上に必死な様子で魔法使いは石版に文字を浮かべ、フローラから奪った本を持って隣の部屋に消えていく。

（寝起きの魔法使い様の、普段言わないような言葉ってどこから出てくるのだろうと思っていたのだけど、もしかして……）

あらぬ方向に想像が行きそうになったフローラは、慌てて首を振って打ち消した。

（わ、わたしが見たのは、ホムズステルスシリーズだけ！　そう、おかしなものなんて何も見ていないんだから！）

慌てて作業を再開した彼女だったが、相当気まずかったのかそれとも本をしまいに行った先で別の本を読みふけっていたのか、結局魔法使いが戻ってこなかったため、その日中にはダイニングを片付けられなかった。


ともあれ、そんなささやかなあれこれはありつつも、二人の生活は順調だった。元来卑屈なほど自尊心の低いフローラだが、自分が動かないと目に見えて魔法使いの家が散らかるので、己の有用性を体感しやすかったのも良い方向に作用していたのだろう。

フローラは魔法使いにあれこれ聞いては、魔法や発明品、膨大で正確な知識に感心しっぱなしだった。特にこの家の数々の便利システムは、魔法使いが独自に編み出したものなのだそうだ。「並みの魔法使いがやろうとすると燃料切れですぐ動かなくなるが、私は他の魔法使いより許容量が多いから」なんて彼は説明していた。

どうも、通ってくるセラに色々言われたのがきっかけで、暇な一人の時間に、色々と作ってみたらしい。けれど、家事系統は作ることには熱中しても自分自身で使う意思まではなく、結局すぐにこの有様になってしまったのだそうだ。

それにしても、せっかく自分で作った上に、使ってみればあんなに便利なのに、魔法式家事お助け設備の何がそんなに気に入らないのか。聞いてみると、曰く、たとえば洗浄機に食器をセットするとか、その前にある程度頑固な汚れは落としておかないといけないだとか、そういう細かい作業に既にもう拒否反応が出るらしい。魔法薬の調合作業なら、いくらでも細かいことをしているのに、この差はどこから来るのか。本人のやりたいという意欲だろうか。

思うに彼は、必要だと感じる物や気に入った物は丁寧に扱うが、そう思えない物には無関心な傾向があるのではないかとフローラは推測する。なぜなら、よく手にしている鞄や杖、その他道具類は、見た目にも年季が入っているが、折に触れて丁寧な手入れをしている姿を見かけるのだ。家の中で使われている物とそうでない物の差がはっきりすぐにわかる。

フローラは「彼に使われていない物は、自分がこれから有効に使っていけばいいのだわ」と前向きに考えることにした。結果的に、魔法使いが感心から一周回って自分の家かと本気で疑いを持った程、住みよく清潔で美しい住まいを提供することになったので、お互いに良かったのではないかと思われる。

掃除の場所や仕方にしろ、料理の献立にしろ、服の補修にしろ、フローラは何かわからないことや新しく始めようとすることがあると、独断で決行せず、まずは家主にお伺いを立てる。彼が調合部屋に籠もっている時や、何か作業をしている時は邪魔をせず、あちらの集中が切れたりちょっと休もうかと思ったりした時を見計らって、声をかけるようにしている。その際、休憩のお茶とお菓子付きなのが、魔法使いにはとても喜ばれているようだった。

そもそもフローラの失敗の理由は、必要以上に萎縮してしまって実力が発揮できないからという部分が大きい。落ち着いている時は、話すのにも作業をするのにも何も問題ないのだ。魔法使いが感動と感謝を伝え続けると、徐々に恐縮がほぐれて提案をすることも増える。

その一つが、魔法使いの本を貸してほしい、魔法についてもっと勉強したい、ということだ。

毎日森を散策する際、魔法使いは彼女を連れ歩いて森の様々なことについて教えていたが、その復習と、さらに多くの魔法についての知識を深めたい。そのようなことをフローラがお願いしてみると、魔法使いは二つ返事で了承する。彼女のためにノートや筆記具などを用意してくれた。それだけでなく、気がつけばお互いが作業や家事の空いている時間、自然と集まって教師と生徒のようなことをしている。

魔法に対する知識が深まっていくと、フローラの様子はまた一つ変わった。精霊に対して少し積極的になったのだ。

「あの……今そこに、皆が集まっています」

「あっちに、狼の群れが見えます。魔法使い様には、ひょっとして見えていませんか……？」

当初は魔法使いが彼女の様子の変化を察知して問いかけなければ、自分の目に映る光の群れのことなどを特別教えたりはしなかったが、そのうち彼女の方から、そんな風に何が見えているかぽつりぽつりと話すようになってきたのだ。その方が魔法使いが喜ぶからである。

ただ、あくまで彼女は見るだけの姿勢を保ち続け、彼らと関わりを持とうとまではしない。見えることを不必要に忌避することはなくなっても、積極的に話しかける気になるのは、難しいらしい。

フローラは来たばかりの頃に比べれば話すようになったが、魔法使いが少しでも後ろ向きな態度を示すと、それ以上はあまり踏み込んでこようとしない。お互いに、気をつかう。たまに激しく空気が緊張する。いつの間にか、自分が傷つけられることよりはるかにずっと、相手を傷つけることを恐れている。

それでも心地よい時間を分かち合って、一ヶ月ほど経過した時のことだ。

「フローラちゃんの髪、大分伸びてきましたね」

二人の様子を見に来たついで、一緒に洗濯物を畳んでいたセラが言うことに、フローラはそう言えば、という顔になった。

(切られた時はあんなに嫌だったのに、わたし、ここに来てからあまり気にしていなかった……見えるだけならさほど怖くないと、魔法使い様と一緒にいる間に思えるようになったから、かしら)

そっと自分の髪を弄って考えていると、その様子をじっと見つめていたセラがにっこり笑う。

「よろしければ、あたしが整えましょうか？　前髪」

「え？」

「少し邪魔な長さになってきたでしょう？　あたし、人の髪切るの、結構上手なんですよ？　魔法使い様だって、伸びてきたら切ってあげてるの、あたしですし」

「セラさんが……？」

一度でも頭を弄ったことがあるのなら、あの髪の跳ねっぷりについて、何も思わないのだろうか。思わず咄嗟に思ってしまうフローラの考えを察したのか、セラはふっ、となんとも言えない息のようなものを漏らした。

「魔法使い様のあれは、短くしても長くしても変わらなかったのよ。……まあ、特に困ってないらしいし、あの髪でも十分かっこいい顔立ちですから、別にいいかなって」

かっこいい——そうだ、確かに彼はかっこいいのだ。生活力が駄目で髪が跳ねていても、思慮深く大人っぽい表情につい見とれてしまう時があるし、魔法の数々を使っている仕草も惚れ惚れするし、寝起きの恒例行事も……そう、クサい台詞でも様になってかっこいいから、ついつい自分も毎回口説かれに行ってしまうのだ。

ぼーっとしているフローラの手からさりげなく洗濯物を引き取って畳み終えたセラが、調合室に向かって声をかける。

「魔法使い様！　今からフローラちゃんの髪を整えますから、用意してくださいな！　魔法使い様にいつも使っているセットで、ぱぱっとやっちゃいますから」

「へ？　あの、セラさん。整えていただけるのはとてもありがたいですし嬉しいのですけど、魔法使い様に声をかけることでは——」

「いいじゃないですか、せっかくなんですから好みの髪型も聞き出しちゃいましょうって」

「セラさん……!?　いえでも、このままでも、もっと伸ばしても、わたしは大丈夫ですから！」

「駄目ですよぉ、せっかく可愛い顔してるんですから出し惜しみなんかしちゃ。だーいじょうぶ大丈夫、悪いようにはしませんからぁ、ンフフフフフフ……」

謎の怪しい笑みを浮かべているセラにフローラは怯える。が、結局押しに弱い彼女は、片付けられたダイニングの椅子（リビングだと椅子が低過ぎてやりにくいということだったのだ）に座らされて首の周りにタオルを巻かれ、着々と準備を進められていく。

「魔法使い様、どんな仕上がりがいいですか？　素朴系？　お洒落系？　まあどうせ魔法使い様ですから、素朴に見せかけたお洒落な奴的な、すごく高度な仕上がりを要求してくるんですよね。俺はなんでもいいって言う割になんでもよくないパターンですよね、知ってますよぉ、経験不足の男なんてそんなもんですって。え、違う？　またまたぁ」

　セラは魔法使いとやりとりをしながらフローラの髪を梳かしているのだが、頭が動かせず石版が見えないフローラには、魔法使いが何を喋っているのかわからない。彼はどうやら彼女の後方に位置取っているらしい。見える位置にいられたらそれはそれでなんだか気まずい思いをした気もするが、いるとわかっているのに言葉がわからないというのもとてももどかしい。

（こういう時、筆談は少し不便に思ってしまうかも）

　何しろ魔法使いと意思疎通するには必ず彼の持つ石版をこちらが見る必要がある。声が出せれば、声が聞ければもっと楽なのに、と、声をかけても返事が返ってこない瞬間にふと思うことがある。

　彼女がふう、と息を吐いたのと、セラの動きが止まったのが同時だった。

「さ、フローラちゃん！　終わりましたよ！　魔法使い様もほら、見て、見て！」

　手鏡が差し出され、フローラは自分を確認する。不自然に長さの揃っていなかった部分がうまく切りそろえられ、琥珀色の目ははっきりと鏡に映り込んでいる。セラは自称通り、なかなか上手に整えてくれたらしかった。

「ほら、魔法使い様。前より可愛くなったでしょ？」

セラの言葉に振り返ると、ちょうど青年と目が合った。まじまじとフローラを見つめている彼に、思わず彼女は顔を伏せた。

「そ……そんなに変わらないと、思いますが。似合っていませんか……？」

『いや。そっちの方が貴女に似合ってる。いいと思う』

視界の端に映った石版の文字に、思わずフローラはぱっと顔を上げた。するとはっとした顔になった魔法使いが、くるっと背を向けてしまう。

『わ、私は調合の続きに戻るから！』

「あらあら」

慌てていなくなる魔法使いを見送って楽しそうな声を上げたセラは、呆然（ぼうぜん）としているフローラに顔を向け、ふっと笑みを浮かべる。

「どう？　気に入ってくれた？」

「あっ……あの、ありがとうござい、ました」

「いいわよ、いいもの見せてもらったから」

セラはウインクして後片付けを始めた。フローラは彼女の軽口に反応することもなく、自分の新たな髪を弄っている。その口元が嬉しそうにゆるんでいることを自覚したのは、後でもう一度鏡を覗き込んでからだったが、戻そうとしてもしばらく、口角は勝手に上がったままだった。

それから一週間ぐらい後——二人にさらに転機が訪れることになる。

森に嵐がやってきたのだ。

その日は午前中から空模様が危うかった。

朝、フローラとの散策時に空を見上げた魔法使いが『今日は荒れそうだ。大事な物は今のうちに家の中にしまっておくようにしよう、持って行かれる』とコメントした通り、日が暮れると一気に天気は荒れ出した。窓を叩く風の音が不気味に響き渡る。

『今回は嫌な感じだ。数日間、外を出歩けなくなるかもしれない。飛来物も心配だし、水位の上がった川は特に危ないだろうから、しばらくは近づかないようにしよう』

カーテンを閉めながら話していた魔法使いが、ふと壁にかかっている暦を見てぽんと手を叩いた。

『明日はセラが来る日だったか。止んでいたとしても道が大分荒れているだろうし、シュヴァリも——セラの夫も、嵐の後の町で忙しくて大変だろう。今週は来なくていいと、連絡をしておこうか。何か貴女の方から、彼女に伝えたいことはあるか？』

セラ＝セルヴァントは週に一度、森奥まで二人の様子を見にやってくる。以前は来たついでに目に余る家の惨状を微力ながら食い止める役だったが、フローラが来てからそちらは彼女の仕事になった。今では魔法使いそっちのけで、もっぱらフローラがうまくやっていけているか、何か困ったことはないか、相談相手として訪れている感じが強い。セルヴァント夫人——ではなく、セラと呼べと怒られていたのだった——と話ができないのは少々残念な気もするが、物資補給なら倉庫の転移装置で事足りるし、嵐の翌日、大変な時にわざわざ呼び立てるほどの急用はなかったはず。

「わたしは大丈夫です。無理せず休んでいただいた方が、お互い安全なのではないでしょうか

「……？」

フローラがそう考えて伝えると、魔法使いは頷き、調合部屋の方に引っ込む。魔法の鳥を飛ばして連絡するのだろう。

彼女の方は時計を見て、そろそろ頃合いだと晩ご飯の支度を始めることにした。

魔法使いは彼女の料理を喜ぶのはいいが、油断するとこちらが恐縮するほどの褒め殺し攻撃をかましてくる。逆に、本当にこれで大丈夫なのだろうか、実は不満があるけど言えないだけなのでは、とフローラはしばしば不安になる。疑念を覚え、注意深く反応を窺っていると、最初のうちは特に好き嫌いもないかに見えた魔法使いの好みもわかってきた。

彼の味覚はざっくり言うと子どもっぽい。素材そのままよりは加工した味付け品、野菜より肉、苦い物より甘い物、あっさりしたものより味の濃い方を、より多く取ろうとする。それから好物は、一番初めに手をつけて幸せそうな顔をしてから、後々まで取っておくタイプだ。なので皿を見ていて最後まで残った物が彼の好物ということになる。とはいえ、そんなに好きではない物でも、よそわれると文句も言わず大人しく食べる。体質的に食べられない物もなさそうだ。食卓に嫌いな物が出てくるとあの手この手で皿から除け、悪い時には怒鳴り出すイングリッドを相手にしていたフローラにしてみれば、楽過ぎて拍子抜けする。

彼の所作からは全体的に育ちの良さを感じさせられた。さすがに手づかみでサンドイッチを頬張っている時などは例外だが、魔法使いと一緒に食卓についていると、そのナイフやフォーク、スプーンさばきに惚れ惚れしそうになることがある。移動するカトラリーの動線がどこか違っているし、食器の音が全くしないのだ。フローラも叔母やイングリッドと共に暮らしていた身、厳しく鍛えられた方だと思うが、それよりさらに完成度が高いように思えた。

他にも彼の住んでいる家の設備や持っている本、何カ国語も読み書き話しができるらしい様子を見ているに、割と良い所の出身なのではないか、下手をすると貴族階級なのでは――という辺りまでは、薄々わかってきてはいるのだが。なんとなく、森にどうして住むことになったのかという経緯や、それ以前どこで何をしていたというようなことを聞いてほしくなさそうなので、こちらも踏み込めないままでいる。

(……そんなことより、今日の献立を決めなくちゃ)

悶々としそうになった思考を、首を振って追い払い、フローラは自分の前に並べた食材と睨めっこを再開する。

(お昼は遅かったけどそんなに多くはなかったし、ちょっと品数を増やして豪華にしてしまおうか。魔法使い様の好きないつものキッシュにポタージュスープをお出しして。メインはちょうどお魚があったから――最近お肉ばかりだったもの、気分転換にいいかも。ソースをどうしようかな)

早くも台所の最新魔法器具を使いこなして手際よく晩ご飯の準備を鼻歌混じりに進めていたフローラだったが、ふと慌ただしい気配を感じて振り返る。そこには、調合部屋から出てきたと思うと、なぜか出かける支度を始めている魔法使いの姿がある。不審に思ってダイニングに出て声をかけてみた所、彼はなんと今から仕事をしてくると答えた。

「こんな嵐の中を、しかもこの時間から、お出かけですか!?」

黙々と準備を進めている魔法使いに向かって、フローラが驚きの声を上げたのも無理はない。窓の外はすっかり暗闇の中に沈んでいた上、激しい雨音と風音がひっきりなしに家のあちこちに響いていた。おまけに雷鳴も時折セットでついてくる。魔法使いの家は生活力ゼロの家主に放置されている割に、頑丈でしっかりした作りをしており、雨漏りもすきま風もないのが幸いだ。

嵐の夜だ。それも、フローラが経験した中でもとびきり激しい。

『こんな嵐の夜だから、だ。町の近くでこの嵐の中、立ち往生している団体がいるらしい。セラに明日のことを伝えようと思ったら、逆に連絡が来ていた』

わざわざ新しいシャツに着替え直してきたらしい魔法使いは、手首のボタンを留めている。

『アルチュールの町は元防衛都市。周囲は頑丈な壁で囲まれ、出入り口は南北に一つずつ。夜はその二つともが閉じてしまって開かない。一応詰め所に門番と言うか夜勤当番は毎日いるが、出入りを管理する人間はまた別枠でね。だから、特別な許可証を持っていない限り、日が暮れてからは町から出ることもできないし、入ることもできないんだ。

ところがどうも、その団体は途中で事故があって到着が大幅に遅れ、この時間まで町の門にたどり着けなかったらしい。許可証がない以上、決まり事だから町に入れてやることはできないが、この嵐の中を一晩放置というのも情がないし、死なれても面倒なだけ――そこで私の出番、という訳だ。ああ、私一人行くだけならどうとでもなるよ。慣れているから』

フローラの、でもそれでは出かけていく魔法使いの身だって大分危険なのでは、と考えている顔色を汲んでか、魔法使いはけろりとした表情で言う。本当に慣れていると言うか、これが初めての経験ではないように見えた。

『ああ、だから、その。さすがに今回は、貴女を一緒に連れて行けない。たぶん、一晩中その団体の護衛をすることになると思う。明日の朝……もしかすると、昼過ぎまで帰ってこられないと思うから、るといい』

悪いが家で過ごしていてくれ。まあ、私がいない分、急に休みができたと思って、一日くつろいでい

　そこまで言い終えると、魔法使いはローブを被り鞄をひっさげて、今にも出かけていきそうな勢いだ。慌ててフローラが呼びかけると、急停止して振り返ってくれる。

「あの、晩ご飯は――？」

『え？　あ――すまない。用意してくれて申し訳ないのだが、食べている暇がないようだ』

「え、えっと。でも、何か少しでも、お腹に入れておかないと――」

『さっきパンとチーズを食べて、あと携帯食料と水筒も持ったから、なんとかなるはずだ。大丈夫、私は規格外の魔法使いだ。燃費がいいししぶといから、滅多なことでは死なないよ』

　フローラを励ましているのだか彼なりのジョークなのか、魔法使いは真顔で言う。どう返したらいいのかわからずまごついている間に、彼はいよいよ家の扉を開けた。途端、吹き込んできた風が家の中を荒らそうとする。急いで滑り出すように出て行こうとした魔法使いの背中に向かって、またも出遅れつつ、フローラはなんとか声をかけるのに間に合った。

「い、行ってらっしゃいませ、ご武運を！」

　外の自然の猛威で阻まれたかもしれないが、魔法使いは確かに彼女の言葉を聞き届け、そしてちょっとびっくりしたように目を見開いたような気がした。彼が、行ってきますの言葉を返してくれたのかは、勢いよく閉じてしまった扉に遮られて見えない。

　しばらく呆然と立ち尽くしたフローラは、ようやく立ち直ると風で散らばったリビングの物を拾い集め始め――もう少しした所ではっと顔を上げた。慌てて台所に戻り、おそるおそるオーブンを開け

て、がっくり肩を落とす。焼いていたキッシュが焦げてしまっていた。食べられないことはないが、炭の味がしてしまうだろう。焦げかけが好きな魔法使いのためにと思って、少し焼き加減を強めにした上、目を離してしまったのが悪かった。なんだか一気に食欲が失せる。魚はまだ手をつけていなかったので、貯蔵庫に戻した。焦げ目のキッシュとポタージュを、一人で祈りを捧げた後、もそもそと片付いたダイニングで食べる。食欲はなかった。魔法使いが多めに食べるから、二人分というより三人分ぐらい用意するのだ。意気消沈しているフローラ一人では完食できない。結局、残った分を丁寧に保存してから、のろのろと皿を片付ける。一通り作業を終えてから、今日これからやることリストを頭に浮かべようとして、うまくいかず——大きなため息と共に、小さな言葉を吐き出した。

「……お風呂、入ろうかな」

一人きりの家の中は、なんだか広くて心細かった。

一通りノルマの家事をこなし、緩慢な動作で寝支度を整えていると、いつの間にか眠る時間になっていた。のんびりし過ぎたと、少し慌てる。本とノート、ペンを出し、今日寝る前にやろうと思っていたノルマを終わらせようと机に向かった。教師がいなくても一人で勉強はできる。しかし、なぜだろう、いまいち二人の時よりはかどらない気がする。何度か自然と顔を上げて声を出しかけて、というようなことが続いた。質問をする相手も、やった分を見てもらうことも、今日はないのに。

（わたしったら……魔法使い様はお優しいけど、わたしにばかりかまけていられない。これからだってこういうことはあるかもしれないし、もしかしたらこの先彼と離れて暮らすようになることだってあるかも。……今のうちに慣れておかなくちゃ）

などと自分を鼓舞してみても、成果は大して変わる様子がない。人生の中で魔法使いと過ごしてきた時間の方がはるかに短いはずなのに、たった一月で隣に彼がいることが当たり前のようになってしまっている。この一月で彼とこんなに長時間離れるのは初めてのことだ。考えてみればこの家に来てからずっと、フローラは「魔法使いのため」を合い言葉に過ごしてきたし、魔法使いの目を気にして生きてきた。

（なんだか駄目ね、わたし。頼って、すがってばかりだわ。わたしは彼に、何が返せるだろう……）

魔法使いは森の散策に彼女を連れて行ってくれるが、この森に来た経緯を思えば、フローラは精霊を見ることができるだけで、魔法が使える訳ではない。いや、使えるには使えるのだろうが……母の記憶やイングリッドのことがちらりと頭の片隅にある以上、積極的に自分から、とまでは思えなかった。それに、魔法使い自身、フローラの使う魔法と自分の使う魔法は別の種類の物だから、あまり具体的な使い方までは教えられない、というようなことをちらりと言っていたのだ。母と同じような魔法使い、魔女なら今後のために聞いておくこともできただろうが、専門が違うのなら手を煩（わずら）わせてしまうのもはばかられた。

結局彼女は、嵐の夜に出かけていく彼を見送って、帰りを待つ、そんなことしかできない。

いつの間にかペンはすっかり止まり、頭の中はネガティブな思考にすっかり占拠されていた。ため息を吐き、机の上を片付ける。自分の悪い癖が始まりそうになったら、別の作業をするか、休んでしまうのがいいのだとわかるようになってきていた。

（気がゆるんで、意識していない疲れが出てきたのかも。それならなおさら、今のうちに休んで、明日には調子を取り戻さないと）

ところが戸締まりを確認し、家中の明かりを消してベッドの中に入ってはみたものの、どうにもその先がうまくいかない。一向に眠気が訪れないのだ。外の天気は真夜中を過ぎても相変わらず荒れたままでうるさく、それも寝入りを妨げる原因の一つだったかもしれない。だが、何より魔法使いの不在という状況が心を乱しているのだということが、フローラにはわかりきっていた。

（……駄目だ、全然眠くならない）

静かに横になっていたフローラだったが、諦めてのそのそと起き出し、二階から下りてダイニング、キッチンに向かう。どうしても眠れない夜は、無理に頑張り過ぎるより、温かい物でも飲んで落ち着くといいのだと聞いたことがある。身体を、特に足を温めるといいのだ。もう一度今からお風呂を沸かして入るのはためらわれたが、ホットミルクくらいならすぐに作ることができる。

問題なくケトルに入れたミルクを温め、この後どうやって眠気が来るまで暇をつぶそうか考える。本でも読むか。ちょうどタイミングよく、魔法使いがちょっとしたお守りの編み方の本を貸してくれていたのを思い出す。名案だ、すぐに用意しようと、ホットミルクをカップに注ぎながら口元をほころばせた瞬間のこと。カーテンの向こうが光り輝き、すぐ直後に轟音がとどろいた。落ちたのはかなり近い場所のようだ。咄嗟に悲鳴を上げたフローラは、雷鳴が収まった後にももう一度、今度は短く息を呑んだ。雷に驚いた拍子に、手に持っていたマグカップを取り落として割ってしまったのだ。

「ああ、どうしよう……」

床に散った物を片付ける方を優先しようとしたが、ずきりと痛みの走った腕を押さえる。悪いことは重なるもので、熱くなっていた中身を自分の腕に引っかけてしまったようだった。火傷は初期に適切な処置をすることが大事だ。冷水で冷やしている間、鼻の奥がツンとなるのを感じる。少しの間だけなら我慢も利いたが、まもなくシンクにぽたりぽたりと水道以外の小さな水滴が落ちた。

（わたしって、どうしてこうなんだろう……）

まもなくさらに抑えが利かなくなって、声を上げる。最初は小さく。誰も来ないのだということを実感してからは、子どものように大声で。

腕の痛みがなくなって発作のような涙も少しはマシになると、水を止めてこっそり魔法使いの作業場を覗きに行く。あいにくと散らかった彼の作業場からは、目当ての応急セットは見つからなかった。多少手が赤くなっているだけで済んでいるし、このままでも特に問題はなさそうだとため息をついてすごすご戻ってくる。自分が被った分、床、特に敷物への被害は少なくて済んでいるのが不幸中の幸いかもしれない。割れ物の破片を注意深く集め、染みができないように処置をする。黙々と仕事を終わらせた後、ミルクをかけてしまった服も脱いで、今度はそちらを洗いに洗面所へと向かった。替えの寝間着はちょうど洗い場に出ていたので、いっそのこと昼の服を着た。先ほどの一連のことですっかり気力がそがれていたが、眠気も一層追い払われてしまったので大して問題ないとも言える。片付けがようやく終わってから、ダイニングに戻って呆然としている――その間に、時間は真夜中から朝に変わりつつあった。雷は聞こえなくなって風の音も弱くなったように思えるが、強い雨はまだ続いているようだ。赤くなった腕をさする。

（魔法使い様、早く帰ってこないかな）

カーテンを引いて外の雨模様を見つめる。冷静になってみると、昨夜近くに雷が落ちたのだってかなりぞっとする。家に直撃したらと思うし、そうでなくとも森の木々が倒れ、果ては何かの拍子に火事などに発展したら。一人でいると、マイナス思考が止まらない。なんとか修正しようとして起こした行動が立て続けに失敗すると、さらに心細さは加速する。

けれど一度彼が帰ってくることを考え出すと、不思議と身体に力が戻り、途端に気力が戻ってきた。

自分でも現金と言うか不安定と言うか、落ち着きがないと思うが、感じる心は制御できない。

家の中をいつも通り、いやいつも以上に張り切って走り回っていたフローラだったが、ふと気配を感じて振り返る。ちょうど、見たことのある鳥が空中に出現した所だった。魔法使いがメッセージを届ける時に使う物だ。目を見張る彼女の前に、鳥はぱっくり口を開いたかと思うと、そこから紙を吐き出し、広げてみせる。

『すまない、もう少しかかりそうだ。夜まで戻れない』

三度ほど読み直し、そこに書いてある言葉が偽りないことを悟ってから、フローラはがっくりと肩を落とした。確かに窓の外の雨はまだしばらく、止みそうにない。

降り続ける雨の様子に、フローラは洗濯物の中で必要な物を優先的に選び、室内干しをすることにした。空き時間ができると、勉強をしたり刺繍をしたりしてみるのだが、ついつい作業の手を止めて玄関を窺っている自分の様子に気がつく。料理も自分一人用で済むとすぐに終わり、楽と言えば楽だが張り合いがない。

時折うとうとやってくる眠気に負けて、ダイニングのテーブルで少し仮眠を取ると、いつの間にか夕方もとっくに過ぎていた。昨日、ちょうど魔法使いが依頼を受けて出かけていったのと同じぐらいの時間帯になりつつある。

(夜って、どのぐらいだろう……真夜中、なのかしら)

掃除と洗濯は終わっているし、空いた時間に食材を始めとした家の中の在庫の状況確認も終わらせ、次の買い物用のリストアップも済ませてある。勉強の方はのんびりペースなりに一応ノルマ分まで終わらせたので、後は料理と寝る支度だけ考えればいいような状況だ。

（きっとお疲れで帰ってくるだろうから。すぐ、寝られるように――お風呂や、料理も準備して、すぐにリラックスできるように、最大限わたしのできることをしよう）

ぱん、と一度自分の頬を叩いて気合いを入れてから、フローラはきびきび動き出した。貯蔵庫の残りからできるだけ疲れて帰ってきた彼にいいものを、と悩みつつも、フローラはいつもより一時間程度遅れた時間には、晩ご飯を揃えることができていた。昨日は魚料理の予定だったが、今日は奥の方にしまい込んであったいいお肉を少し奮発して出してみた。サラダの準備もばっちりだ。あまり遅くなるようなら自分の分に回せるように量も調整した。後はよそって食卓に出すだけという所まで作業を進めてから、家主の帰りを待つことにする。魔法使いの家は便利で、お風呂も保温装置を利用させてもらった。脱衣所に替えの服まで用意する。よし、これでもういつ帰ってこられても大丈夫だ！

と思った彼女だったが、家の中をぐるりと見回した際に目に入る、明るい照明と当然のように起動している保温機能にふと首を捻る。

（そういえばこの家、確か魔法使い様の力で動いていたはずなのだけど……お出かけが長引いたら、魔法が止まってしまうなんてことはないのかしら？）

通常、魔法式道具を稼働させるには、魔力の籠もった何か――代表的な物として、魔石の利用が考えられる。でなければもっと単純に、人の体内に宿る魔力を利用するのだ。魔法使いの素質がある人間は、この魔力の量が一定以上あることと、それを自分の意思で引き出して別の力に変換できること、この二つの能力を基本として求められる。魔力だけあっても出せなければ魔法使いになれないし、出し方を知っていても元が少な過ぎればすぐバテてしまうから使い物にならない、ということらしい。

これまで学んできたその辺りの魔法の常識に照らし合わせると、この家のどこかに大量の魔力が収納されているか、魔法使い自身がどうにかして家中に魔力を供給しているのだろう。本人が度々自負していたように、彼はかなり大きな魔力の持ち主なのだろうが、それにしたって人にできることには限界があるのではなかろうか。だとすると、魔石を使って稼働させているはずだが、魔法使いが特権階級のものであるのと同様、魔石もそれなりに高価な物だ。そっとアルツト家の温水設備や照明等を維持するのに必要な魔石の量を思い出し、この家ほど魔法機能を充実させていたらどれぐらい必要なのだろうと青ざめる。だが、さらに思い返してみれば、調合部屋で宝石をすり潰していたような魔法使いだ。予算の都合は考えていないような気がした。

予算の都合と言えば、金銭感覚もまた魔法使いは人と大分異なる感性を持っているようだった。

フローラはこの家に来てから、彼がお金や物資に困っているシーンを見たことがない。最初に転移装置の前で必要な物を注文しろと言われた際、「ご予算はどのぐらいでしょう」と当然の質問を向けてみた所、魔法使いは『なんだそれは』という顔に、一瞬だったが確実になった。そのすぐ後、フローラが何を気にしているのか彼なりに正確に察知し、『お金のことは気にしなくていい、お給料かもよくわからないから、とにかく好きな物を必要なだけ買ってくれ』と、どこのお大尽(だいじん)だと疑いたくなるようなことをのたまってみせた。あの時、なんだか怖くなってそれ以上追求することができなかったが――たぶん、魔法使いの金銭感覚は、彼の生活力並みに壊れているのではなかろうか、とフローラは推測している。

そうなると、素朴な疑問が二つほど。一体彼はどういう出自の人間なのかということと、今現在どうやって生計を立てているのだろうということだ。

これも聞くととんでもない答えが返ってきそうで怖いのだが、そもそもあの倉庫の転移装置が便利過ぎる。注文の紙を送りつけたら一日程度でなんでも用意してくれる、あれは一体なんなのだ。たぶん転移装置の向こうに人間がいて、その人が色々と手配してくれているからこちらは不自由なく過ごせているのだが、ではその転移装置の向こう側の人間とは何者で、魔法使いとどういう関係なのだ。

それから肝心の魔法使いという職業、魔法使いという仕事である。彼が労働しているのはわかる。毎日森を歩き回ったり、調合部屋に籠もったり、何か魔法を使っていたり、今日みたいに外出したり――だから、忙しそうに動いているのは、フローラの目にも散々見えている。

だが、その割に彼がお金のやりとりをした所を見たことがない。いつも持ち歩いているあの鞄の中に、財布という概念が入っていない予感しかしない。どうやって報酬を受け取っているのだろう、まさかの物々交換だったりするのだろうか。

フローラの想像、もとい妄想は膨らむ。

こうして改めて考えてみると、一月が経過しても、まだまだ彼について知らないことだらけである。これから少しずつ、知っていく機会もあるのだろうか。でも、そうしたら今の居心地のいい関係まで、変わってしまわないだろうか。

その辺りまで思考を巡らせた所で、腹の虫が鳴った。

（今日も遅いな。大変なのかな。嵐の中で立ち往生してしまった人を助けに行くって言っていらしたのだもの、怪我をした人がいないといいけれど）

時間を確認して、フローラは大きなため息を吐き、椅子に深くもたれかかる。少しだけそうしてから、姿勢を正した。

(魔法使い様が、無事でありますように……)

食卓に向かって両手を組んでお祈りを始める。飽きるまでそうしていても彼はまだ帰ってこない。とうとう時刻は日付変更にまで達してしまった。

(もしかして長引いて、今日も帰ってこられないのかな)

ぼんやりとフローラの頭に不安がよぎる。

(それとも——このまま、帰ってこないのかな)

最悪の展開がふとよぎる。慌てて頭を左右に振って追い払おうとするが、弱気な心を励ましてくれるのはただ魔法使いの帰還のみ。一分一秒が永遠に感じられるほどもどかしい。そわそわ立ち上がった彼女は、魔法使いがいつも作業をしている調合部屋をちらっと覗いた。魔法使いに何かあったとして、家に変化があるとしたら、外の転移装置か、ここだと思うのだ。なんとなく、力がたくさん籠もっていそうだから、と言うか。

そっと覗き込んでみるが、出かけていった時と変わらない光景に肩が落ちる。落とした視線の先に、ふと魔法使いが脱ぎ捨てていったローブが映った。いつも着ているぼろぼろのものだが、今日はどうも外で人に会うということでもうちょっとちゃんとした格好に着替えたらしい。彼女は迷ってから、そろりそろりと調合部屋に侵入し、手に取ってみる。男物のそれは大きい。穴こそフローラが補修したが、年季が入った染みがいくつかあるし、ところどころほつれかかってもいる。それでも彼が愛用しているのは、着心地がいいのか思い出があるのか。

(……ちょっとだけ。ちょっとだけ、だから)

　芽生えたのは悪戯心か心細さか、フローラはおそるおそる羽織ってみて両手を袖に通す。痩せ型で小柄な彼女が着ると、男物のローブはひどくだぼついて少し重い。ため息に近い声を漏らしてから、彼女はふふっと笑う。

（魔法使い様のにおいがする。温かくて優しい、森の香りが）

　ちょうど、その時だった。玄関の方から音がする。待ちかねていた時がやってきたのだ、フローラははじかれるように顔を上げると一目散に駆けていって出迎えた。

「お帰りなさい、魔法使い様！」

　喜色満面で出迎えた彼女に、魔法使いはずぶ濡れの服の水を軽く払いながら案の定疲れの滲んだ顔を向けたが、住み込みの少女に焦点が合うと大きく緑色の目を見開いて固まった。

　フローラ＝ニンフェという少女はそこそこと間が悪く、うっかりドジを踏むことも多い。魔法使いの帰還に真っ先に反応した彼女は、自分がその直前に彼のローブを着込んでいたことをすっかり忘れ、あろうことかそのままの格好で出迎えることになってしまっていたのだった。いぶかしげな視線の先を追ったフローラは、自分を見下ろし、彼が一体何を凝視して固まっているのか悟ると小さく悲鳴を上げた。

「ち、違うんです！　これは、その――」

　言い訳を探す彼女を見つめる魔法使いはほぼ真顔だ。咄嗟に口を開き、なんとか間をつなごうとする。

「ほ、ほつれていたので！　補修を！　しようかと！　思っ、て……」

　深緑色の眼差しが、若干生温かい気がしてきた。しかしここで黙ったら何か色々駄目な気がする。

フローラは頑張る。

「あの、けしてその、やましい思いなどでは、なく……」

ガタガタと身動きした拍子に物にぶつかる音が響き渡った。今度はフローラの方が驚いて棒立ちになる。声なき笑い声を上げて震えているらしい魔法使いは、しばらくして落ち着くと、そっと目尻を拭（ぬぐ）い、フローラに石版を向けてくる。

『別に言い訳をしなくてもいい。着てみたかったのだろう？』

「えっ……あの、あの」

『私も子どもの頃、いつか立派な魔法使いになる自分の姿を夢見たことがある。家族の服にこっそり袖を通したり、道具を手に取ってみたり。誰にでも経験があるものだ、そう恥ずかしがらなくてもいい』

彼女の着ている服のだぼだぼの裾を見つめながら、彼は穏やかに、優しい表情で言う。フローラの方が、触れられて真っ赤になりつつ、何か彼の喋っている方向がおかしいと眉をひそめたくなりそうだ。

『貴女は魔法使いという訳ではないが、私の手伝いをして、森を一緒に歩いてくれているし、精霊の様子を伝えてくれてもいる。そうだな、私も気が利かなかった。そんなにこれがほしかったのなら、私の古着などではなく貴女用に新しく作ろう』

フローラは「あ」とか「う」の形に口を動かしたが、もごもご口ごもってきちんとは言葉にできずにいる。

なにやら勘違いをされたのが、ほっとしたような、がっかりしたような。

(がっかり? 何を落ち込む必要があるのかしら。笑われたことに?)

「ありがとう、ございます……?」

奇妙な自分の心のざわめきに内心首を捻りつつも、魔法使いがまた彼女のために好意を向けてくれるということには素直に感謝の念が湧く。

(魔法使いの服が着たかったというより、魔法使い様の服だから、よかったのだけど……)

行き違いにほんのり切なくなった後、はっとしてからぶんぶん首を振った。やましい思いはないとさっき言ったばかりなのに、自分は何を考えているのか、はしたない。そんな彼女の様子に首を傾げた魔法使いが、また別のことに気がついたらしく表情が変わる。

『それにしても、もう真夜中だが。眠れなかったのか?』

ローブの下は昼の格好のままだった。そもそも夜に帰ってくるという彼を差し置いて、先に寝る気にはなれなかったのだ。

「あ……えっと、その。横になってみたりもしたのですけど、やっぱり目が冴えてしまったと言うか、どうしても気になってしまって……」

『私のことが?』

フローラははっと顔を上げた。深緑の目と、琥珀の目がつかの間、互いをはっきりと映し合う。すぐに彼女の方がそっと視線を逸らし、うつむいたまま小さく答えた。

「……はい。心配して、いました」

ほんのりと頬を染めて言う彼女に、魔法使いは沈黙する——いや、元から喋れないのだが、さらにびしっと固まった感じがある。それなりの間を置いてからようやく、彼は石版に文字を浮かべる。心なしかいつもより筆跡が乱れがちだ。

『そ、その……嵐の中、一人にして悪かった。確かに、心細かっただろう――』

「違います！」

『えっ？』

「いえ、違いません。確かに一人で寂しいところも、なかったとは言いません。でも、それよりわたしは、この嵐の中を一人で出かけていったあなたのことが心配で、あなたに何かあったらと思って、それで――」

　また、はっとした。夢中になって喋っていたフローラに圧倒されるように、魔法使いは黙り込んでいる。彼にしてはとても珍しいことに、黙ってはいたが、思わずといった感じにあんぐり口を開けていた。緑色の目が混乱しているのを見ると、我に返ったフローラの方もつられそうになる。途端にどうしたらいいのかわからなくなりかけた彼女は、ようやく自分が今一番言うべきことを思い出した。彼が帰ってきた時のために、散々あらゆる準備をしていたのではないか。

「あの！　そっ、それよりも、お風呂の用意をしてあるのですが――ええと、もう寝る場合でも、少なくとも、お着替えは必要ですよね？　一応、脱衣所に一式ご用意させていただいていますが……あ、脱がれた服はこちらで洗っておきます。それと、晩ご飯――いえ、お夜食の用意もしてありますので、そちらが先でも――ど、どうしましょう？　わたし、言ってくだされば、今からでも、なんでもご用意します」

　言い切ったフローラに、彼は相変わらず口を開けたまま硬直していたが、今度は比較的すぐ立ち直――ってはいない、ぎくしゃくしているが、なんとか動けるようにはなったようだ。

『まさかとは、思うが。私のために、こんな時間まで用意して、寝ることもなく、待っていた――と？』

「……はい」

『ただでさえ、最初に伝えていたのより遅くなった。現にもう真夜中だ。もしかしたら、今晩だって帰れなかったかもしれない。それでも貴女は、私を一晩中待つつもりだったのか？』

馬鹿なことをしたと、責められているような気もする。フローラはちょっと小さくなった。おずおずと、魔法使いに尋ねる。

「あの……ご迷惑、だったでしょうか。わたし、出過ぎたことを、してしまったのでしょうか」

『そうではない、そうではないが――すまない、てっきり貴女は――もう、眠っているものかと思っていたんだ。起きていたとしても、こんな――準備をして、なんて、思ってみなかった。知っていたら、もっと早く帰ってきたのに』

「わたしが、やりたくて、やったことですから……」

『だが――』

魔法使いの言葉をやや遮るように、彼女は喋る。フローラは要領が悪い。昔はいつも、怒られてばかりだった。自分のしたことは、余計だったのかもしれない。現に彼は困惑しているらしい。それでも、どうしても、やりたかったのだ。この気持ちだけは、否定してほしくない。心がざわめき、胸から喉に伝わって言葉が止まらない。不思議だ――こんなことがあったら、いつもは萎縮して黙っているばかりなのに。

「わたし、他には何もお役に立てませんから。せめて、きっととってもお疲れで帰っていらっしゃる魔法使い様が、ほっとできるといいなって。お疲れを、少しでも癒やしてさしあげられたらいいなって。思っていたの、です——!?」

彼女の言葉は途中で途切れた。なぜなら、大きくて温かい物にいきなり覆われたからだ。しっとりと濡れた身体に包み込まれ、相手の冷たさに震える。全く未知の感触。それでいて既知の人。

魔法使いに抱きしめられているとわかったのは、もう少し経ってからだった。わかったからと言って何かが良くなる訳ではない。フローラがちょっとしたパニックになるだけだ。彼女は言葉にならない悲鳴を飲み込んだまま、どうすればいいのかわからず、おろおろされるがままになっている。

感触が離れる。離れたかと思ったら、魔法使いはフローラを腕の中に閉じ込めたまま、彼女を上向かせて自分の顔に向けさせる。そこには彼の見たこともない——慈悲とも、哀れみとも違う、おそらく大切には思ってくれているのだろうけれど——とにかくフローラは見るのが初めてで、何を考えているのか読み切れない表情があった。ぞくり、とフローラの身体の奥が反応する。それはけして冷気による寒さでもなく、また怖気でもない。奇妙な、奇妙な、身体の高揚感。甘いうずきに支配される。頭がふわふわする。魅入られるように熱を帯びた緑の目を見つめていると、大きくて硬い手がフローラの頬を優しく指の腹でなぞる。魔法使いの顔が、ゆっくりと下りてきた。

(——キスされる!)

抱きすくめられ、フローラがぎゅっと目をつむった瞬間だった。ふわっ、とそのまま後ろに身体が傾いたかと思うと、重心がずれ、盛大な物音を上げて足が上がる。つまりは、後ろ向きにすっころぶ。

「きゃあっ！　……えっ？　ひゃっ！　……ええっ!?」

フローラは驚いて声を上げた。最初は体勢が崩れたことに。次に、身体がすぐに床に倒れ込まずふわりと浮き、まるで空気に支えられたかのような奇妙な感覚を覚えたことに。それから、ドタッと何か重たい物が床に落下した気配に。最後に、腰からゆっくり下りていった先の感触が、硬い床ではなく、何かもっとぐにゃっと柔らかい物だったことに。

目を開けて、自分の下を確認すると――なぜだろう、そこには魔法使いが伸びていた。

あれっ、さっきまで確かに二人とも立ち上がって、なんなら密着していたはず、なぜ今床の上に魔法使いが倒れ込んでいて、自分はその上に乗っかっているのだろう――。

そこまで思考を巡らせてから、慌てて状況を再認識し、速やかに彼の上からどいた。

「すっ、すみません！　大丈夫ですか⁉」

魔法使いは頭を押さえるような仕草をして唸りながら起き上がり、横でおろおろしているフローラにその辺に落っことした石版を探して向ける。

『大事ない。貴女は大丈夫か？』

「わたしは――魔法使い様が庇ってくださったので、何の問題もないのですが……」

フローラが言葉を切ると、向こうも黙り込む。なにやら気まずい、何を喋ったらいいのかわからない、と言うか何も喋ってはいけないんじゃないかという感じの嫌な沈黙が落ちた。お互い、なぜか相手の顔の若干下辺りに視線を向けて、しばらく固まったままである。そのうち、だらだらと嫌な汗を垂らし始める。どどどどど、と未だ強く吹いている風が、ちょうど窓を叩いて揺らした。それをきっかけに、はじけるようにお互い顔を上げる。目が合うと、魔法使いはびしっと石版をまるで盾のように自分の前にかざした。

『きょ、今日は酷い嵐だったな！』

「そっ、そうですね！」

文字の勢いにつられ、思わずフローラも裏返り気味の声で答える。

『風呂が沸いているという話だったし、この汚れた邪念――違う、身体を浄化してこようかな！』

「浄化!?　いえ、なんでもありません、そうですね、洗うのは大事ですものね！」

『そうだぞ、洗うのは大事だ！　頭を冷やすのもな！』

「は、はいっ」

『入ってくるぞ！』

「行ってらっしゃいませ！」

『うん、行ってくる！』

「行っていらっしゃるといいと思います！」

もはやお互いに勢いでまくし立て合って、会話の内容が支離滅裂になりかかっている。

わたわたどたどた慌ただしく別れてから、フローラはへなへなその場にしゃがみ込み、熱くなった両頬を押さえる。

（な、なに――今のは一体、なんだったと言うの!?）

残念ながら、突然激しくなった動悸(どうき)はなかなか落ち着いてくれない。

そうこうしている間に、なにやら激しい水音を立てていた魔法使いが、どこかげんなりした様子で風呂場から出てきた（ちなみにフローラが後で入浴しようとした時に発覚したことだが、どうやら彼は水風呂で、本当に頭を身体ごと冷やしていたらしい）。

こざっぱりして若干憑(つ)きものが落ちたような感じになっている気がしないでもない魔法使いは、時間的にもはや夜食になっている晩ご飯に手をつける。おそらく出先ではろくなものを食べていなかったのだろう、いつも以上に大げさなリアクションをした彼が、あ、の形に口を開けた。

『しまった……』

「どうかなさったのですか？」

『その、せっかく久しぶりに私が町に行ったのだから……貴女にお土産でも買ってくれば良かったな、と。たとえば美味しいお菓子だとか……』

申し訳なさそうに頭を掻く魔法使いに、フローラはきょとんとしてから慌てて首を振った。

「いえ、そんな……！」

『今度町に行った時にはちゃんと買ってくるから。何かほしいものはあるか？』

「いえ、魔法使い様がいらっしゃってくださるだけで、本当にわたしは十分ですから――！」

さりげなく口走った言葉に自分で気がついて顔を赤らめたフローラだったが、突如魔法使いの視線が鋭くなり立ち上がると、今度は何事だろうと青ざめる。

『その手はどうした？』

首に次いで顔の前で振った手は右手、ミルクを引っかけてしまって赤くなっている方だ。さっきはローブを着込んだり、激しく密着するイベントが起こったりとで、魔法使いの視界にうまいこと入っていなかったのだろう。指摘され、フローラはぱっと利き腕を押さえながら、口ごもる。

「あの……夜、眠れなくて、ホットミルクを飲もうとしたのですけれど。少し、失敗してしまって――」

でも大したことはないので、大丈夫です。

フローラが言葉を言い終える前に、がたんと音を立て、血相を変えた魔法使いが食卓に勢いよくスプーンを叩きつけて立ち上がる。

『なぜもっと早く言わない！』

「え？　でも、大丈夫です、すぐに流水で冷やしましたから――」

『薬は⁉』

「え、ええと……場所がわからなかったので、特には……でも、二、三日もすれば痕も消えると思いますし、それほどでも――って、あの、魔法使い様⁉」

目を丸くしているフローラの、怪我をしていない方の手――の、服の袖をつかむと、彼は調合部屋に彼女を引っ張っていく。得体は知れないがきっと大切な何かなのであろう物の山をかき分け、古ぼけた木箱を発掘してきて、座らせたフローラの前で開ける。

『今後のためにも言っておくと、これが薬箱だ。用途は大抵瓶や箱に書いてあるから』

箱に記されているハートの形のマークが、薬を意味する印なのだろう。箱自体は見分けやすいとしても、その箱にたどり着くまでが大変そうだ。

そんなことを思っていたフローラだったが、ふと奇妙な沈黙が続いているのに気がつく。

箱の中に大量に入っている小瓶のうちの一つを取り出した魔法使いが、フローラの包帯を巻いた手を凝視したまま、固まっているのだ。どうかしたのだろうか、また何か問題が発生したのだろうか、それとも自分が何かしてしまったのだろうか。不安な気持ちになった彼女の前に、彼がそっと石版を出す。

『触れても――いいか』

フローラはきょとんとした。意味を理解すると、さらに困惑する。

(だって、さっきは何も言わずに、あんな――)

時間が経って少しは落ち着いていたのに思い出したらまた顔が赤くなってきた。彼女の不穏な(?)気配を感じ取ったのか、魔法使いが素早く文字を出す。

『嫌ならしないから！　そう、もう、二度と触れたりしないから！』

「そっ……そこまでは言っていないじゃないですか！」

勝手に触ってきておいて、次はこんなに物々しく確認されたら、誰だって答えるのに迷うのではないか。動揺している間に、今度は全く触らないなんて言われて、フローラはついカッとなった。心臓が早鐘を打つ。彼女はずいと手を突き出した。

「わ、わたしは大丈夫だと言ったのに、連れてきて薬箱を出したのは魔法使い様です。ご心配なら……確かめてみてください」

いつになく大胆な物言いになったのは、おかしなことばかり続いて、彼女もおかしくなってしまったのだろうか？

逃げ腰になっていた魔法使いが、フローラの包帯と、出していいのか引っ込めていいのかわからないとでも言いたげな中途半端な位置にさまよっている自分の手を、見比べている。それでも辛抱強くフローラが待っていると、おずおずと、ぎこちなく手を伸ばす。

触れ合った瞬間、互いが一瞬震えた。視線が絡む。口を開いた魔法使いが、視線を下げ、困ったように眉も下げる。フローラもつられて顔を下ろした。床に落ちた二人の手が、指先だけ接している。

「……触って、ください」

いたたまれない状況に耐えかねてだろうか、それとも。

フローラが囁くように言うと、ようやく彼は手を重ねた。古い包帯を、優しく丁寧な手つきで取り払う。薬箱から出してきた小瓶のとろりとした中身を、清潔な綿布に取って彼女の手に当てる。患部全体を覆うように、薬品をしみこませた綿布をつけると、新品の包帯を巻き直し、その上でフローラの手を取って、ほんのわずかに迷った風を見せてから、彼の大きな両手で包み込む。

「あの……魔法使い、様」

『少しだけ──少しだけ、我慢してくれ』

魔法使いの掌の中から何かが流れ込んでくるような、くすぐったい、むずがゆい感触がする。逃げようとして身動ぎした所をたしなめられてしまったフローラは、大人しく震えながらされるままになる。

「──ふ、う」

ただの治療行為なのに、魔法使いに腕を優しくなぞられるとおかしな声が出てしまいそうになるのが恥ずかしい。一人で真っ赤になっている彼女は、今だけは少々暗めの全体照明である調合室に感謝した。

しばらくフローラの手を包んで何かの念でも込めていたらしい魔法使いが、やがて満足したのか手を離す。思わずぱっと解放された利き腕を胸の辺りに押し当ててしまうフローラに、落ち着いた色合いの深緑が向けられた。

『今度怪我をしたら、たとえ大したことのないものだと思えるものでも報告してくれ。治療は初動が肝心だ、万が一残ってしまったらどうする？』

「も、申し訳ございません……」

『いや……元はと言えば、いきなり一人にしてしまった上、すぐに気がつけなかった私の落ち度だ』

「でも」

『では、本当に申し訳ないと思っているなら、これからは自分のことをもう少し大事にしてくれ。安静にして、きちんと経過報告をして、それで元通りに治って、元気な姿を見せてくれ』

「……はい」

恥ずかしかったり自分が情けなかったりでしゅんとしているフローラに、魔法使いは優しい顔になると手を伸ばしかけて、はっと引っ込めた。

うなだれているフローラからは、ちょうどそんな彼のささやかな葛藤は見えていない。床にちょんと置かれていた石版の文字しか、彼女の視界には入っていなかった。

『……今日は、もう遅い。食卓の片付けも私がやっておくから、貴女は休むといい』

「えっ!? いや、で、でも——」

『なんだその反応は、私にだって食器を洗い場に持って行って食卓を拭くことぐらいできるぞ!』

「すっ、すみません、お任せします!」

張り切って自分で洗うと言い出さなかったことに真っ先にほっとしてしまった自分に微妙な罪悪感を抱きつつも、フローラは追い立てられるようにして調合部屋を出て行く。出て行った所で急停止し、そろそろと音を立てないように戻ってきて、部屋の中の魔法使いを窺う。彼は薬箱を出したついでに、中の瓶をチェックしているようだった。

「……おやすみ、なさい」

小さく言ってみたが、やはり聞こえなかったようだ。未練がましくじっと見つめても、下を向いたまま。

フローラはしょげかえったまま、その場を後にする。

立ち去る気配を感じた魔法使いが顔を上げ、咄嗟に呼び止めるように手を上げたのは、彼女から見えていない。彼が口を開けてから、はっとしたように動きを止め、静かに喉元に手をやったことも知らないまま、フローラは眠りの中に落ちていく。


その晩、彼女は不思議な夢を見た。光の塊（かたまり）――精霊達が、彼女を取り囲んで歌う夢だ。

【ほしいものは？】

【きいてあげる】

【ねがいをいって】

少し驚いたが、パニックになることはなかった。自分を見下ろしてみて、首を傾げる。この感じの夢を見る時、大体夢の中のフローラはいつも幼いが、今回だけはいつも通りの自分の姿をしていた。

じっと立って見つめていると、精霊達が何度も同じ言葉を繰り返してくるので、彼女はふっと苦笑する。

（望みなんて……これ以上ないわ）

【うそだよ】

【きみはじぶんにうそをついている】

【もっとみみをすませてごらん】

ふわふわとした光達は、静かに集まっていくと円を作る。ぼんやりと円の中に映し出された光景には、魔法使いが映っていた。調合部屋の中に座り込んで、何か考え込んでいるらしい。

（これは一体何なのかしら。ただの夢？　今？　それとも――わたしの願望（ほしいもの））

光の円の中を覗き込む。

――何かほしいものはあるか？

途切れてしまった会話の中でちらりと向けられた問いを思い出した。もしかするとこの夢は、そのことについて心に引っかかっているから、見ているのかもしれない。

（きっと、もう手に入っている。だからこれ以上望むのは、よくないことなのよ）

浅ましい自分の思いを見透かされたようで、彼女はそっと目を伏せた。精霊達が静かに囁きを広げていく。

【うそうそ】

【それもほんとうだけど、ぜんぶじゃない】

【いってごらん。だいじょうぶ……】

精霊達がそよぐと、彼らが作り出している映像の中の魔法使いも動いた。石版をなぞる手がゆっくりと上がっていき、彼は自分の喉に触れた。ため息を吐き、首を振る。

夢か。うつつか。幻か。どれでもいい。その仕草を見て、フローラは静かに、確かに、一つの言葉が明確に浮かび上がるのを感じる。

（――それならわたしは、声がほしい。魔法使い様の、声がほしい）

浮かんだ言葉にざわり、と空気が揺れ動いてフローラははっとした。精霊達が自分に注目し、何かを期待しているような気配を感じる。彼女は青ざめ、ぱっと背を向けた。
（駄目よ！　同じことを繰り返すつもりはないの。あなた達を見たくないとまでは言わない。でもも
う、何も知らず、自分のことばかりだった子どもじゃない。あなた達に頼り過ぎて、わたしのほしい
ものにいつまでも手を伸ばし続けるのは――よくないことなのよ）
彼女が明確に拒絶の意思を示すと、精霊達は残念そうにざわめいたが、それ以上深追いしてくる様
子はなかった。走り去ろうとする彼女の背に向けて、誰かが笑う。
【いい子だね、シュヴェスター。それでいい。ぼく達を拒絶し過ぎることはない、けれど人でいたい
なら、けしてぼくらを近づけ過ぎてはいけない。……でも、少しだけ言ってみるぐらいなら、いいん
じゃない？　案外近くに、解決策が遊んでいたりするものだからさ――】
聞き覚えのある子どものような声に振り返ろうとした瞬間、精霊達がぶわりと一斉に飛び去ってい
き――そこではっと目が開いた。
（今のは……夢？　本当に？）
しばらく余韻に呆然としていたフローラだったが、そのうち自分が起きる時間になっていたことに
気がつき、慌ててベッドを飛び出す。朝の忙しさに紛（まぎ）れているうちに、いつの間にか夢の声も経験も、
すっかり彼女の記憶の中で薄れてしまう。それでも違和感は残って、もやもやした気持ちに、なんだ
ろう？　と首を捻っていた彼女が必死に記憶を参照して呼び起こしたのは――夢自身の記憶ではなく、
魔法使いにキスをされそうになった経験の方だった。するともう、そちらの方に意識が行ってしまっ
てますます曖昧（あいまい）な幻のことは忘れてしまう。
意識を始め、挙動不審になっているのはフローラだけではなかったようだった。今までにない奇妙

な空気が二人の間にできあがっていた。一応普通に話はできているのだが、なんと言うか、お互いもっと何か言うことがありそうで、けれどいざ何かが始まりそうになると、怖じ気づいて逃げてしまう——そんな感じだ。

フローラは、そぞろな心を持て余しながら料理を作っている。ぼんやりしていても家事を行う手が止まることがないのは、日頃の積み重ねのたまものだろう。時折、ふと止まって、唇に指先を当ててぼんやり考え込む。ほんの数瞬そうしてから、はっとなってまた作業に戻る。そしてまた時間が経つと動きが緩慢になり、唇に指を当てる。その繰り返しだった。

（結局あれは、なんだったんだろう……）

心に浮かぶのは、少し前にあった嵐の晩のことだ。フローラはまだ、あの晩何が二人の間にあったのか、正確な所を理解できずにいる。いや、客観的な事実だけ切り取るなら、とても接近して、何かが起こりそうになって——何も起こらなかったのだ。それぐらいはわかる。

問題は、そのことにどうやって意味づけをし、理解するかという所だった。

「……あっ！」

ぼーっとしつつも黙々と料理を続けていたフローラが明らかに何かやってしまった声を上げると、ちょうどダイニングに出てきていたらしい魔法使いがバタバタ音を立ててキッチンの中を覗き込んだ。

『どうかしたか？』

「ちょっと、焼き加減を間違えてしまって……」

パイに焦げ目がついてしまったのだ。しょんぼりしつつ、前にもこんなことがあったような、とフローラは失敗料理を前に落ち込む。しばらく沈黙が落ちて、ふと彼女が顔を上げると、何か言いたそうにじーっとこちらを凝視していた魔法使いと目が合う。ところがいざフローラが気がつくと、彼は露骨過ぎるほどにわざとその目を逸らし、何もありませんよと言いたげに口笛を吹いた。しかも下手だった。口笛と言うか、ただ空気が抜けるスースーした音が鳴るだけなのである。

あの嵐の夜から、挙動不審になったのはフローラだけではない。魔法使いの様子も連日こうだ。明らかにこちらを気にしてよく視線を向けてきているのだが、いざそれに返そうとすると逃げてしまう。一つ屋根の下に立ちこめるぎこちない空気。このままでもいいが、よくない。このままでも二人で暮らしてはいけるが、なんとなくこう、雰囲気がよくない気がする。

そんな、何かした方がいいんだろうな、という気持ちはあるのだけど、

「あの、実は――」

『今日は天気がいいな！』

「……そ、そうですね。とてもいい天気です、はい」

少しこちらが勇気を振り絞ってみれば、こんな調子ではぐらかされてしまって、

『ちょっと、いいか？』

「えっ――ご、ごめんなさい、洗濯物が残っているので！」

『あ――そうか。それなら、なんでもないんだ。うん。なんでもないから』

向こうが神妙な顔つきで話しかけてくれば、こちらが咄嗟に逃げてしまう。

視線が絡んでは離れる。言葉が交わされそうになっては散る。もやもやは広がる一方なのに、二人とも解決の手段を知らないのだ。いや、知っているのに、一歩が踏み出せない、踏み込めない。

（……どうしよう。どうすれば、いいんだろう）

ままならぬ心は、持て余されたままだった。

「フローラちゃん、お出かけしてみない？」

転機はセラ＝セルヴァントの来訪と共に訪れた。いつも通りやってきてかしましい会話をフローラと繰り広げていた夫人は、ふと黙り込んで二人を見比べたかと思うと、にっこり歯を見せてそんなことを言い出す。虚を突かれ、フローラは琥珀色の目を見張った。

「お出かけ――ですか？」

「そ。普段はあたしがこうやってお二人の家に来ている訳だけど、フローラちゃんがうちの町に遊びに来たりとか、してみない？」

「町に……」

お喋りな女性は、相手の聞いている態度がけして後ろ向きではないらしいことを察知すると、饒舌に舌を回して説得に励み出す。

「ここの暮らしにもそろそろ慣れてきたでしょう？　ってことは余裕が出てきた分、マンネリ化してる部分もあるのかなー、なんて思う訳。たまにはちょっと気分転換に、森を出てみない？　そんな大したものはないけどさ、まあ、普通の町にあるものは揃ってるし。あたしが面倒見るから」

セルヴァント夫人はそこでぐるりと首を回し、後方に向かって大声で言う。

「魔法使い様もそれで構いませんか？」

いつの間にか作業場から出てきて二人の側に陣取っていたらしい魔法使いが、まるで悪戯を見とがめられた子どものようにばつの悪そうな顔をしながら、石版で返してくる。

『……いいんじゃ、ないか。セラがついているなら、安心だろうし』

「……出かけても、いいのですか？」

初めて彼女がそれなりに長く家を空けることを、あまりにあっさり何もなく許可されてしまうのは、なんだかもやもやする。フローラがぽつりと言葉を漏らすと、言われた方はなんとも言えない表情になった。

『なぜ、そんな……私は別に、貴女の行動を制限するつもりなんてないし、したこともない、つもり、だが……』

彼は返答にとても困っているようだった。確かに魔法使いはフローラの好きにさせてくれる、そのことに不満を覚えたことはない。だからこそ――なぜだろう？　自分が何に引っかかって、こんなことを言っているのか、フローラ自身にもわからないのだ。ぎこちない空気を作ってしまって、これではいけないと思うのだが、解決手段も見当たらない。

（どうしよう……どうすれば……）

そこで割って入って来たのが、セラの手を鳴らす音だ。呆気（あっけ）に取られた二人の視線を集めてから、彼女は魔法使いの方につかつか歩み寄っていって、腰に手を当て彼の顔を覗き込む。

『な、なんだ』

セラはしばらく真顔で至近距離から威圧感を与えていたが、たじたじする彼の様子に満足したのか、にっかり笑みを見せた。

「駄目ですねえ、魔法使い様。まーるで何にも、わかっちゃいません」

『……は!?』

「お若いから仕方ないんでしょうけどね、うんうん。ある意味計画通りで、おばちゃんは嬉しくもあります」

『痛いっ、叩くな、なんだ、なんなんだ！』

「坊やにはわかりませんことよ、オホホホホッホ！」

バシンバシンと豪快にひっぱたかれ、実際痛そうな音がする。そろそろ止めに入った方がいいのでは、と思い始めた瞬間、セルヴァント夫人の顔が今度はこちらに向いたので、フローラは危うく悲鳴を上げる所だった。

「フローラちゃん、ちょーっといいかしら？　魔法使い様は駄目ですよ、女同士のお話ですからね」

さりげなく彼がついてくることを牽制してから、セルヴァント夫人はフローラを伴い、外に出る。

干していた洗濯物を一緒になって取り込みながら、うつむきがちのフローラに優しく声をかけた。

「なんか二人とも煮詰まっているようだったから提案してみたのだけど、お節介だったかしら？　正直に言ってちょうだい、あたしも無理強いするつもりはないし、外出はいやだってことならいつも通りにするから」

フローラはシーツを伸ばしていた手を止め、答えた。

「その……なんて言ったら、いいんでしょう。ちょっと前から、わたし達、何かうまくいかなくて……でも、どうすればいいのか、わからなくて。だから、出かけるのは、いいのかもしれません。ちょっと、魔法使い様がそれで嫌な気持ちにならないかが、心配ですけど……」

考えながら言葉を紡ぐ少女に、女はうんうんと相づちを打ち、優しい笑みを浮かべる。

「ま、そろそろ何かある頃だとは思ってたのよ。で、今ちょっと二人の雰囲気がぎくしゃくしているみたいだから、これはガス抜きした方がいいかもなって。もし、別々の所にいた方がうまくいくって思えるようなら、町に宿だって用意するし」

セラはひらひら手を振って、なんでもないことのようにからりと言ってのけた。呆気に取られていただけのフローラは、やがて相手の少々強引な気遣いに思い至り、くしゃりと表情を崩す。

「セラさん……ありがとうございます」

「いいのよ、これぐらい。お節介はおばちゃんの特権だから、鬱陶しかったらいつでも断って」

年上の女性はなんでもないことのようにからから笑い、フローラはつられるように微笑んだ。ふっと、空気がゆるんだ、その瞬間。

「……で？　どこまで行ったの？　キスはしたの？」

「……は？　えっ⁉」

「なーんだ、そういう段階じゃなかったのね。ま、しょーがないか、あの人ムッツリもとい奥手そうな顔してますもんね」

「セラさん⁉」

いい感じに力の抜けたフローラの気持ちをさらに軽くするためにやっているのか、ただの本人の興味本位なだけなのか。フローラにはわからず、からかわれてぐるぐると目を回すばかりだった。

約束を取り付けたセラの行動は素早かった。翌日、フローラはすっかり町行きの準備を整える。服はいつも通りウエストを絞るタイプのスカートだ。深緑色の胴衣に若草色のエプロンをまとう。その上で、軽く一つに束ねた髪にリボンをつけたり、飾り襟付きのブラウスを着たりと少しだけお洒落をして、出かける準備をする。寝室から下りてきたいつもと少し雰囲気の違うフローラに魔法使いが目を見張り、何か言いたそうな顔をしたが、やっぱり顔をしただけで言葉にはならなかった。

今回は森の出口まで魔法使いが送ってくれ、そこでセラと会う手はずになっている。こちらから町に行くのにわざわざセラに森の中を往復させてしまうのは申し訳ないし、魔法使いは基本的にあまり森から出ないようにしているらしいので、折衷案(せっちゅうあん)としてこの形になった。出かける前の家ではフローラが散々、自分が出かけている間どう家事をしたらいいだとか、お昼ご飯や晩ご飯がどこにあって加熱してから食べてほしいだとか説明していたのだが、歩いている最中は話すことがない。……ない訳ではないが、切り出せずにいるのだろうか。彼は相変わらず、怒ってはいないが、なんだか困ったような顔をしていた。

もだついている間に、あっという間に森の終点にたどり着いてしまった。セラはまだ来ていない。立ち止まると、なんとなく自然と顔を見合わせ、向き合う形になる。その時ようやく、だんまりを決め込んでいた魔法使いが石版に文字を浮かべる。

『戻ってくる、よな?』

フローラが虚を突かれて瞬(まばた)きだけすると、もう一声。

『帰ってきてくれるか?』

彼女は驚いて、魔法使いの顔と石版の文字を何度も見比べる。

魔法使いの家はフローラの家とは言えない。彼女はあくまで、ある日突然飛び込んできた居候(いそうろう)だ。住まわせてもらっている身、いくら住み慣れても、家主の意向次第でいつでも出て行かなければならない。

（ああ、そうか。わたし――）

温かい気持ちが胸に広まっていくのを感じながら、フローラは理解した。外出をあっさりと許可されて、自分が何に悲しんでいたのか――そして今、それが満たされたことも。

「はい」

間を開けてから、彼女は花がほころぶように微笑みを浮かべる。

「だって、わたしがいないと、あなたのお世話をする人がいなくなってしまうじゃないですか」

自分の生活力のなさを出されると大体露骨にむっとしてみせる魔法使いは、フローラの言葉に苦笑するか顔をしかめるかするかと思ったが、真顔のままだった。あくまで真面目一徹な表情と雰囲気のまま、文字を浮かべる。

『そうだ。私は貴女がいないと、もはや生きていけない。貴女は私の生命線だ』

少しだけ魔法使いをからかってみようとしたフローラだったが、思わぬカウンターが返ってきた。この方向になるとは全く予想していなかったので、完全に無防備な所に大胆な物言いである。寝起きの彼並みの力強い言葉だ。え、の形に口を開けてからみるみる赤くなるフローラに、相変わらずの超絶真顔のまま魔法使いは言いつのる。

『だから、時間をかけてくるといい。大切な息抜きだから、満喫してくるといい。だけど、全部終わったら、必ずここに、森に、私の家に戻ってきてほしい。私はこの先も、貴女を必要としている。貴女にいてほしい。ここに』

「あらまあ」

　あわあわなないて硬直しているフローラも、いつになく真剣な表情で筆談していた魔法使いも、横からのんきな声が上がると、二人同時に飛び上がって音源の方にぐりんと顔を向けた。

　すっかり忘れていたが、待ち合わせの最中だったのである。

　到着したセラ＝セルヴァントは、若者二人の間に流れるなにやら甘酸っぱい香りを敏感に感知したらしい。惜しむらくはことが終わるまで自己主張せず黙っていただきたかったという部分なのだが、本人も驚いて思わず声を出してしまったといった所なのだろうか。

「あ、あたしのことは気にしなくていいわ、置物ぐらいに思っててていいから、どうぞお好きになさって、お二人とも」

　ひらひら手を振って無責任に言うが、心なしか目を血走らせ鼻息を荒くしガン見の様相である。町のおばちゃんに立ち聞きを恥じる文化はないらしい。若者二人は挙動不審にぎくしゃくと仕切り直そうとしたが、ギャラリーのいる手前全く元通りにとはいかない。それでも再び視線が絡んだ時、恥じらいの中に少しの熱が灯(とも)っている。

『行ってらっしゃい』

「……行ってきます」

　魔法使いは結局最後、シンプルに一言だけ言って彼女を送り出す。フローラもまた、シンプルに一言だけ答える。けれど二人の言葉にはもう、フローラが町の用事を済ませたら帰ってくるのだ、この森がフローラの帰ってくる場所なのだという確かな重みがあるのだった。

魔法使いとの名残惜しい別れ（と言うと大分大げさだが、本人達の心境としてはそんなものである）を済ませ、森から出て歩き出すと、セラが小声で耳打ちしてきた。

「あたしはお邪魔虫だったかしらね？」

「い、いえ……そもそも、セラさんがお出かけを誘ってくださらなければ、わたし達も話す機会がなかったままだと思います」

「あの子はなんだかんだ素直な方だから、変に拗れたりしなければいずれ解決するだろうとは思っていたけどね。まあ、後で思い出してみれば下らないようなことでも意地になっちゃうと大事になることもあるし、こればかりは一概に言えないわね。何にせよ、あなた達が仲直りしたならよかったわ」

ほんのり赤く染まった頰を軽く押さえるフローラに向かって笑いかけたセルヴァント夫人が、前方に顔を向けると大きく手を振った。森から少し離れた場所に見える影の上から、誰かが彼女に向かって手を振り返してくる。近づいてみるとそれは幌馬車であることがわかった。お揃いの美しい栗毛を持つ二頭の馬が、お行儀良く待機しつつもぶるると鼻を鳴らした。その馬達に軽く声をかけた後、御者台からひらりと飛び降りた壮年の男が、フローラに向かって白い歯を見せる。セラが悪戯っぽい笑みを浮かべた。

「紹介するわ、フローラちゃん。これが夫のシュヴァアリよ。シュヴァアリ、この子がフローラちゃん」

「初めまして、可愛らしいお嬢さん。シュヴァアリ＝セルヴァントです。それから馬車を引いてくれる相棒達、ヴェルセールとアルバンもよろしく」

なんとなくあまり男臭さを感じさせない魔法使いと違って、シュヴァアリ＝セルヴァントは露骨に身体も大きければ眉も濃く、彫りが深くて髭も生やしており、ともすればフローラの苦手な男臭い男そのものの見た目をしている。だが、萎縮せずに済むのは、全体的にこの手の見た目をしている男と比べて小綺麗でさっぱり整えられたような感じがするのと、茶目っ気たっぷりにウインクして馬のことを紹介したりする愛嬌があるからなのだろうか。やや緊張しながらも、フローラは握手しようと手を差し出す。

「は、初めまして……フローラ＝ニンフェ、です。よろしくお願い、します」

握った手は大きくて、手袋越しにも硬い感触が伝わってくる。そういえば魔法使いの手は――フローラより大きくてシルエットがごついことは確かだが――男のものにしては綺麗な方だった、と何気なく思い出す。彼は肌も綺麗だった、という所まで思い出しかけてから、何を考えているのだ不埒な、と慌ててもやもや働きそうになる思考を打ち消す。

「フローラちゃん、そんな訳で今日は体力馬鹿のこの人が一日男手としてついていてくれるから、足なり荷物運びなり、存分にこき使ってやって」

「い、いえ、そんな……あの、お仕事のお邪魔に、とか」

「今日は非番です、だから暇人です。どうぞ御意に、奥様、お嬢様。なんなりとご命令を」

「ね？　こういう人なのよ、遠慮なんかしなくていいから」

セラが夫人、すなわち既婚者の人妻であり、森に至るまでの道中を夫に送り迎えしてもらっていることは伝え聞いていたが、実際夫の方に会うのは今回が初めてになる。雰囲気はセラにそっくりだった。彼もまた金髪だったが、それ自体かなり茶色に近い方だったし、瞳の色もブラウンなためか、碧眼より優しく親しみやすい印象を受ける。立派な剣を腰に帯びていたが、重々しい全身を覆うような金属の甲冑などは身にまとっておらず、胴や腕、腰、すねなどの急所と思われる箇所だけ、さりげなく革のような何かで防御されている。フローラの知っている騎士の姿よりは大分軽装に見えるが、これが土地柄や国柄によるものなのか、それとも今日が非番だから軽い格好をしているだけなのか、森から出たことのなかった彼女にはわからないことだらけだ。

「さ、乗って。町まで行こう」

促されて、セラと共に幌馬車の荷台の方に乗る。御者が巧みなのか馬車が良いのか、動き出してもさほど揺れが気にならないのは幸いだった。粗悪な馬車は座っているだけで疲労を溜め、腰やお尻を痛めるものだ。その辺りの心配をせず、会話に花を咲かせていられるので楽しいばかりである。

セルヴァント夫妻は賑やかなおしどり夫婦だった。やりとりを聞いているだけでも飽きない。

「ああもう、駄目ね。あたし達ばっかり話しちゃって。フローラちゃんは、何かない？　話したいこととか――せっかくだから、あたし達に何か、聞いてみたいこととか」

しばらく二人の会話を聞くだけになっていたフローラだったが、ふとセラにそうやって会話の矛先を向けられ、少し思案してから切り出す。

「セラさんと、シュヴァリ様は……」

「ん？」

「なあに、様なんて偉い人じゃないわよ、もっと気安く呼んでやって」

御者もセラも人懐こい笑みをフローラに向けてみせたが、彼女は恐縮するような姿勢が崩れない。まだ、見慣れないセルヴァント夫君の存在に緊張しているのかもしれない。

「魔法使い様とは、その……いつから……？」

間を置いてから、まずシュヴァリが答えた。

「付き合いは、もう十年ぐらいになるかなあ。俺の方は、ちょっとお互い気まずい所もあって、あまり顔を合わせられていないんだけどね。セラにいつも任せっぱなしだ」

苦笑しつつも話してくれる彼に続き、セラが優しい目をフローラに向ける。

「昔の彼のことが気になる？」

「魔法使い様は、その。わたしがこういうことを知りたがるのは、お嫌なのかも、しれませんけど……」

「気になるなら本人に聞いてみなさいな。あなたならきっと教えてくれるわよ」

セラはさらりとフローラをかわした。

がっかりしたように肩をすくめる彼女に、シュヴァリの方がうーん、と声を上げた。

「ま、いいじゃないか。確かに自分のことは自分で喋らせるのが一番なんだろうが、今ちょっと気まずくなってて本人に聞きにくいんだろう？」

「シュヴァリ、でもそんな」

「まあまあまあ。口の軽い俺が勝手に話しただけだ、それなら君だって恨まれずに済むだろう」

妻が乗り気でない声を上げるが、シュヴァリはさほど気にしていない風で、のんびりと答えてしまう。

「彼は森の番人をしているんだ。アルチュールの森が再び魔獣で溢れてしまわないか、見張っている。町から要請があると出てくるけれど、基本的には人と関わろうとしないな」

「あの……その理由を？」

「町の人達は彼の力を認めているが、一方で恐れてもいる。あの人は魔法使いの中でもさらに規格外だから……すごいとは思うけど、逆に親しみにくいと感じてしまう、そんな所なんだろうな。一緒に暮らしている貴女は、彼が至って普通の人だってことはもうわかりきっているだろう。でも普通の人はなんとなく距離を取ってしまうから、勝手に怖いイメージばかりが膨らんでしまうのかもね。昔はセラが森に通うことに渋ってた人間だっていたぐらいだ」

フローラの胸がちくりと痛む。シュヴァリの方があまり森に入りたがらないようなのは、その辺の事情も絡んでいるのかもしれなかった。うつむいていたフローラは、不意にセラから両手を握られ、驚いて顔を上げる。

「だから、あなたが来てくれて、本当によかったと思っているのよ。あなたと魔法使い様が、このまうまくいって家族になればいいなーって、おばちゃんは割と真剣に思ってたりして」

「かぞく……セラさん……!?」

「あーら、気が早かったかしら？　やーねー、おばちゃんだから、うふふふふ」

セラの軽い言葉で、深刻なムードが一気になくなった。心なしか、馬達の足取りも軽くなる。その後町に着くまで、幌馬車内にはセラがフローラを軽やかにからかう明るい声が絶えなかった。

アルチュールの町は、フローラの知っているどの町よりも殺風景な光景の中にあった。

森から遠ざかり、街道を走る幌馬車内からまず見えてくるのは柵だ。それは堀とセットになっており、ゆるやかな水路を作ると共に、四方からの侵攻を防ぐ機能を有しているように見える。畑のような物はない。町の周辺に広がる空間には、赤茶色の地面とそれを覆う野草の群れが散らばっている。

空は青く広がり、遠くに山のようなもの丘のような何かが見える。時折セラやシュヴァリが、どの方向に何があるのだと漠然と幌馬車の中から指を差して教えてくれるが、街道を外れたらだだっ広く似たような見た目で統一されており、あっという間に方向感覚を失って迷子になってしまいそうだ。

郊外を越え、馬を走らせたどり着いた町本体も、やはり異彩を放っている。周囲をいかにも堅牢に見える素材でできた壁で覆われ、大層物々しく近寄りがたい雰囲気を醸し出していた。素材の色調が暗い色合いなのと、見上げるほど高くそびえる壁のせいで、ますます威圧感が増して見える。

「町……なんですよね？」

「そうねえ。防衛都市、地方都市、城塞都市――そういう表現の方が実態としては正しいのでしょうけど、なんとなーく町って、昔から皆呼んでいるのよね」

人の背丈の何倍もある巨大な壁を見上げながらフローラが尋ねると、セラが少し考えながら答えてくれた。

「城塞都市ということは、お城もあるのですか？　領主様が、そこに？」

「ええ、町の中心には城もあるわよ。領主様と言うか、町長とか市長って感じねえ。住民の中から選ばれるの。一応国から派遣されてきているお目付役と言うか監視役と言うか連絡係と言うか――なんて言うの、そういう人もいるにはいるのだけど、町をまとめているのは貴族じゃないから」

「共和制ということですか？」

「かしらねえ？　うちの町では貴族だとか爵位持ちだとか血筋だとか、それだけでは誰も敬わない。町にどれほどその人が貢献できるのかが、大事になってくるのよ。能力主義って所かしらね」

ランチェは正式には神聖ランチェ王国、その名の通り君主制国家だ。フローラの出身国であるディーヘンも同様に王家が治める国。けれどここアルチュールの町では、システムやルールがいささか国の他の場所と変わってくるらしい。すなわち、自分の今までの常識が、おそらく全く役に立たないということだ。

「だーいじょうぶよー！　そりゃあ、色々な独自ルールに慣れないうちは困ることもあるかもしれないけど、今日は怖い人がいるような場所には行かないし、一日あたし達がついているんだし、何かあったら守ってあげるから、ね？　泥船に乗ったような気分で！」

「セラ、それを言うなら大船に、だよ。泥船は沈んでしまうよ」

「あら!?　やーねー、あたし内陸暮らしで、船なんかろくに乗ったことないから、アハハ！」

森に引きこもったままでいれば良かったかもしれないと若干後悔し始めているフローラの青い顔色を見て、夫妻は口々に明るく励まそうとしてくれる。が、逆効果な部分もあるような気がしてならない。フローラが怖じ気づいて「すみませんやっぱり帰ります」と言い出す決心をする前に、大きな門の前に馬車はたどり着いてしまった。

御者台からシュヴァリが門番と親しげに挨拶を交わし合う。セラも同様だ。フローラは少しどもったが、二人の知人であるためか事前に話でも通していたか、特に何か怪しまれる様子はない。ちなみに見張り台らしき門の上にある出っ張り部分に待機している人たちと、扉の脇辺りに立っていたいかにもな門番達――たぶん彼らも騎士であり、シュヴァリの同僚にあたるのだろう――は甲冑装備だった。シュヴァリの軽装はやはり非番装備なのかもしれない。

セルヴァント夫妻は見慣れぬ同行者のことを、遠くから遊びに来た知人だと紹介した。門番達、もう少し奥まった箇所にあった検問所（？）の人間もそれで納得したらしいが、言い回しを聞いていたフローラはぴんと来る。

道中の話からして、彼女が森から来たと素直に言ってしまうと、いらない面倒を引き起こすかもしれない、そういうことなのだろう。セラが言っていたではないか。魔法使いは町と協力関係にあるが、彼に対して距離を感じている者もいると。フローラが少し前からの同居人であるということは、詐称するまで行かずとも、積極的に自分からは言わない方がいい事柄なのだなと、自然と肌で感じる。

そうやって町の外の雰囲気に気圧されたり、見えない壁のようなものを感じて萎縮したりもしたけれど、実際に町の中に入って案内を開始されると、諸々の不安や心配事は吹き飛んでしまった。四方を巨大な壁で囲まれたアルチュールは、中心にそびえ立つ城が目立つため、今どこに自分がいるかわかりやすい。内部の様子を一言で表すなら乱雑だ。大通り以外の道は入り組んでいて、中央部の城が見えなくなってしまうと余裕で迷子になれる。住民達の姿はまさに多種多様、服装どころか髪や肌、目の色合いまでも全く異なる人々が、あちらへこちらへ忙しい。飛び交う言葉は基本的にランチェ語だが、各地のなまりが混ざっており、別の言語も時折人の中から漏れ聞こえてくる。

「何かの、お祭りですか!?」

「いいえ！　週に一度のお休みの日以外は、いつもこうよ！」

「いつも、こんなに賑やかなのですか……！」

「そうよー！」

人が多い所だと、声を張り上げないと会話が成立しない。セラに手を引かれてまずやってきた大通りには、色とりどりの天幕を張った出店が所狭しと並んでいる。フローラはどこか懐かしい気になりながら、セラに買い物の指南を受けて目を回す。

「人が多い所では、スリにも気をつけて。アルチュールはご覧の通り、いろんな人がやってくる。フローラちゃんみたいな、いかにも世慣れてない若い娘ですって顔してると、狙われやすいから、あたし達から離れないで」

軽い調子で言われると、小心なフローラは慌てて夫人にくっついた。

「魔法使い様――！」

ぎゅっとセラの服の裾を握った彼女は、自分で咄嗟に自分の口から出てきた言葉に驚く。顔を赤くした彼女に、セラは白い歯を見せて後方を指差した。

「安心して。彼ほどじゃないけど、うちのだってそれなりに心強いはずだから」

少し離れた所でさりげなく二人を見守っていたらしいシュヴァリが、セラに気がついてひらひらと手を振った。ぺこりと慌てて頭を下げ、恥ずかしさに身を縮こまらせたフローラに、微笑ましそうに目を細めている。それはシュヴァリだけでなく、セラも同じだった。

「セラ、子ども達放っておいて旦那さんとデートかい？」

「いいのよ一日ぐらい、それに今日は遊びに来たこの子の案内なの。あの悪ガキどもを近寄らせたら可愛そうでしょ？」

「シュヴァリ、そりゃなんだね、どっからさらってきた子だね」

「遊びに来た知人だよ、浮気相手でも隠し子でもないから安心しろ！」

時折出店の中から声をかけられると、セラもシュヴァリも明るく返している。大声が上がるとフローラは身をすくませたが、セラが励ますように握っている手に力を込めてくれると少し落ち着く。

彼女は知らない人とは話せないでいたが、セラが「シャイな子なのよ」と軽く説明すると皆それで納得したようで、それ以上は深く突っ込んでこない。

慣れてくるとフローラも店を覗き込んで、買うかどうか悩んだりできるようになった。羽ペン、本、寝心地の良さそうな布団——持ち運びしやすそうな男物の鞄を見つめていると、さすがにセラが呆れた声を上げた。

「ちょっとフローラちゃん。自分への買い物でいいのよ、今日はあなたの羽を伸ばしに来たんだから。そんなさっきから、露骨に魔法使い様の分ばかりじゃなくてさ」

指摘されて彼女は顔を赤くした。完全に無意識に、魔法使いに似合う物ばかり選んでいたので。

店を見回ったり、大道芸を見たり、町の主要な施設を案内してもらったり、たまには休憩して軽食を挟んだり、セラに連れられて華やかで少々扇情的な踊り子の舞を見たり、夫妻が町のあちこちで陽気に絡まれて軽く返したり——そんなことをしている間に、あっという間に時は過ぎていく。

午後のすっかり気怠げな気配の中、まもなく日が傾いてくるかという頃合いになって、セラが言い出した。

「どうする？　日帰りってことなら、悪いけど閉門の時間の都合上、このぐらいが限界だわ。もっと遊びたい、泊まっていくってことなら、あたし達の家の空いている部屋を貸すけれど」

「いえ……」

何気なく振られた話題に咄嗟に返してしまったフローラは、琥珀色の目をきょとんと瞬かせ、それから慌てる。けれど夫妻が優しく彼女の言葉を待っていると知ると、改めて二人に向き直り、頭を下げた。

「今日は本当に、ありがとうございました。色々、知らない体験をできて、本当に楽しかった。でも、やっぱり、わたし……」

「彼がいないと、物足りない？」

「はい――えっ？　えっ!?」

「そんな顔してたわ、ずっと」

うろたえるフローラを小突いて、セラは豊満な胸をばばんと張る。

「でも、ま。まるっきりつまらないって訳でもなさそうだったし、それならこっちも企画した甲斐があったわ。ね、シュヴァリ」

「ああ」

「本当に、ありがとうございました。おかげで楽しく一日を過ごすことができました」

「何よりだ。これからもセラとは交流が続くだろうけど、何かあったら積極的に俺も頼ってくれ」

夫妻の気さくさと親切さに涙ぐみそうになったフローラだったが、セラが「あっ」と大きな声を上げると、驚きで引っ込んでしまう。

「いっけない！　あたし、今日のためにフローラちゃんにお土産セットを作って用意していたのに、今朝家に置いて来ちゃってそのままだわ！」

「え？　いえ、そんな、ただでさえご迷惑をおかけしているのですし、お構いなく……」

「駄目よ、あなた、ただでさえお買い物も少なかったんだから。選ぶのはほとんど、魔法使い様のものばかりだったし」

「そっ、それは――」

「家にあるなら、取りに行ってこようか？　俺の方がたぶん往復が早い。君は彼女を連れて先に門の馬車の所まで行っててくれ」

「そうねえ、そうしてもらえる？　たぶん玄関にあると思うの」

「本当に、何から何まで、ありがとうございます……」

恐縮するフローラだったが、シュヴァリが申し出てセラが頼むと、それ以上拒否するのもかえって失礼だと謝罪の言葉を感謝に換える。シュヴァリと別れ、女二人で門に向かう途中、再びセラがあっと声を上げて立ち止まり、彼女にしては小声で話しかけてくる。

「そうだわ。馬車に乗る前に、お手洗いを済ませておきましょうか。移動の途中で行きたくなっちゃっても困るし」

「それは、確かに……でも、寄り道をして、シュヴァリさんをお待たせしてしまったり、閉門時間に遅れたりしませんか？」

「やーねー、そのぐらいなら大丈夫よ。それにうちの人は夜間出入り許可証を持っているから、最悪日が沈む前に町を出ていればあたし達の方は問題ないわ。さすがにそこまで暗くなっちゃうと今度はフローラちゃんの帰り道が心配だから、もう少し明るいうちに森に着きたいとは思うけれど」

セラに促され、手近な店――出店ではなく、フローラも慣れた建物タイプの喫茶店のようだ――に入る。先に出てきたフローラは大人しく案内人を待っていたが、ふと何気なく見渡した先、こちらを見つめている人影に心臓が止まりそうになるほど驚愕（きょうがく）するのを感じる。

「――イングリッド？」

美しい金髪、明るい青い瞳、派手な容姿。間違いない、両親を亡くしてからは、一番身近な人だったのだもの。見慣れぬ服装に身を包んでいるが、店の外で立ってこちらを見据えているその顔を、フローラが見間違えるはずもない。

　だが、その青い瞳が、妙に温度がないと言うか、凍えそうになるほど冷え切っているのは、なぜなのか？　いや、それよりも。どうして、どうやって、ここに彼女が――。

　衝撃のあまり棒立ちになり、危うく呼吸まで忘れかけたフローラの視線の先で、従姉妹（いとこ）はくるりときびすを返す。

「あ――待って――イングリッド。待って！」

　店から飛び出し、脇目も振らずたなびく金髪を追いかける。見知らぬ町の日は傾き、赤みがかった光の中、逃げる女の影が妖（あや）しく伸びてゆらゆら揺れていた。

　異国の町を、いるはずのない従姉妹の後を追って走る。城塞都市の中、壁が高くそびえた見通しの悪くぐねぐね曲がった道を走らされる。イングリッドは時折止まり、フローラがついてきているか確認しているようだ。だが追いつかれそうになるとひらりと身を翻（ひるがえ）し、進んでいってしまう。

「ねえ、待って、お願い――どうして、イングリッド、答えて！」

　わかっている。彼女は意地悪だったが、フローラをこんな風に無視するようなことはほとんどなかった。わかっている。時折ちらりと見える表情はすっかり消えている。表情豊かな従姉妹にあり得るはずのない、冷たい、温度のない、魂の抜けたような無表情。いつの間にか人のいない暗い方に誘われている――そう、なんとなくすべてがおかしいと、この先にあるものがけしてよいものではないのだと、きっと一人でついていってはいけないのだと、わかっていても足を止めることなんてできない。

　どれぐらい、追いかけっこをしていただろうか。いつの間にか、辺りはすっかり夕闇の気配に包まれ、あれほど大通りにいたはずの人はどこかに消え失せている。二人の少女が走り込んだ先は、静かな路地裏、その袋小路だ。行き止まりでようやく立ち止まった従姉妹に合わせるように足を止めたフローラは、身体を倒し、膝の辺りに両手をついてぜいぜいと荒い息を上げ、額に汗の粒をうっすら浮かべながらも問いかける。

「イングリッド、でしょう？　どうしてこんな所に——」

は、とフローラの言葉が止まったのは、イングリッドが答えたからではない。自分の背後から別の足音が近づいてくるのを知ったからだ。従姉妹は静かに瞬きもせず、足を踏み出すこともなければ唇を動かすこともなく、ただただ立ち尽くしている。路地裏に、赤い夕日に照らされて影が伸びる。振り返る前から、大して気温が寒い訳でもないのに鳥肌がぶわりと立った。ごくりとつばを飲み込み、顔を上げ、向き直り、嫌な予感と対峙(たいじ)する。フローラは血相を変え、息を呑んだ。

「あなた、は——！」

「どうした、感動の再会だぞ？　泣いて感激でもしてみせたらどうだね、その方が少しは可愛げがある」

無感動に、冷たく、どこか吐き捨てるように、少女二人を路地裏の袋小路に追い込んだ形でやってきた男は喋る。低い発声の仕方は唸るようでもあり、威圧的でどこか敵意を孕(はら)んでいるようにも感じさせる。沈む日の赤色に照らされて少々色がわかりにくくなっているが、その姿、特にその氷や雪よりもずっとずっと冷たい色を宿したアイスブルーの瞳、忘れようもない。

「ディアーブル——はく、しゃく」

「ご挨拶だな、呼び捨てか？　様ぐらいつけてもばちは当たらないのではないかね」

咄嗟に目の辺りを庇うような仕草を取ってしまう。一ヶ月かかって、大分髪は伸びてきた。あの時ほど酷い有様ではない。けれど、されたことの傷が癒えた訳ではないし、まして忘れ去ってしまうなんてとてもできない。

「いいのか？　そこの娘を一人置いていっても。本物か疑っているのなら、そのご自慢の可愛いお目々でも凝らして、よく確かめてみたらどうだ？」

かつてフローラを合意なく連れ去り、その後何の許可もなく勝手に前髪を切るなど散々暴挙を働いた男は、少女が咄嗟に逃げ場を探して辺りを見回すような動きをすると、口の端だけうっすら上げて言い放つ。フローラがはっとしてイングリッドの方を向き、影でも縫い止められたかのようにその場に立ち尽くすと、粘度をたっぷり含んだ眼差しで獲物を眺める。視線で全身をなめ回されているような不快感に震え上がりながら、フローラは男を睨（にら）みつけた。しかし、言わば今の彼女はキツネに逃げ場のない場所まで追い込まれた無力な子ウサギのようなもの。青い顔や震える唇も手伝って迫力は全くなく、精一杯の勇気と虚勢は残虐な男を喜ばせることはあっても、ひるませてくれることはない。

「……彼女に、何をしたの」

声まで震えてがたつくのをできるだけ抑えようとしながら、フローラは男に問いかけた。尋常ならざるものさえ映す目には、イングリッドが夢幻の類（たぐ）いでなく紛れもない本物として見えていたし、ここにいるのが自分の知り合いだという奇妙な確信があったからこそ、明らかに怪しい追いかけっこを止めることもできなかったのだ。

「その前に我輩がどうやってここまで来たのかは、尋ねなくていいのか？　ああ、ああ、そうか。君はなにやら厄介な男の所に逃げ込んでいたんだったね、だったら我輩の正体にも心当たりがあるか。

おかげで今まで手が出せなかったが、森から出てきてくれて助かったよ。どうやって誘い出そうか考えていた所だったからな」

男は余裕に満ちた嫌みな口調で話す。そう、フローラにも今更確認するまでもなく、ディアーブル伯爵と名乗った男がなにやら邪悪な魔法使いであることはわかっていた。未だ自分のことを諦めず、追っている可能性だって考えなかった訳ではない。

（でも。ここまで、執着されていた、なんて）

震えるだけの彼女を見下すようにねめつけて、男は言葉を続ける。

「素養のない人間から主導権を取り上げるなど、赤子の手を捻るように造作もないこと――だったはずなのだが、そういえばどこかの誰かさんには効き目が薄かったようだな。洗脳を自力で解くだけならまだしも、あの部屋から逃げ出されるとは思ってもみなかったよ」

「前に――最初に会った時、わたしにも同じ魔法をかけたのね。周りの人にも――！」

男は今度は言葉で答えず、不気味で醜悪な微笑みを浮かべるだけにとどめる。顔立ちは整っている方なのに、まがまがしさしか感じさせないのだから不思議なものだ。むしろ整い過ぎているからこそ、おかしく見えるのだろうか。

「目的は、わたし――なのでしょう。わたしがほしくて、追いかけてきたのでしょう。どうしてイングリッドを巻き込んだの、彼女は関係ないはずでしょう！」

半ば悲鳴のように悲痛な叫び声を上げるフローラの横を、するりとイングリッドが抜けて男の方に歩いていく。いくら言葉をかけても反応がなく、ゆらゆら揺れるように歩く彼女はまるで糸でつられたお人形だ。男の横まで移動したイングリッドの豊かな金髪を一房取って、ディアーブル伯爵は嗜虐(しぎゃく)

的な笑みを浮かべる。歯をむき出す様子はもはや笑いと言うより、むしろ威嚇のように見えた。

「最初はこんな能なしの庶民、我輩だって興味はなかったのだよ。君は周囲から孤立し疎まれていたようだったし、多少強引に連れて行っても何の問題もないように思っていた。

――が、この女は、両親や使用人どもとは違って、興味関心を失わなかった。毎日いなくなった君のことを探していた。だからこちらも利用してみる気になったのさ」

男の言葉に、フローラはショックを隠せなかった。

（心配、していてくれたの？　確かに昔、あなたはわたしに唯一構ってくれた人だった。でもそれも、あの日以来なくなったのだと思っていた。それなのに、あなたは……本当はずっと、わたしを見ていてくれたの？）

穴が空く勢いで見つめても、今のイングリッドは何も返してくれない。青空のようにいつも輝いていた青色の瞳は、光を失ってもろいガラス玉のようだ。

フローラは引き取られた先でいつも居場所がなかった。あの家の人は皆、フローラを疎んじていて、出て行ったりふっといなくなったりしてしまってもなんとも思わない、むしろ邪魔な存在がいなくなってほっとするばかりだろうと思っていた。

突如脳裏によぎる光景がある。そういえば、彼女は叔母がヒステリーを起こしてフローラを叩いている時に限って現れて、仕事を言いつけたものだった。あれはフローラを嫌いになった彼女の意地悪なのだとばかり思っていたが――今思うと、別の仕事を与えることで、叔母から庇っていたのではないだろうか。

（わたし、そんな――わたしがいなくなって、心配してくれるような人が、気にかけてくれるような人がいたかもしれないなんて、思ってもみなかった。わたしが逃げ出して、わたしの関わった人に危険が及ぶかもしれないなんて、思ってもみなかった）

あの瞬間は命がけでもあり、必死だった。けれどその後安全な生活が保障されても、フローラは前の家のことを考えようとしなかったし、さほど思い出したくもなかった。あちらにとってもこちらにとっても、嫌な思い出ばかりだと、思っていたから。

（それなのに、あなたは、わたしを――わたし、ずっと、気がつかなかった――）

自分の想像力のなさと薄情さが情けない。瞼（まぶた）がじわりと熱くなる。零れ落ちそうになるものを堪（こら）え、唇を噛（か）みしめてうつむいたフローラの様子を前に、伯爵が満足げな表情を浮かべている。

「とはいえ、この女が君を気にかけていようが、君の方がどの程度の反応をこの女に返すかまでは読めなかったが――いやはや、期待以上の成果で嬉しい限りだよ。これだから人間は度しがたい」

「あなたは、最低な人です――！」

「最高の褒め言葉だとも。それに、ここで彼女の身を案じるぐらいなら、そもそもどうして逃げ出したりした？　想像できなかったのかね、自分が勝手なことをして、誰かが替わりに不幸になることを」

ひゅっと音を立てて鋭く息を呑んだフローラを、イングリッドのうつろな瞳が見つめていた。

「君は、自分が可愛いだけの、偽善者だ」

男の言葉は蜘蛛（くも）の糸のようだ。するりするりと絡みつき、がんじがらめにして身動きをとれなくしてしまう。今まさに押しつぶされそうになっていた罪悪感を刺激されると、フローラはますます血の気が失せ、反抗や逃走の意思が失せていく。実際に、いつの間にか身体が動かなくなっていた。

「さて、遊んでばかりもいられない。厄介なお守りに見つかる前に、こちらに来てもらおうか」

ゆっくりと近づいてこられる間、無力な彼女にはなすすべがない。あるのかもしれないが、イングリッドの存在が、男の毒のような言葉が、行動を、思考を奪う。かろうじてまだ動かせる口で、フローラは問いかける。

「どうして、わたしにこだわるんですか。あなたは一体、何者なんですか」

「そうだな。全部終わったら、ご褒美に教えてやってもいいかもしれない」

「わたしが、言うことを聞くから――イングリッドは、もう」

「それを決めるのは君ではない。交渉ができるような立場だと思っているのか？」

黒く視界が覆われていく。絶望の中に深く沈んでいく。まるでいつかの時をやり直しているようだった。男が手袋をしたままの手を、フローラの琥珀色の目を覆うようにかざす。頭痛がする。だんだん強くなって、他に何もわからなくなる。沈んでいく日が照らすアイスブルーの瞳に、ぎらりと剣呑な色が宿った。

「今度はもう、手加減をしないぞ」

（魔法使い様――！）

ぎゅっと目を閉じて、咄嗟に優しい人のことを思わず考える。フローラの頭の中で何かがばちんとはじける音がして、視界が真っ赤に、真っ黒に染まり――それでもう、何もわからなくなった。

＊＊＊

耳に雨音が残っている。悲しく寂しい、喪失の記憶だ。

小さなフローラは一人、大人達の群れの中から抜け出して、もう使われなくなった古い教会の隅で泣いていた。

「どうして泣いているの」

気がつくと、見知らぬ少年が横に座っていた。あちらの方が少し年上ぐらいだろうか。

少女は真っ赤に腫(は)らしたずぶ濡れの目を拭おうともせず、嘔吐(えず)きながら答える。

「パパとママが、しんじゃったの。だからかなしいの」

「嘆くことはないさ。きみのパパとママが死んだのは、ずっと前から決まっていた運命だから」

「うんめい？　しんじゃうことが……？」

「いつ死ぬか、そんな些細(ささい)なことはもうとっくの昔に決められているんだよ。生まれてくる前からね」

「いじわる！　そんなこというひと、きらい！」

「ええぇ。うーん、なんかごめん。ぼく、人間の子どもの扱いなんてわからないからなあ」

少年は彼なりの励ましの言葉をかけようとしているのかもしれなかったが、失敗した。けれど少女が鋭く彼を拒絶する言葉を発しても、さらりと流して隣をキープする。幼い彼女は膝を抱え、突っ伏して泣きじゃくっていたが、激しい感情というのはそういつまでも続かないもので、やがて泣き喚(わめ)くのにも疲れてしまった。

顔を上げると、まだ隣に少年がいる。薄けぶる雨の作るもやの中、ほのかに淡いエメラルド色の瞳が、大層印象的だったことを覚えている。きらきらと宝石のように輝いて――。

じっと眺めてから、ぐすん、と一つまたしゃくり上げ、少女は素朴な疑問を向ける。

「あなた、だあれ？」

当然のように横に居座られているが、もっとも過ぎる疑問だった。葬式の最中には見かけなかったと思うのだが、この近くに住んでいる子どもだろうか。それにしては、何かがおかしい気がする。はっきりとは言えないけれど、何かが……。

彼は彼で、フローラの言葉にくっと眉を跳ね上げ、表情を変えてみせた。

「むむむ。なんと、心外なことを言うね。ぼくときみの仲じゃないか」

「わたし達、まえに、あったことがあるの？」

「そうだなあ。さかのぼれば数千年前——まあ、そっちは絶対覚えてない、というか覚えてたら問題しかないからいいとして。直近の現世だと一月以内にお近づきになった仲なんだけど、そっか忘れちゃったのかー。まー仕方ないねー」

フローラは眉根を寄せ、尻でいざって少年から少し離れた。彼女の方には心当たりがなかったように思えたし、数千年前が云々と言われたら、からかわれているのだろうと感じた。両親を亡くして失意の最中にある少女を前に、少年は軽い調子を崩さない。はっきり言って、不愉快に思う気持ちも芽生えてきていた。そんな彼女の心を知ってか知らずか、彼は何度か首を傾げていたが、ぽんと手を叩く。

「あ。本当に全部忘れてる可能性もあるけど、そっか。単純に見た目が違い過ぎて、あれとこれが同一だって認識できてないという可能性もある訳だね。とはいえあの姿をもう一度見せるのも……どう考えても各所方面から怒られるし、さすがのぼくもそれはね……」

「……？」

「それとも、ああ、そうか、そっちか。きみのママはニンフェの一族として素養のある——それもかなり力の強い人だったからね。危ないことを記憶ごと封じてしまったのかな。ま、ちょっと寂しいけど……どっちにしろ構わないよ、きみにとってはその方が安全だろうから」

「？？？？？」

ぺらぺらと立板に水を流すようにまくし立てられる内容に、少女がすっかり困惑していると、少年はふ、と息を吐いた。膝の辺りを払って、急に立ち上がる。

「さて。ぼくはそろそろ行くよ。ちょっと心配だったから見に来てみたけど、どうやらきみの両親も、きみ自身も、まだ人間を諦めたくないみたいだからね。始めの時と終わりの時と同じように、選ばれてごらん。何度でも生まれて生み直し、また何度でも繰り返す。苦しみと楽しみの中、痛みのある世界で、営んで、育んで、そしてまた巡り会い、誰かに心奪われるのだろう。いつか円が線となり、終幕が訪れるその日まで」

幼かった少女は、そのまま去ってしまおうとする少年を、軽い抗議の声と共に引き留めようとして手をつかんだ。

——その瞬間、全身に鳥肌が立ち、身体のあちこちに冷や汗が吹き出した。

(駄目よ、フローラ。その先に行っては駄目よ……)

——ママのいいつけを。こんどこそ、まもらないと。

(フローラ、いい？　何があっても約束を守ってね……)

——こわい。くるしい。ついていっちゃいけない。ふれちゃいけない。かれらに……。

頭にガンガンと警鐘が鳴り響く。今は亡き甘く優しい大人の声と、それに準じようとする自戒の声がぐるぐる周り、円を描いて身体を中に閉じ込める。どこかに行ってしまうことのないように。頭を押さえてうずくまった彼女を、少年はすべて心得たと言うような、慈愛と哀れみを含む眼差しで見下ろしている。

「いい子だね。楽しい思い出を忘れてしまえとは言わない、でもそればかりで酷い目に遭ったことを忘れてはいけない。たとえぼく達がどんなにはっきり見えていても、きみとは根本的に違う存在なんだ、だから人は人でないものを人外と呼ぶ。きみがまだ人間のままでいたいなら、ママの残したその戒めの輪の内側においで」

足音が遠ざかる。真下に下げて地面に向けていた視線を少しだけ上げると、遠くなっていく彼と自分の間に、線が見える。二度と越えてはいけない、越えられない線が。

（そう、もう、二度と越えてはいけない――）

古びた教会の扉を開けて、雨の中に出て行こうとした少年がふと足を止め、一度だけ振り返った。

「でもね。きみが望むなら、ぼくはいつだって喚ばれてあげるよ、なんだって叶えてあげるよ。たとえどんな小さな声でも、聞き逃したりなんかしない。いとおしい、ぼくの――」

強い風が吹き上がり、大きな音を立てて扉が閉まった。

【四章　あなたのための魔法】

「素晴らしい……やはり君は我輩の最高の花嫁だ。そうは思わないかね？」

着替えさせたフローラを立たせたまま、ディアーブル伯爵は満足そうに笑みを深め、何度も頷いてみせた。同意の言葉はない。再び気絶させられてから意識を取り戻したフローラは、身体の自由がすっかり利かなくなっていた。周囲にイングリッドの姿が見えないことは心細いが、安否を確認して絶望するのも恐ろしい。

大きくて仰々しい鏡には、黒を基調とした威圧感のある服に身を包むディアーブルと、以前着せられたものと同じ白色のウェディングドレスを着ている少女が映っている。

「ふむ。我輩の理想に比べて少々体つきが貧相ではあるが……まあ、構うまい。君は他の女と違って替えが利かないからな、大事にしてやろう」

伯爵は、改めて見てみれば大層な美男子だ。淡い金髪とアイスブルーの瞳、色白の肌に、すらりと伸びた長身。要素だけ切り取れば、少女達の憧れの王子様そのものと言っていい。

それなのになぜ、ここまで邪悪に見え、嫌悪を覚えるのか、ある意味感動する。いや、理由なんて簡単だ。どれほど見た目が良かろうが、大きな城を持っていようが、財力や血筋、能力に優れていようが——見下す態度を隠しもせず、害ばかりを与えてくる男に、女が好意を抱けるはずもない。大切にされた経験を持つ今のフローラに、伯爵は嫌悪を向ける相手だ。

男はさらに顔を近寄せ、鏡越しに呆然と見守るだけの哀れな少女と目を合わせたまま、耳元にそっと囁(ささや)きかける。

「大事にするよ、我輩の花嫁」

（気持ち悪い！）

ヴェール越しにねっとりとした手つきで背中を撫(な)で上げられる不快感に、思わず震えを堪(こら)えきれなかった。彼女の様子に愉快そうに目を細めた伯爵は、ふと姿勢を正すと、花嫁衣装を整え、仰々しく手を差し出してエスコートのポーズになる。

「さあ、聖堂に行こう。二人の誓いを、神聖な儀式を、やり直さなくては」

嫌でもフローラの身体は勝手に動き、男の手を取って歩き出してしまう。廊下を進んでいくと、長い裾を引きずる衣擦(きぬず)れの音がよく耳に残った。

連れてこられた城は、広大な割に他の人の気配が全くしなかった。この男のことなんて知りたくもないが、てっきり力を使って手下達をかしずかせているのだろうと思っていたら、誰一人見当たらないのだ。その癖、荒れ放題という訳でもなく、それなりに清掃や管理が行き届いているらしい城内の様子が、より一層気味の悪さに拍車をかけている。静寂の中、何者かがこちらをじっと見ているような嫌な気配がずっと立ちこめていて、フローラは寒気が消えず、落ち着かない。

しばらく静かにフローラを引っ張っているだけだった伯爵が、ふと何か思い出したように喋(しゃべ)り出した。

「そうだ、ここまでいい子にできたご褒美に、我輩のことを教えてやろう。そう嫌そうな顔をするな、これから長い時を二人で過ごしていくのだ。親睦(しんぼく)を深めておこうではないか」

握られた手を今すぐふりほどきたい衝動に駆られているフローラをよそに、伯爵は勝手に喋り始めた。

「我輩が何者なのか知りたがっていただろう？　ただの魔法使いとだけ思われているのも面白くないからな。人間などという脆弱な存在と一緒にされては困る」

伯爵は上機嫌に話す。その表情も口調も、どこか酔っ払いに似ていた。左右にずらりと並んだ甲冑の群れが、花婿と花嫁を厳かに見送る。

「昔はもっと自由な姿だった。どこにでも行けたし、何にもなれた。ところが少々暴れ過ぎたようでね、忌々しい連中に封印されてしまったのだよ。しかし我輩は諦めなかった。協力者を得てから、身体もこうして手に入れた。それでもまだ全盛期の力を取り戻すには至っていない」

悪くなっていく一方であるフローラの顔色を、嗜虐的な笑みを浮かべて見守りながら、男は話を続けた。

「君には我輩の復活の生贄になってもらおう」

聞いているうちに、今まで学んできた魔法の知識から、フローラは男の正体を知って背筋が凍えるのを感じていた。

フローラの琥珀色の目に映る隣人――精霊は、人間に対して中立を保つ存在だ。精霊は自分と関わりを持たない人間から、何も奪わない代わりに、何も与えない。だからこそ、何らかの関わりを得た人間には、惜しみない好意を向ける。身内には甘く、それ以外には無関心。それが精霊の基本的な性質と言えよう。悪気なく、あるいは間が悪く事故を起こすことはあっても――たとえばそれこそ、フローラが昔イングリッドにしてしまったように、人間からけしかけられでもしない限りは、彼らが人を襲うようなことはないのだ。

ところが積極的に人間と関わりを持ち、なおかつ害を与えるようになってしまった存在——それを悪霊と人は呼ぶ。

魔法使いは悪霊の危険性について一通り説明してから、フローラの体質は精霊と同時に悪霊もまた引き寄せてしまう、だから彼女の母はフローラが精霊と過度に親しむことを恐れたのだろう、というような話をした。フローラの良い目なら悪霊も見分けられるかもしれないが、よく見えるだけでは悪霊から身を守ることまではできない。だからこそ、あれほど出会った瞬間からディアーブルという存在がおぞましかったのではなかろうか。相容れない相手だと、危険な相手だと、本能的に理解していたから。

顔色が真っ青を通り越して紫、さらに真っ白になりかけているフローラを誘い、男はいよいよ聖堂の入り口にたどり着いた。教会で言うと参列席にあたる場所に腰掛けている物が視界に入って、フローラは心の中で悲鳴を上げる。花婿と花嫁を出迎え——そしておそらく、城の清掃等を担当しているのであろう彼らには一様に生気がない。当然だ、既に骨だけしか残っていないような存在なのだから。

(スケルトン——アンデッド!)

死者を操る死霊魔法。これもまた忌み嫌われる魔法の一つだ。一斉に立ち上がった骸骨達が、入場してきた漆黒の新郎と新婦を祝福すべく、カンカンカツカツ骨を鳴らして一生懸命拍手している。見た目といい音といい、おぞましいことこの上ない。逃げ出したくとも、入ってきた扉がフローラ達が足を進めるのと同時に軋みながら閉じ、退路がないことを知らせてくる。

ディアーブル伯爵は聖堂の真ん中を悠々と歩いていき、数段高くなっている所まで、引きずる勢いでフローラを引き立てた。男は目的地にたどり着くと、一度少女に向き直り、懐から何か取り出す。見るからに毒々しい、赤と黒がどろどろに混じり合ったような色合いが揺らめく石を、フローラの琥珀色の目の前で振ってから、うっとりした表情で言う。

「見たまえ……美しいだろう？　今からこれを、君の体内に入れ、同化させる。そうすれば君はより強くより人を攻撃できるようになり、我輩の眷属になることができる。我輩は君のそのおぞましく輝く目が大好きだ。精霊を惹きつける体質――素晴らしい、実に素晴らしい。我輩のさらなる野望のために、利用しない手はない」

　細かいことはわからないが、要するにフローラを悪霊化するという意味なのだろうか。薄々、フローラの精霊が見える目、ないし精霊に引かれる体質を、男が目当てにしているのだろうということは察していた。が、実際どうするつもりなのか聞かされると、改めて鳥肌が止まらなくなる。元から気持ち悪いのに、行動するほどさらに悪化しかしないのだから逆にすごい男だ。

　じりじりと寄ってくる伯爵からなんとかして逃れようと、フローラは最後の抵抗を試みる。渾身の力を込めると、わずかにだが、身体が動いた。死にものぐるいでそのまま伯爵から離れようと後ずさるが、下がった方向は残念ながら行き止まり――しかも悪いことに、祭壇だ。迫ってきた伯爵がとんとフローラの肩を押すと、彼女の身体はあっけなく仰向けに倒れ込む。さながら捧げられた生贄のようなフローラの上に、伯爵が覆い被さってぎらついた目で見下ろした。

（いやっ、来ないで――へんたい！）

「フフフ……今更抵抗しても無駄だ、邪魔者はいないと言っただろう？　さあ、誓いのキスをしようじゃないか」

男の手が、男の握る石が、男の顔が、近づいてくる。いよいよ、観念したフローラが目をつむった。閉ざされた瞼から一筋の涙が落ちていく、その瞬間。

聖堂内に、轟音が響き渡った。

ガチャガチャと参列の骸骨達がわめき、ディアーブル伯爵がさっと身を起こして険しい表情を浮かべる。

「何事だ！」

伯爵が向けた眼差しの先、閉じきったはずの聖堂の入り口の扉が消えていた。土煙の中、若干咳き込みつつではあるが、一人の男が駆け込んでくる。ぼろぼろのローブに、ぐしゃぐしゃの黒髪。おまけに今はあちこち駆け回ったようで、埃まみれという散々な有様だった。彼は居並ぶ骸骨達にも全く臆することなく、目的のものを祭壇上に見つけると、きりりと顔を澄まし、ばっと両手を上げた。

『異議あり！　その結婚、待った！』

珍事に思わず驚き、琥珀色の瞳をめいっぱい開いたフローラの視界に、聖堂にやってきた侵入者の正体と、彼が高らかに掲げる石版の言葉が映り込む。夢ではないか。自分が望んだあまり見ている、幻覚なのではないか。一瞬疑ってしまう。だが、確かに彼はそこにいた。

（魔法使い様――――！）

彼女の目から再び溢れ出した涙は、もはや不幸によるものではなかった。

緊張が解けて泣きそうになっているフローラを前に、男二人は睨み合う。参列席の骸骨達は静まりかえり、事態の推移を微動だにせず見守っている。

ディアーブル伯爵は、最初こそ突然の闖入者に度肝を抜かれたようだったが、すぐに——たとえそれが表面上でしかないのだとしても——落ち着きを取り戻し、不敵な表情を浮かべる。祭壇の前、寝かせたフローラを渡すまいとしっかり仁王立ちし、下方の魔法使いを見下した。

「まるでどこぞの三文小説みたいな素晴らしい飛び込み方をしてきてくれたが、貴様は一体何者だ？ここを伯爵の城と知っての所業か？」

三文小説、と言われた瞬間、露骨に魔法使いの機嫌が悪くなった——ように、フローラには思えた。

魔法使いは一度首元を探り、何かを引っ張り出した。それは鎖でネックレスのように下げられている指輪だった。彼はさらさらと言葉を紡ぐ。

『本当に貴族だと言うのなら、証が立てられるはず。ランチェでは爵位持ちなら、当主本人、正式な婚姻関係を結んだ夫人、嫡出子に、家紋を彫った特別な装身具が与えられる。当主なら腕輪、それ以外が指輪。魔法が施されていて、所有者の血を垂らすと変色する。基本的には大事な物だし、なくすとそれなりに面倒なことが起きるから肌身離さず持っていて、名乗る時に自らの正統性を証明するために相手に見せるものだ。伯爵と名乗るからには、知らないとは言わせないぞ』

魔法使いは一通り文字を浮かべ終わると、指輪の尖っている部分に自分の指を押し当て、一滴落とす。すると彼の言う通り、みるみるうちに指輪は銀色から金色に変わり、まばゆい光を放った。

（やっぱり、貴族の方だったんだ……）

以前に聞いた話の詳細と共に魔法使いが身の証を出しているのを見て、フローラはそっと思った。

思い当たる節はたくさんあるので驚きはしないが、ますますあの使用人の一人もいない隠遁生活の謎が深まりもする。それにしても魔法使いは相変わらずの筆談（？）なため、真面目な雰囲気を強めるごとに場の見た目のシュールさも際立っていく。

『魔法使いなら徽章の提示、貴族なら指輪か腕輪の提示が求められる。ご立派な肩書きを名乗り、派手に強引なことをしてくれた割にどちらも出せない、存在も今知ったというような顔はあまりにお粗末ではないか。貴方は隣国の女性に邪な魔法をかけ、私の庇護下にあった女性を連れ去り、また現在も魔法を不当に行使している。被害女性一名は既にこちらで保護させていただいている。その人も、速やかに解放してもらおう』

さりげなく語られた言葉の一つに、フローラは安堵のため息を漏らした。イングリッドのことだ。自分のせいでまたも危険な目に遭わせてしまって申し訳なかったが、ひとまず安全が確認できてほっとする。

ディアーブルは黙って静かに魔法使いを見下ろし、言われる言葉を受け取るままだった。ところが魔法使いが沈黙すると、急にまた笑みを深め、祭壇上に横たえられた生贄の顔の横にとんと手をついた。

「なるほど、なるほど。そんなにこの女が大事なのか？」

猫なで声で指摘され、フローラは思わず心臓が高鳴ったのを感じる。

魔法使いは引かない。真顔のまま、間髪入れずに石版を掲げる。

『否定はしない。その人は私にとってかけがえのない人だ』

（魔法使い様——！）

一瞬感動しかけたフローラだったが、すぐに浮かんだ涙の種類が変わる。

（それはきっと、生活力的な意味で、ですね――！）

悲しいかな、情熱的な口説き文句で咄嗟に出てくるイメージはゴミ屋敷の様子だ。シリアスやロマンチックな空気にいまいち浸りきれない、絶望的生活力の破壊力である。盛り上がったり盛り下がったり、勝手に忙しいフローラの横で、ディアーブルは大きく息を吐き出した。

「要するに貴様は馬鹿な邪魔者なんだな、よーく理解したよ」

『私も貴方が極悪人で少し安心した、遠慮なく叩きのめせるからな。よくもまあこれだけ悪事を働いて堂々としていられると感心するよ』

「そうとも。好きな言葉は力尽くだ」

聖堂内の雰囲気が変わった。静まりかえっていた周囲が不穏な物音に包まれる。骸骨達が一斉に動き出すのを見て、フローラは胸の中で悲鳴を上げた。ちらりと周りを囲む敵意を一瞥した魔法使いが、肩をすくめ、ディアーブルに文字を見せる。

『やめておけ、痛い目をみるのはそちらだぞ。私の方が強い』

「これ以上の話し合いは無駄だ。ほしいものがあるなら、ねじ伏せてみろ！」

男の高笑いを合図に、重なり合った骸骨の群れが、雪崩のように、波のように、魔法使いに飛びかかって、その姿を飲み込んだ。最初の方こそ、魔法使いが瞬く間に風を放って攻撃し、土の壁を作り上げて防御するような姿が見えていたが、無情な数の差のせいだろうか、骨を崩すより覆われてしまう方が早い。あっという間に視界から、骨の群れの向こうに消えてしまう。動く骨達は青年につかみかかるようになだれこみ、そのまま群がって、みるみるうちに小さな塔に変化した。

（魔法使い様――！）

フローラは心の中で思わず悲鳴を上げた。抵抗も空（むな）しく四方八方から骸骨に襲われ、ひとたまりもなかったように見えたからである。白と灰色の髑髏塔（どくろとう）は、まがまがしい墓標のようだった。堪えきれないというようにディアーブルが身体を曲げ、高笑いを始める。

「フハハハハハハ！　なるほど、この空間に入り込めたということはなかなかの使い手なのだろうが、先ほどの奇妙な意思疎通法と言い、詠唱できない魔法使いに一体何ができる!?　惜しげもなく複数属性を披露するなんて、随分と己の力を過信していたようだが、四大魔法の攻撃もさほど効かない死霊の群れには、対抗する術も――」

調子のいい言葉が途中でピタッと止まった。何事だろうと首を捻（ひね）ったフローラの視線の先で、骸骨の塔がぐらりと一度大きく揺れたかと思うと、ばらばらと崩れ去る。内部から、相変わらず泥砂（でいさ）まみれ、ぼろきれのようなローブを身にまといつつも、傷一つない様子で出てきた魔法使いに、フローラは密（ひそ）かに心の中で歓声を上げた。身にかかった骸骨の残骸を振り払うように首や身体全体を震わせて、魔法使いはぶんと腕を振る。

『なるほど、こいつらには火も水も土も風も効かないと。親切に教えてくれてありがとう、なら別の手を使うよ』

（わざわざそれを文字にする辺り、魔法使い様も大分親切ですね……！）

この状況でも、地味に律儀に石版の文字を見せ続けることを諦めない彼である。本気で意思疎通を図っているだけなのか、挑発も入っているのか、それは彼にしかわからない。フローラはその余裕っぷりにときめけばいいのか、シュールな状況に呆（あき）れればいいのか若干迷って結局、引きつった笑顔を浮かべるだけにとどまる。

彼の手には、淡く白い光をまとう魔法の杖が握られていた。いつもはローブの中に隠すように仕込んでいて、少々大がかりな魔法を使う時に抜くものだ。森を散策中だった時は存在を説明されただけで、一度も実際の使用を見たことはなかった。光が走る度にバチバチと音が鳴る――あのシルエットは、もしかすると小さな雷なのだろうか？　まだ形の崩れていなかった骸骨達は、光を恐れているかのようで、ぐるりと円陣を描いたまま、先ほどのように輪を狭めようとしない。影のものは光が苦手だというのは古典的なセオリーだが、どうやらここでも通用するらしかった。

「ぐぬぬ、小癪な！　だが複数属性使いは一つ一つの強度や精度に劣るのが弱点よ！」

ディアーブルはぎりぎりと歯ぎしりをしていたが、気を取り直したらしく、素早く爪で腕に傷をつけてからばっと勢いよく振った。散った赤黒い液体が地面に落ちると、そこからぶくぶくと気味の悪い泡と臭気を立ち上らせながら塊が膨らむ。血を媒介に呼び出された腐りかけのゴーレム人形が、男の前にまるで番人のように立ち、耳障りな吠え声を上げる。その大きさは五メートルは超えており、聖堂内の空間を圧迫する。咆哮が聖堂中に響き渡ると、さらに不快感と威圧感は増した。一方で、骸骨達が音を立てて崩れ落ち、ばらばらになった骨を組み合わせ再構成して、また別の形を作り出す。骨の塊どもが生成したのは巨大な剣だ。空中でくるくると回りながらみるみる大きくなり、やがて見上げる首が痛くなるほどの大きさになって、ゴーレムの手に収まる。あんなものを振り下ろされたら、真っ二つなんて生やさしいものではない。ぺしゃんこにつぶれて、跡形も残らないだろう。巨人はしっかり両手で骨の剣を握り、魔法使いに振りかぶる。下ろした時の勢いで、聖堂内に突風が発生し、参列席や辺りの装飾品などが破損し吹き飛んでいく。

だが今度はフローラもさほど慌てなかった。ディアーブルの使う術に対する嫌悪感は相変わらず拭えないが、この戦いの勝敗について奇妙な確信めいたものがある。はたして、もうもうと立ちこめる土煙の中、最初に骨の剣にみるみるうちにヒビが走り、砕け散る。巨人の方も同様に、煙を吹き出しながらぶすぶすと崩れ落ちた。

「馬鹿な……」

魔法使いはこの上なくぴんぴんして、煙から悠々と出現した。ディアーブルはなかなか大がかりな術を使ったようだが、魔法使いに傷一つつけられないどころか、消耗すらさせられていない様子に、ただただ驚いている。辺りの雑魚がいなくなったのを、ぐるりと見回して確認してから、青年は男に石版を突きつけた。

『もうそろそろ、わかっただろう。私の方が貴方より強い。戦いは無意味だ』

魔法使いは終始一貫、至って真面目に言葉をかけ続けている。今度の文字列はディアーブルの逆鱗に触れたらしい。男はぎっとアイスブルーの目を鋭くつり上げると、祭壇上のフローラに手を伸ばした。つかまれて痛そうに顔を歪める彼女を無理矢理立たせると、首元に腕を回す。

「どこまでも気に障る小僧め。随分と暴れ回ってくれたが、この女が未だ我輩の掌中にあること、よもや忘れた訳ではあるまいな」

『やめろ。それはさすがに、冗談にならないぞ』

今までほとんど涼しい顔だった魔法使いが、フローラの苦悶の表情を視界にとらえた瞬間、すっと深緑色の目を剣呑に細める。一気に空気がざわついてどこか怪しい雰囲気が漂うが、ディアーブルにとっては些細な環境の変化より、ゆとりのある表情を初めて明確に崩せたことへの暗い優越感の方が勝るらしい。

「形勢逆転、だな。その顔が見れて満足だよ。これだから人間という存在は下らない」

『彼女を離せ』

「誰に向かって口を利いている？　離すのは貴様だ。女の身が惜しければ杖を捨ててひざまずけ。その目障りな板もだ」

男の腕が細い喉に回って、ゆっくりと絞め上げる。フローラは思わずうめき声を上げた。びくりと彼女の声に反応した魔法使いが、すぐさま男の要求通り、手に持っていた物をその辺に放り捨てる。するとばらばらに散ってもう動かなくなったはずの骸骨の残骸が素早く集まってきて、彼の持ち物を奪い取り、壊して使い物にならなくしてしまう。

（まほうつかい、さまっ……！）

自分のせいで一気に場の優位が変わってしまった。フローラは抵抗を試みるが、腕に込める力を強められると息も苦しくなって思考がぼんやりする。

（わたし、どうしていつもこう、役立たずで、人の助けになるどころか、邪魔しかできなくて。大切な人の、足手まといにしかなれないんだろう……）

悔しくて歯がみした時、わずかに唇が歯で切れたのか、鉄の味が口の中に広がる。それを見た魔法使いが大きく目を見開いた。何か迷うような、考えるような、小刻みに揺れていた彼の目が、ぴたりと止まり、焦点を定める。

「おい、妙な真似をするなよ、さもなくば――」

異変に気がついたディアーブルが牽制しようとするが、既にその時には青年の決意は固まっていた。先ほど指輪で切り、血の滲む指を素早く腕に走らせ、息を吸う。瞬間、空気が変わる。

　フローラは何が起きたのか、当初わからなかった。彼女はいつの間にか空にいた。拘束から解かれ、苦痛から解放され、聖堂内をふわふわと浮かんでいた。え、の形に口を開けて見下ろせば、眼下に対峙する二人の男が目に入る。壇上の男はぽかん、とアイスブルーの瞳を見張っていた。彼もまた、驚いた顔のまま釘付けになっている。その驚愕の顔を、この一瞬の間に一体どうやって接近したのか、魔法使いはつかみ上げる。小さく、微かに――けれど確かに、彼は何かの呪文を唱えていた。詠唱が終わるのと同時に、彼の緑色の瞳が、淡く光を放って、揺れる。フローラの見たこともない、思わず心臓が凍えつきそうな、冷たい色を宿して。

「そうか……そういうこと、か。それがアルチュールの森の魔獣を殲滅させた、貴様の真の力という訳か」

　顔をわしづかみにされている形のディアーブルが、その下からくぐもった笑いと声を漏らした。フローラは何かがおかしいといぶかしげに首を傾げてから、ぱっと口元を覆った。ディアーブルの手が、足が――砂のようにさらさらと、身体の端から徐々に崩れてなくなっていく。あっという間に、五体は一体になり、わめき散らす首一つだけが魔法使いの手の中に残る。

「相手を無に帰す七つ目の魔法、空――おのれ、もっと早くその性質に、貴様の真価に気がついていればっ――！」

　悔しげに、憎々しげに、呪詛を吐きつつ、ディアーブルの顔も結局は砂となり、跡形もなく霧散した。フローラの身体は優しく大事に床に下ろされる。けれど彼女は動けないままでいた。たった今、人一人を跡形もなく消し去ってしまった魔法使いに、なんと声をかけていいのか――こういった場面に慣れておらず、争いごとの苦手な彼女は今、完全に頭が真っ白になってしまっている。

二人の位置関係は、ディアーブルが消滅する前と逆転していた。階段の上に魔法使いが一人で立ちすくんでいて、フローラは聖堂の中央辺りから彼を見上げている。操っていた主（あるじ）と共に、辺りにあった不気味な骸骨やゾンビゴーレム屍肉（しにく）人形の姿もなくなった。術者がいなくなると、姿を保っていられない。そういう類（たぐ）いのものだったのだろうか。けれど、周りのことよりも何よりも、フローラは今、魔法使いにかけるべき言葉について、頭を悩ませていた。

「あ、ありがとう、ございました……」

ようやく話せた彼女に、微動だにせず壇上のディアーブルが消えた辺りを見下ろしていた魔法使いが振り返った。たった今、その存在を思い出したとでも言うかのような風情だ。瞳の不気味な発光は収まり、眼差しにディアーブルに向けていたような冷酷さはない。けれど、今までフローラを見ていた目より、何かこう、よそよそしさのような——距離を感じて、咄嗟にこちらも後ずさってしまいそうになる。

（壁が、できた。わたしと、この人の間に）

敏感に感じ取った変化に、階段を駆け上がって側（そば）まで歩み寄ろうとしていた足が、自然と止まった。そんな彼女の様子を見て、彼は自嘲するように口角を歪める。半歩下がって、さらに自分から距離を開けていく。

『私に触らない方がいい。……危ないから』

魔法使いが目を伏せた先、石でできた床の一部がバリバリと外れ、手の中に収まった。即席の石版に文字が浮かぶ。気のせいだろうか、その筆跡すらどこか他人行儀な感じがする。まるで出会ったばかりの頃に、戻ったようだ。

（いいえ。初めての時だって、こんな態度ではなかったわ。あの時はただ、この人も、急に現れたわたしに対する距離感がわからなくて、戸惑っていて――でも、いつだってわたしに、不器用でも、手を差し出そうとしていた）

少々乱暴な手つきで文字を見せた彼は、その後素早く腕をごしごしとこすってから、筆談を再開させる。

『この城は、ディアーブルの作り出した異空間なんだ。主がいなくなったらすぐに崩壊するかと思ったが、どうやらその気配がない。私はもう少し調べていくつもりだ。本当はこんな場所、貴女だけでも先に帰したい所なのだが、私の見ていない場所で何かあっても、貴女は対処できないだろう。だからまだ、貴女の目の届く場所に、私がいることを許してほしい』

「どっ――どうしてそんなこと、仰るんですか？　わたしが、あなたから離れたがっているとでも言いたげな、お言葉です」

何を口にすればいいのかわからずに、おどおどしながら立っていたままのフローラだったが、これにはさすがに声を上げた。魔法使いが今まで自虐するとしたら、傍目にも彼が平均よりできていないようなこと――主に壊滅的な生活力とか――だった。自分の性格だとか能力だとか、そういうものを悪し様に言ったことはない。フローラに卑屈が過ぎると叱ったことすらある彼だ。それがこんな、自分への嫌悪感のにじみ出る言葉を明言する姿は――初めて見る。かけられた言葉に、まるで針でちくりと刺されたかのように、びくっと肩を震わせ、その目に不安の色を浮かべるのも。

『無理しなくていい。あんなものを見て、気分が悪くならないはずがない。存在を抹消する空の魔法。そんなおぞましいものに、貴女だって近づきたくはないだろう？　自分だって消されてしまうかもしれないんだから』

「わたしは――」

『それ以上近づくな！』

荒んだ様子の魔法使いに、フローラははっと息を飲み込んだ。それなのに、接近を制した彼自身が、自分で放った言葉によっぽど傷ついたような顔になっている。フローラの目は色々なものがよく見えることに定評があるのだ、すぐに取り繕おうとしてもごまかされたりはしない。頭に浮かんだあらゆる言葉を、一度深呼吸で飲み込んで、自分の中に落とし込んだ彼女は魔法使いの圧倒的な力に驚きはしたが、だからといって彼を避けようとは、全く思わない。確かに先ほど、驚きのあまり何も言えなかったことは、彼を傷つけたのかもしれないが――。

悩んで、迷っている間にも、一方的に広げられてしまう距離。どうやったら縮めることができるのだろう。

（だいじょうぶ……今の彼が、いつもの――いいえ。前までのわたしと、同じなら。わたしはきっと、どう伝えればいいのか、どうしたら彼がわたしの言葉を聞いてくれるのか、誰よりもよくわかっているはず。きっとまだ、言葉は届くはず）

考えてから、考えながら、フローラはさらに何度かゆっくりと呼吸を繰り返し、静かに唇を動かす。

「わかりました。これ以上、魔法使い様の嫌なことも、お仕事の邪魔もしません。ここから動くなと言うなら、いいと言われるまでご指示に従います。どうすればいいのか、教えてください」

耳を塞いでいる人間に下手にこちらの意地を通そうとしても、なおさら相手の態度も強硬にしてしまうだけだ。だから、最初はその場に立ち止まる。

「でも、これだけは勘違いしてほしくありません。わたし、あなたの力に、とても驚いて……怖いと思う気持ちも、確かにゼロではないです。けれど、それがおぞましいとは、けして思わない。それに、あなたがわたしの理解できない力を使えるからって、あなたと離れたいなんて、絶対に思わない」

相手が自分の砦(とりで)に閉じこもっている時、耳障りのいい言葉でなだめても、逆に反感を買うだけ。ならばいっそ、先にネガティブなことを言う。その上ですぐに、訂正する。どうか最初の言葉が呼び水になって、後の言葉もちゃんと聞いてくれますようにと、念じながら。

「離れている間、ずっと違和感が離れませんでした。あなたがいないと、何かが足りない感じがして……早く、森に帰りたかった。もう駄目なのかと思った時に、助けに来てくれて、本当に嬉(うれ)しくて、幸せで――」

彼女は待った。程なくして、沈黙に疑問を抱いたのだろうか、こちらが気になったのだろうか、視線を外していた魔法使いがゆっくり顔を上げた。きちんと目が合うまで待ってから、フローラは続ける。

「だから、そんな風に、まるでわたしが放っておけばこの場からあなたに背を向けて逃げ出してしまうって、決めつけているようなことは――言ってほしくない。わたしがあなたと離れたがっている？　誤解です。わたしはあなたと一緒にいたい。わたしと距離を置こうとしているのはあなたの方です。お願いです、そんなことを言わないでください。魔法使い様……」

フローラが自分の胸の前で祈りを捧げるかのように手を組み、鼻声混じりになりつつも言葉を紡ぐと、魔法使いは大きく深緑色の目を開けた。明らかに動揺している彼は、よろよろ後ずさり、ガンッ、と派手な音を立てて祭壇に腰をぶつけ、無言のままさすっている。かなり痛そうだった。彼はおろおろと口を開き、自分の声が出ないことを思い出してびっくりした顔をし、慌てて石版を向けてこようとした。

その、瞬間。

完全に二人ともお互いに意識が向いていて、周囲への注意がなくなっていた、その隙に。

「ハーッハッハッハッハァ！　油断したな、空の魔法使いイィィィ！」

不躾な声が聖堂に響き渡ったかと思うと、魔法使いのすぐ後ろにある祭壇の辺りから突如吹き出た黒色の煙が、無防備な彼に背中から襲いかかった。不意打ちを受けた魔法使いは、咄嗟にローブのポケットから何か取り出すと、フローラの方に放ってよこした。床に当たって砕けた小瓶の中から、白い小鳥のようなものが何体か飛び出してフローラの周りを飛び回り、飛ぶ跡に尾を引くような光を編んで薄く淡い球形を作った。即席の光の球に閉じ込められたフローラは、中で悲鳴を上げる。

「魔法使い様！」

煙の初撃をなんとか転がるように避けた彼が、体勢を立て直そうとした瞬間。

「馬鹿め、二度同じ轍は踏まぬ！」

煙がたわんで吠えたかと思うと、素早く伸びて線になる。線は魔法使いの手に飛びつき、彼が腕に文字を描くよりも早く、右手の動きを封じた。

「魔法使い様っ！」

深緑色の目が苦痛に歪む。右手が煙の中に飲まれた瞬間、さらに左手でローブから何か取り出そうとした彼だったが、またも後手に回った。ディアーブルの方が早い。邪悪な黒い塊は魔法使いの身体を絡め取ると、右手の動きを封じて素早く彼を空中に放り投げ、そのまま腹の辺りにパンチでも叩き込むように突撃し――。

聖堂内に衝撃音が響き渡った。ちょうど祭壇の向こう側、まがまがしく仰々しい、いかにも怪しげな儀式のための装飾がなされている部分に、魔法使いは押し込まれた。がらがらと、彼の背中で怪物をかたどった彫像が崩れ去る様子が、衝撃の大きさを物語る。あんな勢いで固く尖った石にぶつけられたらどうなるか。フローラは絶叫した。散った埃が多少マシになると、応戦しようと上げていた彼の左腕がだらりと垂れ下がり、ぐったりと全身から力が抜けて瞼が閉じられているのが見える。まもなく支えを失って祭壇上に落っこちてきた彼の身体の上で、黒い煙がうねうねととぐろを巻きながら勝ちどきの声を上げる。

「フフフ……貴様が空を含めた複数属性使いであることはなかなかの脅威だったが、どうやら空の魔法は他属性と少々使い勝手が違うようだな？　普段は厳重に封じているのだろう、その封印を解除し詠唱する作業を挟まねば、空の魔法をまともに使うことができない」

フローラははっとした。思い返してみれば、先ほどディアーブルを倒す直前、魔法使いは指の血を使って腕に何かしていた上に、低く小さく何か呟（つぶや）いていた。そしてその後、壇上の魔法使いに近寄ろうとしたフローラを制しつつも、腕に描いた何かを拭（ぬぐ）っていた。あれはもしや、彼女に魔法が害を及ぼさないように、一度発動した魔法を戻していたのではないか。だから今、ディアーブルに襲われた時に、後手に回ったのではないか。

フローラの推測を裏付けるように、黒い煙が笑った。

「小娘に触れられる可能性を案じて一度封印を戻したのが命取りだったな」

（そんな……わたしが、近づいたから）

ディアーブルは悪霊だ。魔法使いが消したのはあくまで器となっている肉体のみ、中の本体までは届いていなかったということだろうか。そうであれば、死霊魔法でできた手下どもは消えても、ディアーブルの作り上げたこの空間には変動が起きなかった理由にも頷ける。魔法使いもフローラに離れるなと言ったり、警戒を続けていたりしたぐらいだ、当然その可能性も考慮していたのだろう。それなのに、フローラが邪魔をした。フローラが彼の隙を作ってしまったのだ。

「それもなんだ、我輩を迎え撃つより、小娘に防御陣を与えることを優先しおった。よほど可愛がっているると見える。げに人間とは愚かしくも無様な生き物よ、戦えない足手まといなぞ放っておけばよかったろうに」

（わたしの、せいで！）

「そうだ小娘、貴様は本当に素晴らしい。自身の素質もさることながら、こんな上等な、またとない獲物を我輩の所まで持ってきてくれた。全く、よくできた花嫁だよ」

ディアーブルの猫なで声は、自分を責めるフローラをさらに絶望に落としていく。黒い煙はぐったり気を失った青年の上でうねうねうごめき、自分を守る光の中で顔色をなくしている少女をあざ笑う。

「そこで大人しく待っていろ。今からこの男の身体を乗っ取ってくれる。貴様の洗脳はそれが終わったら改めてじっくり施してくれるわ。この男ほどの力があれば、なんだってできる――以前よりさらにずっと、邪悪な存在になれる！　フハハハハハッ、ハーッハッハッハァーッ！」

（いやだ……そんなの、いやだ！）

優しくも残酷な守りの中で、フローラは必死に考えようとする。魔法。魔法使いとディアーブルの使う力。無力な自分にも、そんな力があったなら。

そこで、彼女の脳裏にとある記憶がぱっと蘇る。

(わたしのばか、どうして今まで忘れていたの。――いいえ、後悔なら後でいくらでもできる。今は――わたしにだって、できることが、ある！)

自分の愚鈍さを呪いつつも、素早く口を開いた。

「かまどの左手さん、井戸のせせらぎさん、屋根の上の風見鶏さん、足下の力持ちさん――！」

最初に唱えた時は訳もわからないまま願いが叶えられた訳だが、今回は何が起こっているのか見届けることができた。呪文に呼応するように、フローラの周り、四方の床にさっと赤、水色、白にオレンジの四色の小さな魔法陣が広がり、そこから光の球が飛び出す。精霊だ――フローラが口にしたのは、精霊を喚ぶ呪文だったのだ。一瞬、驚きで目を見開いてから、気を取り直した彼女は表情を引き締め、祭壇上を指差す。

「魔法使い様を助けて――その煙を、やっつけて！」

続けたフローラの言葉に応じるように、四色の光は一層強い光を放つと、ぐるぐる輪を描いて黒い煙に飛びかかる！

――が。

「素養のない只人が！　これしきの低級精霊で、我輩がどうにかできると思ったのか！」

「ああっ！」

四色の光はバシンと音が響く勢いで、黒の煙にはじき飛ばされた。精霊達の声なき悲鳴が鼓膜の奥に響き渡り、フローラの心が、身体が痛んで、彼女は思わず身体を折り曲げる。

(ごめん……ごめんね、みんな)

喚び出した精霊が傷つくと喚んだ方にもダメージが来るのか、フローラの胸はずきずきと鈍い痛みを放つ。ディアーブルのすっかり図に乗って謳うような抑揚をつけた言葉が、さらに突き刺さった。

「敵意のない精霊に攻撃をさせるとは愚かな。悪霊とは性質が違うのだぞ？　貴様の鈍い刃で何が切れると言うのだ？　この男も同じこと、お前達には自分が悪者になる覚悟が足りない、だから弱い。だが今のヘマのおかげで、なぜ貴様が以前我輩の城から姿を消したのかも理解できたよ。今回も自分のために使えば成功したろうに、自ら退路を断つことになったな」

（もう、同じ呪文は通じない。でも、わたしが知っているのはこれだけ。一体、どうしたら――）

状況は悪くなっていく一方だ。霞む視界の中、青年の上で渦巻く黒い煙がのたくっているのが見える。

「ぐぬっ――さすがは空の魔法使い、あの馬鹿とは違って簡単には主導権を譲らぬか」

どうやら煙は魔法使いの中にうまく入り込むことができないようだった。煙が触れようとする度に、魔法使いの身体は反発するようにばちりと音を立てて光を放つ。それが術によるものか、素養によるものなのかはわからないが、だからといってフローラ達の不利な状況が好転した訳ではない。彼は依然として気を失ったままだし――よく見れば、額からつっと、赤い線が顔を伝って流れていっていた。彼女の胸は引き裂かれんばかりに痛んだ。

しばらく青年と格闘を試みていた煙は、やがて動きを止め、祭壇上から見下ろした。聖堂内の中央付近で、自分の無力さに打ちひしがれ、がっくりとうずくまっている少女の方を。

「ふむ……今までこの男が崩れる時は必ず小娘が鍵になった。ならば今回もそうかもしれぬな」

不吉な言葉に青ざめたまま顔を上げたフローラに向かって、黒い塊が飛びかかってくる。壇上からさっと下りてきた煙は、あっという間に少女を小鳥達の作る防御の球ごと包み、じわじわと浸食を開始した。

「フハハ……そうだ、もっと恐慌に陥れ、絶望しろ！　負の感情が強まれば強まるほど、我輩の糧となる！」

　大きな琥珀の瞳一杯に涙を溜め込んだフローラに、ディアーブルがいっそ優しい声音をかけてくる。彼女はすっかり止まってしまいそうになる思考を懸命に動かそうとした。

（駄目――このままだなんて、絶対に駄目だ。なにか、なにか、考えないと。魔法使い様が倒れてしまった今、なんとかできるのはわたしだけ）

　これだけ徹底的に、悪い原因になっておいて？　フローラはいつもそうだ。いつも役立たずだ、出来損ないの人間なのだ。打ち消しても、打ち消しても、染みついた劣等感が、低い自尊心が、暗く冷たい場所に、彼女を絡め取っていこうとする。闇は徐々に広がり、光は細くなっていく。諦めてはいけない、諦めた瞬間、たぶんすべては終わってしまう。魔法使いも助からない。だが、ただ目が良くて、少しだけ精霊に好かれやすいだけで、魔法には付け焼き刃程度の知識しかない彼女に、一体これ以上何をどうすることができるというのか。

（……できる。できるわ、わたしなら）

　極限まで追い詰められたせいか、自分の深い場所まで下りていったせいか。ディアーブルも聖堂も魔法使いもすべて見えなくなった、いつの間にか閉じていた瞼の裏の暗闇の中、ふと唐突にフローラは思い出す。奥底に封じられた禁忌の扉の向こう側に、かつて眠らされた記憶の中に、解決策があったことを。まだ、自分に禁じ手があったことを。

（低級で話にならないと言うのなら、もっと上位の存在を喚べばいい。わたしなら誰だって喚べたはず！）

けれど。それは、やってはいけないことだ。可能性を考えただけで、全身の鳥肌が止まらなくなり、冷や汗が吹き出る。頭が忘れても、身体は覚えているのだ。かつて幼い身に降りかかった、恐ろしい出来事を。彼をこの場に喚ぶことが、自分の破滅につながるということを。

（彼らと仲良くするのはいいわ。でも、彼らは怖い存在でもある。駄目よ、フローラ。その先に行っては駄目。でないと、あなたは――）

頭を撫でながら言い聞かせてくれた母。守ってくれる存在は、もういない。けれどそれは逆に、悲しむ人もいないということにならないだろうか。

瞼を開ければ、琥珀の瞳には不思議と、身を取り巻く守りの光球でも、それを侵そうとする邪悪な煙でもなく、少し遠くに倒れている青年の姿が、それのみがくっきりと映る。フローラの身体から余計な力がふっと抜けた。彼女は花がほころぶように、微笑みを浮かべる。

（構うものですか。あの人を、ここで失うぐらいなら――）

わたしは、どうなってもかまわない。

光球を作り出す光の小鳥達が、一羽、また一羽と闇に呑まれ、消されていく。最後の一羽が消えたのと、フローラが小さな、ほとんど聞こえない呟きを――ずっと昔から知っていた一人の精霊の名前を発したのは、ほぼ同時。

「――ブルーダー」

その時、空が七つに割れた。

城が空間ごと分かれてぐにゃりと曲がり、隙間から揺らめく半透明の何かが静かににじみ出る。しゅるりとうごめくそれは、なまめかしくも神々しい。なんと言えばいいだろう？　質感は光に似ていて透明だが、動きは少し粘度のある液体に近い。先端が伸びていく様子は植物の成長を思わせる部分もあった。あれは腕であり、身体なのだ。きらめく大いなる存在は、あっという間に異空間に染み出し、狙い違わず黒い煙を包み込んだ。断末魔は一瞬で消える。半透明の向こうにある無限の闇に飲み込まれたようにも、溢れ出す光に浄化されたようにも見える光景だった。ああ、どんなに言葉を尽くしても、彼女の琥珀色の瞳に映る情景を真に正確に描写することは叶わないだろう。だが悪霊を圧倒的な質量で飲み込んでいくそれが何者なのかは、はっきりわかる。

——かのものは空。遍在と無の主であり、七番目の大精霊。

そして今見ているのが、その一端であり全容。本来大精霊とは無定型で、人間の認識の一段上に存在しているのだ。その本性を人の身が目に収めることはできない。けれどフローラは、とても目がいいのだ。

(そうだ。わたし、あの時も……)

封じられていた記憶がほどかれていく。

昔、越えてはいけないと言われた線をうっかり越えて、同じ姿を見たことがあったのを思い出す。彼女を意図的に誘導したのは、もっと低級の精霊達だ。本能に任せ、幼子に甘い言葉をかけて少しだけ自分達の方に引っ張った。そして近くにはちょうどたまたま大精霊がいた。母親の防御陣を踏み越えてしまった幼子は、うっかりとその本性の情報を脳に収めてしまう。直後彼女を襲ったとてつもない痛みと苦しみは、人間の身体が壊れかけることへの、生き物としての警告だった。普通、大いなる存在は、喚び出された時にこちらに合わせて姿を作ってくれる。喚び出す方も、相手の恐ろしさを知っていてあらかじめ身を守る儀を整えてから喚ぶから、事故は起こりにくい。ところが彼女は魔法に関してずぶの素人のまま、混じりけのない本物を、よりによって琥珀色の目で直視してしまったのだ。明る過ぎるものを見れば視力を奪われるように、人の身体に大精霊の情報は大き過ぎる。ゆえに、何かの間違いで大精霊本体と遭遇してしまった人間の脳は溶け、身体は崩れて千々に散る。

幼いフローラは咄嗟に鋭い悲鳴を上げ、それが彼女を守る人を呼び寄せて、なんとか間に合い、戻ってくることができた。

(ああ、だけど、今度はもう……)

自分が何にあれほど恐怖していたのか、ようやくわかった。フローラにはこの存在を喚ぶ力がある。喚べば彼は、その力で何でも叶えてくれる。今、目の前の脅威を一瞬で消してしまったように。

けれど彼女の脆弱な身体は、喚び出した存在に耐えられない。彼女の人としての姿はまもなく消え去ってしまうだろう。既に苦しみを感じないどころかほんのりと幸福感や快感情すら覚え始めているのだ。じきに自分が何を考えているのかもわからなくなるだろう。

(もうすぐ、消えるのだとしても)

薄くなっていく自分の両手を見下ろしてから、ふと大精霊から目を逸らし、祭壇上に向ける。大いなる存在は、助けてほしいという彼女の願いを正確に叶えたようだ。青年の顔から赤い線がなくなり、うめきながらぴくりと動いた彼はまもなく目を覚ますだろう。見届けた彼女は安堵に息を吐き出した。

できないだらけの役立たずな自分だったが、今回だけは大切な人を守れたではないか。

(でも、本当は)

ふと、小さな未練が胸をちくりと刺す。

あと一度だけでいいから、触れたかった。手を握って、大丈夫だよと、自分の身を案じて遠ざけようとした彼に、言ってあげたかった。それから——。

(あなたの声が、ほしかった)

それを最後に、フローラの思考は停止する。閉じた目の端から、ほろりとひとしずく涙が落ちて——まもなく消え去った。

＊＊＊

今から十年ほど前。

当時未成年の少年だった彼は、年相応に未熟で、けれど誰もが羨むほどの、有り余る魔法の才能に恵まれていた。もちろん、物心がついた頃には、力を持つ者としての自覚だとか、その恐ろしさだとか、折に触れて言い聞かされていたし、彼も素直に殊勝に頷いたものだ。持てるものとして自覚しているつもりだったし、周囲だって幼い彼の危うさを心配している部分はあっても、概ね信頼してくれていたのだ。

でも、魔法の本当の恐ろしさなんて、何一つ、まるで、わかってなんかいなかった。

ある日のことだった。少年は兄と喧嘩をした。何のことはない、下らない日常の一端だ。ちょっとした小競り合いで兄弟同士が押し合って、闘争心に火がついた。わきあがる衝動のまま、放ったのが空の魔法だった。つかんだ兄の腕が、みるみる透明になっていったあの時の衝撃は、何にもたとえがたい。幼い彼が危険な魔法を使わないようにと腕につけられていた安全装置は、作動すらしなかった。

怖かった。自分が自分を、全く制御できなかったことが。

怖かった。誰も自分を止められなかったことが。

怖かった。他でもない自分の手で、親愛なる兄を消滅させかけた、その事実が。

幸運にも事件は未遂で終わり、兄は五体満足のまま、ぴんぴんして後遺症等も見られなかった。少年はとがめられなかった。父も母も、その他の教育係達も、彼のしたことを彼以上に深刻に悩む人はいないようだった。兄に至っては、事件そのものがなかったかのように振る舞うほどだった。

彼自身も疑うようになる。あれは何かの夢だったのだろうか？　それにしては生々し過ぎた。

ふと、何気なく試してみる。触れた物を消す魔法。伝説には聞いたことがあるが、まさか実在するはずもない。求めるのは、無罪の証明。握ったペンは思い通りに消えて二度と戻ってこず、安全装置はやはりびくともしなかった。彼を縛り付けることもなければ、大人達に通報することもなかったのである。こうなると恐ろしいのは、もう一人の当事者の異様な静けさだ。なぜ、兄は自分を告発しないのだろう。思いやりなのだろうか、それとも。

罪悪感と不穏が募る一方だった少年は、とうとうある日探りを入れる。そして知った。なんてことはない。兄は自分の身に何が起きたのか、理解できていなかったのだ。彼はけして弟を許した訳でなく、ただ、弟が自分の認識を上回る存在だったことを、わかっていなかっただけなのだ。なまじ、弟がどうやってか、兄の腕を何事もなく、元通りにしてしまったため。

存在する物を消すやり方なら、呼吸のように扱うことができた。その逆の復元させる方が、意識してやってみようとすると途端にできない。火事場の馬鹿力という奴だろうか、兄の危機に立ち会ったあの時のみ、死にものぐるいで発動して、以降の普段は全く感覚がつかめない。消す実感だけが積もって、復元させる実感は一向にとらえられないまま。うっかり消してしまいそうになった時、どうやったら元に戻せるのか。解決方法は見当たらない。

なかったことにされた事件。けれど掌（てのひら）の中で、温（ぬく）もりが、柔らかくも硬い感触が、消えていく――その瞬間をいつまでも覚えている、何度も何度も夢に見る。次は、一瞬ですべてを消してしまうのではないか。後ろめたさは社交性を低下させ、周囲の目は変化に伴って以前より降り注ぐ。いつ、誰が自分を指差して、悪魔と罵（ののし）るようになるのか、気が気ではない。

七つ目の空の魔法のことを、密かに調べる。この魔法は希少だ。もともと属性を持って生まれてくる人間の数が少ない上に、人が無意識に危険を抑圧するからだろうか、素質があっても皆顕在化するとは限らず、一生自分が空属性であることを知らずに終わることも多いらしい。身近に頼れる先人があれば相談もできたろうが、彼ほど強い空の魔法を使える人間はいなかった。

孤独は募る。文献を漁（あさ）っても、強力な空の魔法を使える人間に不幸が訪れることばかり知る。言わなければと思いつつ、優しく信頼に満ちた目が、軽蔑と恐怖の色を帯びる瞬間だけは見たくない。

誰に教えられずとも奇妙な確信があった。先人の記録と、自分の感覚から導き出される推測。きっとその時が来たら――人に、絶望する時が来たら、自分は空（から）になってしまうだろう。辺り一帯を巻き込んで、すべて無に帰してしまうだろう。

とうとう、臆病な少年は自分の罪状を紙に書き記すと、魔法使いの証であるローブと、どうしても手放せなかった指輪を手に、城を出て人のいない場所を目指した。

やがて、彼は魔の森にたどり着いた。襲いかかってくる魔獣達をことごとく消し去ってから、何をすることも思いつけなくて、呆然と一人で誰もいなくなった森の中に立ち尽くしていた。

そんな彼の前に、空の属性の大精霊が現れた。大いなる存在は、強大な力が行使された気配を感じて様子を見に来たということだった。少年の、身に余る力への嘆きを聞いたそれは、ごくごく気軽に少年に呪いを残して去った。言葉が喋れなくなる代わりに、空の魔法に制限がかかる呪いだ。以後、彼は空の魔法を使う時手順を踏んで封印を解除し、さらに呪文を唱えなければならないという面倒な過程を経(へ)ることになった。けれどほっとした。もう、誰かの温もりを失うこともないと思ったから。

そうして森の監視という名目も手に入れて、彼はひっそり森奥に引きこもることを許された。

＊＊＊

意識が落ちていたのだろうか。嫌な夢を見た気がする。ぼんやりと霞(かすみ)がかった中で、頭が懸命に動こうとしている。

（なんて無様な。どれだけ平和ボケしていたんだ、俺は）

次に戻ってきたのは、指先の感覚だった。固い地面の上、突っ伏したまま握り拳を作る。ぐっと噛(か)みしめた唇が、まもなく自嘲の形に歪んだ。

（馬鹿だ。空(から)の魔法使いが、誰かと一緒にいたいなんて思ってはいけない……そういうものだった

じゃないか）

何のためにアルチュールの森にやってきたのか。こんな大事なことを、なぜほんの一瞬でも忘れる気になれたのだろう。手放せなくなる？　自分で言った言葉に吐き気がする、最初から手にすることもできないくせに。一人の時間はいささか長過ぎた。不意に訪れた二人の時間が思いの外楽しくて仕方なかった。彼女がもっと距離を取る人間なら、こちらも事務的に接することができたのかもしれない。いつも後を懸命に追いかけてきて、待ってくれる、子犬のような愛くるしさに、けなげさに――いつの間にか絆されたどころか、夢中になっていた。

（俺はいつもそうだ。駄目だとわかっているのに、抑えきれなくて。取り返しのつかないことになってからでは、遅いのに）

握りしめた拳で地面を突こうとして、手が止まる。自分は何をしていた？　悪霊との戦闘中、意識を失って――。

ようやく現状を思い出し、目を開けると景色が一変していた。怪しげな城と聖堂は消え去り、どこぞの草原の中に一人放り出されている。森とまでは行かないが、辺りに木々もちらほらと見えた。人の気配はない。ぽかんとしかけて、気を引き締めた。自分の格好や持ち物を改めて見る。

（たぶん、俺自身の状況は、さほど変わっていない。あの空間から、おそらく人間界のどこかに戻ってきているということは、ディアーブルが完全に消滅したということ……気を失っている間に、決着がついたのだろうか？）

彼は眉をひそめる。不意打ちを受けた時、少女を守るための手は打った。強度や時間にいささか不安はあるものだろうが、彼女には精霊がついているし、喚び出すことができる。うまいこと逃げてくれればと、確か落ちる直前に思った。

——少女。

(そうだ、彼女は、どうなった？　無事か!?)

嫌な想像がぱっとよぎり、彼は慌てて周囲を見回す。すぐに見つけた。想定していた最悪の状況ではない。彼女の方も、こちらの世界に戻ってきていた。けれどある意味、さらに状況は悪化しているのかもしれない。見覚えのある茶色の髪が目に入った時、安堵の息を漏らそうとした。直後、鋭く息を呑む。

魔法使いから少し離れた場所に、座り込んだフローラの姿はあった。表情はうつろで琥珀色の瞳は焦点が合っていない。その身体は淡い光を放ちながら半透明に透け——徐々に薄くなって消えていこうとしている。

一体何が起きたのか、自分が意識を飛ばしている間にどうしたらこの状況になるのか、さっぱりわからない。ただ、守ろうとした人が今、とても危ない状態であることだけははっきりと理解できる。

うつぶせの状態から身を起こして辺りを見回していた魔法使いは、慌てて立ち上がり、少女に向かって駆け寄ろうとした。その緊迫した背中に、のんきな声がかかる。

「やあ、迷える子羊君」

ぱっと振り返って身構えた——なんならそのまま魔法の一つや二つ発動しそうになった彼だが、自分に話しかけてきた相手が長い前髪の下に緑色の目を持つ少年であることを知ると、ぶはっと息を吐き出して急停止する。

(空の大精霊!?　どうしてここに——)

十年前に魔法使いに呪いを与えた大いなる存在は、当時と全く変わらない姿をしていた。おそらく魔法使いの見た目を真似て擬態しているのだろう。倒れていた魔法使いの後ろ側、ちょうど人間二人が見えるような位置に陣取っているらしく、ふう、と息を吐き出す。

「最近気がついたんだけど、きみ、ぼくに対する敬称がいつの間にか抜けるようになったよね。昔は様つけてたのに。いや、別にいいんだけどさ、釈然としない部分もあるよね。人間って知らない間にすぐ変わっちゃうから——」

（そんなことより、状況を教えてください！　今、何がどうなっているんですか）

大精霊は当然のように魔法使いの心の声を聞き届ける。青年の方もまた、最初から通じているものとして石版を出す手間を省いた。少年は話の腰を折られても特にむっとした様子は見せない。

「彼女は悪くないよ。ついでに言うと、ぼくを責められるのも困る。喚んで、喚ばれたらすぐに来るのがルールだもの。……場所とタイミングが良くなかった」

エメラルド色の目は最初青年に、次に少女に向けられる。

「人間界に喚んでくれれば、まだ影響が薄くて済む。だけどあそこは、悪霊の作り出した狭間の世界——あそこではぼくは人間界より、ぼくらしい姿で出現してしまう。そして彼女の見え過ぎる目は、擬態をすり抜けて正確にぼくの正体をとらえる。……普通はどんなに望んでも、人間には見られないものなんだけどね」

（そんな——防御陣の一つも描かず、大精霊を喚び出したということか⁉）

「これまた間の悪いことに、ちょうどきみのかけた魔法が悪霊に破られたタイミングで喚ばれちゃったものでね。もう少し早ければ、あそこまで直球に負荷を与えることもなかったんだけど」

信じられない思いで少女を見つめる魔法使いに向かって、人外は言葉を続ける。

「過負荷を負わされた脳は焼き切れ、身体は輪郭を失って溶ける——魔力超過（オーバードーズ）になっても、きみを守ろうとしたんだ。自分はどうなってもいいから、きみを助けたい。それが彼女の願いだった。今度はすぐに飛んできて適切に守ってくれる母親がいない、その意味をちゃんと理解していた。だからぼくは——」

（冗談じゃない！　それを言うなら俺の方だ！　俺は、俺なんて、どうなってもよかったんだ！　でも、彼女は、彼女だけでもと、思ったのに。これじゃ、一体何のために……）

「ぼくに当たるな、小さきものよ」

顔を上げ、大精霊に向かって詰め寄ろうとした彼だったが、冷静な、ともすれば冷たい言葉をかけられると苦渋に満ちた顔になる。

彼もわかっているのだ。自分の今の言葉が、子供じみた八つ当たりに過ぎないと。大精霊は、きっとニンフェの少女に少しだけ多く好意を与えただけ。彼なりのやり方で、彼なりの理（ことわり）で。彼女を守りきれなかったのは、すべてひとえに自分の無力のせい。自分が油断せず町までついていったら。自分がきちんとディアーブルを倒しきれていたら。自分がきちんとあの場から彼女を逃がせていたら。自分が、自分が、自分が……。

（クソッ！）

大精霊に向けていた身体の向きをぐるりと変え、少女に駆け寄る。膝（ひざ）をつき、近くで寄って覗（のぞ）き込み、顔の前で手を振っても、彼女は全く応じる気配がない。すっかり生気を失って、ぼんやりうつろに消えるのをただ待っている。

（動じるな！　大精霊の言う通りだ、当たり散らしてる暇があったら、事態の打開策を見つけるんだ。考えろ！）

自分を鼓舞しようとした心が、彼女に触れようとして腕が身体の輪郭をすり抜けた瞬間、一気にしぼんで勢いがなくなる。青年は大きく深い緑色を宿した目を見開いた。おそるおそるもう一度、今度は腕でなく顔に、頬に手を伸ばす。やはり指は彼女の顔をつきぬけ、何もない空間を空しく掻いた。

フローラの身体は既に、触れることができないまでに消えかけているのだ。このまま薄くなっていって、じきに完全に見えなくなるだろう。魔法使いの顔はみるみるうちに青ざめていく。かつて、兄の腕を握り、ほんの少し力を込めた。その瞬間に、あまりにもよく似た光景。

（――うろ、たえるな、馬鹿！）

がっと思いっきり噛みしめると口の中に鉄の味が広がったが、おかげで自失しそうになっていた所から、なんとか戻ってくる。切れた場所から顎に向かって垂れていく赤に構わず、彼は目の前の少女を凝視したまま頭をフル回転させようとした。

（魔法の代償――溶ける現象――おそらく、空の属性による存在の希薄化――駄目だ。空は存在を無に帰す魔法、あるものをなくす魔法。なくなっていくものを、あることにはできない。俺の知識では、力では――）

十年間、求め続けて結局得られなかった答え。それこそが今、彼に求められているものだった。静かに、静かに、諦念がひたひたと、そうひたひたと、足下から身体を駆け上がり、ゆっくりずぶずぶ絶望の沼に引きずり込んでさらっていこうとする。それでも、諦めたくはないという思いだけが頭を動かそうとしていた。そんな彼の背中から言葉が投げかけられる。

「ねえ、小さきものよ」

(うるさいっ！)

反射的に鋭く返してから、はっと振り返った。落ち着いたエメラルド色を見る魔法使いの表情が、ほんのわずか、希望にすがりつく悲しくも醜い人の相を宿す。

(あんたは、助けてくれないのか？)

「ぼくは別に、生死の差なんてさほど気にしないから。彼女が溶けるなら、むしろそれは好都合ですらあるのかな。願いならさっき叶えたよ？　きみをあの悪霊から助けて人間界まで安全に戻した。だからこれ以上は、何もしない」

(……人でなし)

「知っているでしょう？　大精霊は、人間じゃない。きみには適性がない。きみの前に姿を現して話をしているだけでも大サービスなんだ。だからきみの願いはこれ以上叶えられない」

希望を砕かれ、憎しみに染まった深緑の目に対し、大いなるものの向ける瞳のなんと平らかで無情なことか。どれほど人間に擬態し、身近に振る舞い、寄り添っているように見えても、これが精霊という存在の本性だ。彼らはけして人間に同情しない。関心や理解は持っても、真の意味で共感することはない。彼らの理に従って行動し、人の欲の浅ましさを突きつけてくる。

(わかっていたはずなのに、頼ろうとした俺が、愚かだった)

それだけ打つ手を見つけられず途方に暮れかけていたということでもある。切羽詰まっているのだ。本当に、手立てが見つからないのだ。大精霊に背を向け、先ほどよりさらに輪郭の薄くなっている少女に向けると、もう思考はほとんど緩慢になってまともに機能してくれない。無意味な堂々巡りばかりして、ひたすらに青年を苛む。

（人を避けて、森に籠もって、その間にも魔法の研究は続けて――だけど、結局肝心の所で、俺は何もできないままなのか。力があっても、奪うだけで、与えることはできないままなのか）

うつろな琥珀色の目は、瞬きすらしない。絶えず感情と温もりを宿していたその身体から、大事なものが抜けていく。自分は、それをここで見ていることしかできないのか。ただただ――。

「ねえ、ルシアン。ルシアン＝フェルディ＝ド＝ランチェ。古の空の魔法を受け継ぎし男よ」

再び、静かな人外の声が、座り込んでうなだれる青年の背に投げかけられた。今度の彼は、振り返らない。聞いているつもりがあるのかないのか、わずかに震えながらただうつむく青年は、失意のただ中にあるように見受けられた。構わずに人外は続ける。

「自身を省みず、けれど他人を諦めきれない、哀れで愚かで小さなお前。だけどさ、それだけがきみの姿なの？　きみの力って、本当にそれしかできないようなものだったのかな」

大精霊の方も、はたして聞かせるつもりがあるのかないのか、ぽつり、ぽつりと、独り言のように話している。

「空に連なる者なら、消し方を知っているきみなら――その逆の満たし方だって、とっくの昔にわかっているはずだよ。きみの些細な恐怖が覆いをしてしまっているだけ」

けれど、不思議なことにその声は一言一句、奇妙によく、辺りに、青年の耳に、身体に、心に通って響き渡るのだ。大いなる存在は、彼の深い場所に囁きかけてくる。

「ぼくはこれ以上何もしない。人は人を選び、選ばれて人になる。

――取り戻すんだよ、ルシアン。憂うことも恐れることもない。お前には力があるのだから」

風一つない草原がざわめいた。いや、何か変化があったのは、青年の内部の話だったのかもしれない。魔法使いは大きく目を見開いていたが、先ほどまでとはほんのわずかその色が異なっていた。そう。彼は一度、空となって消えていきそうだった人を取り戻したことがあるではないか。他でもない、彼が実家を出ようと決心したあの事件の記憶。

けれど、その力はうまく再現できなかった。だからこそ、消すだけの自分の力を恐れた。大精霊の気まぐれで呪いを受けた瞬間、これでもう、二度と自分の嫌な部分と向き合わずに済むと、確かにほっとして、救われたような気がした。

喉元に手をやる。目の前の、既にもう身体のほとんどが見えなくなりつつある少女を見つめる。腹の中に力がある気配はあった。それを、枷を外して放り出し、御しきれたなら、望む結果を得られるのではないかという予感があった。

——だが。

(間違えたら、うまくいかなかったら。俺は今度こそこの手で、自分の手で。大事な人を、初めて自分から側にいてほしいと願った人を——殺す、ことになる)

迷ったのはほんの一瞬だった。既にほとんど時間が残されていなかったせいだろうか。大いなる存在に背中を押してもらえたおかげだろうか。

(ここで使わずに、何のための力なんだ。ここで動かずに、誰のための魔法使いなんだ!)

決意した彼は、吠える。声なき声が、草原を、空を、大地を揺らす。喉をかきむしる指は、見えない何かに傷ついた。鮮血が飛び散り、彼の指がとらえた、首をぐるりと囲む透明な茨の姿を描き出す。声と空の魔法を封じる呪い。十年前に与えられた首枷。輪郭をとらえた戒めを今一度ぐっと握りしめた彼は、一度目を閉じて指先に力を込め――その呪いを、過去の未練ごと引きちぎった。

草原が揺れる。青年の髪が、服がはためき、飛んでいきそうになる。ただ大精霊だけが、泰然とした態度のまま、微笑みを深めてみせた。

脂汗を額に浮かばせた魔法使いは、かつてないほど自分の中が荒れ狂うのを感じ、思わず唸り声を上げる。その彼の感情が、胸から喉を通り、空気を渡って外に出て行く。

「――ああ」

感嘆のような音が口から漏れた。聞き慣れないそれにきょとんと瞬いてから、表情を引き締める。

青年は最初の試みがうまくいったことを悟ると――もはやその部分しか残っていない、少女の半透明の手に、自分の手を重ねた。生唾を飲み込むと、ごくりと大仰に喉が鳴った。浮かんだ汗が、額から頬を伝って落ちていく。震える指先に意識を灯し、なんとか息を落ち着かせようと努力して、今一度自分のすべきことを心に浮かべる。

（からっぽになりかけている器の満たし方……シンプルに考えるんだ。失いかけているものをもう一度足してあげればいい。名前を、存在を言葉にして、自分が何者なのか思い出させる。聴覚は人間の死の間際、最後まで残る感覚情報。溶けかけの状態でも、口にする言葉は届くはず――！）

思い返せば、十年前も、消えかけると共にすうっと表情の抜けた兄のことを、幼い少年は焦って何度も呼んだ。ぼんやりしていた兄の目に光が戻り、焦点がこちらに合った時、彼の身体の輪郭も濃くなり、元に戻ったのではなかったか。

呪文を詠唱することはもちろん、喋るだけでも魔法を発生させることはできる。感情を、祈りを言葉に乗せる。それだけで、力になる。言葉は最も原始的な魔法であり、名前は最も簡単な呪いだ。名付けられた方と名付けた方には縁が結ばれる。名前を呼ばれれば、呼ばれた相手は壁にピンで刺されたように世界に存在を固定され、一つの姿が定義される。そうして人間は世界を分けて理解するのだ。

(そんな理屈は、どうでもいいから！)

頭を振って雑念を追い払い、おそるおそる、まずは最初の言葉をかける。

「フローラ……フローラ＝ニンフェ……」

何せ、十年間ずっと封じてきた声だ。いつの間にか声変わりも迎えてしまっていた。知っているものより低くなっているそれは、自分の口から出て行くと違和感しかない。先ほどは囁き声だったから特に問題なかったが、きちんと発声しようとすると何重にも困難だ。慣れないものは、油断すると気力がそがれ、かすれてしゃがれて、がらがらになって、そのまま出てこなくなってしまいそうになる。それでもなんとか、小さく繰り返す。細い細い、彼女と自分をつなぐ一本の線を、途切れさせないために。何度も何度も、名前を呼ぶ。

(これだけでは駄目だ。力が弱い。十年前の兄より、今の彼女の方が、どう考えても状態が酷い。止めているだけでは、おそらくあちらに引っ張られる力に負けて、いつか消えてしまう)

名前を呼ぶことでは、あくまで現状維持ができるのみ——それ以上消えないようにすることだけ、という訳だ。既に消えてしまった部分を取り戻すには足りない。

(何か……何か、もう少し、インパクトのある、言葉を。彼女が足を止めるだけでなく、思わずこちらに戻って来たくなるような、言葉を。考えるんだ、魔法の呪文を！)

ところがこれが恐ろしいほどの難題だった。ただでさえ、喋ること自体に四苦八苦しているような状態なのだ。シンプルな名前を呟くのならともかく、文となると、思考に力を取られて、途端にうまくいかなくなる。

「きょっ——今日は、いい天気だな」

（絶対にこれでは駄目だ）

　迷いに迷い、必死に考えて最初に浮かんだ言葉がこれだ。めげそうになるが、心折れている場合ではないので自分で自分を鼓舞しつつなんとか立ち直る。呪文や知識ならいくらでも頭にあるが、そんなものを朗読しても彼女には響かないだろう。彼自身の言葉で、魔法をかけてあげなければいけないのだ。

（考えろ、考えろ。なんでもいい、まずは何か、最初のきっかけを。落ち着け、何を喋れば、彼女は俺の話を聞いてくれる？）

　少女と自分のつながりに焦点を当てようとするなら、知識より経験が物を言う。魔法使いは基本的にかなり真面目な男である。今回も、それはそれはもう、生真面目に不器用に思い出を手繰った。その結果、閃きがぱっと下りてくる。忘れぬうちに、あるいは思い直す前に、素早く彼は口を開き、ただちに言葉に出した。

「キッシュを、まだ食べていないんだぞ！」

　間が良過ぎたのか悪かったのか。静まりかえっていた草原に、青年の叫びが響き渡る。思っていたより、かなりがっつり声が通った。魔法使いの視界の外で、大精霊があんぐり口を開けるほどに。見守る人外の存在がすっかり意識から外れているのは、おそらく魔法使いにとってこれ以上ないほどの幸いだったことだろう。

　自分の声に激しくうろたえかけた青年だが、奇妙な確信もあった。今の言葉で、大きくて可愛らしい琥珀色の目を見張って、きょとんと彼女がこちらを向いたという手応えがあった。

ほとばしる貧弱な語彙力のままに、彼は純粋な欲望を垂れ流す。不思議と先ほど以上に言葉に力が籠もる実感が湧いた。

「しっ——新作の奴だ。私が野菜をあまり好きではないから、今度、野菜たっぷりな特別メニューで、作ってくれると言った……絶対に言った、貴女は！　まだ、食べてない。たっ——食べさせて、ほしい、な……」

頭の片隅の冷静な自分が、客観的にらしくないことを口走る自分自身に絶対零度の眼差しで突っ込みを入れている気配がするが、人命救助だ、人命救助のためなのだ、我に返ったら色々な意味で死ぬ。羞恥心を堪え、震えながらも頑張って彼女の注意を引こうとする。

「そっ、それから、洗濯物！　わ、私が貴女の服を触る訳にもいかないだろう？　た、溜まっていて、困ると思う……ぞっ！　あと、掃除！　私だけに任せていたら、またあの家はゴミ屋敷に戻る、それでいいのか？」

言っているうちに、自分から魔法要素を取ったら特にいい所が残らない気がしてだんだん悲しくなってきたが、けして悪いことばかりでもなかった。ある意味、彼の作戦は、目論見は、ドンピシャで当たったのだ。

透けていた手に色と形が戻り、青年の掌の下に柔らかで華奢な感触が現れる。はっと目を見張った彼の前、相変わらず生気のなく、焦点の定まらないまま、向こう側に草原が見える状態ではあるものの——フローラの姿がぼんやりと戻ってきていることが確認できた。

じわりと目尻が熱くなるのを、ぐっと唇を噛んで堪える。感極まっている場合ではない。まだまだ予断を許さない状況、ここからが大事なのだ。やっていることが確かに意味のあることなのだと、自分の声がちゃんと届いているのだと、形になって表れると、自信が、余裕が出てくる。ゆっくりと深呼吸すると、新鮮な酸素が回ったおかげだろうか、心なしか先ほどよりも明確になった思考回路が、あれほど紡ぎがたかった言葉を浮かべてくれる。

「私は……私は。貴女が一緒に暮らしてくれて、本当に嬉しかった……嬉しかったんだ。誰かが自分を待ってくれていることが、もう一つの温もりが私の家にあることが、本当に、本当に、幸せで……」

ぽつり、ぽつりと、声は漏れる。途切れ途切れに、時折続きを探しながら。けして理路整然とした文でなく、震えて情けなくすらある声音だったけれど、だからこそ、気持ちをそのまま伝えている。目の前に見える、見えない場所で迷っている人に向けて、話したかったことを、言いたかったことを、胸の中に渦巻く塊をほどいてほぐして伝えようとする。

「いつか貴女が、出て行くかもしれないと、わかっていても。それでも、貴女にずっと……ずっと、私の側にいてほしいと思った。いっそ貴女を閉じ込めてでも、一緒にいたいと思ったことだって、ある。実際には、貴女に嫌われることの方がずっと怖かったから、無理だったのだろうけど……」

琥珀色の瞳は相変わらず瞬きすらしない。けれどもう、はっきりとその美しい色がわかるまで姿を取り戻した。重ねた手に力を込め、魅入（みい）られるように彼女の目を覗き込む。

そういえば、初めて会った時も、一番印象に残ったのはこの琥珀色の目だった。優しくも神秘的な不思議な魅力を宿す色合いに、心が射ぬかれるようで、目が離せなくなったのだ。

「お願いだ、戻ってきてくれ。もう一度、笑顔を見せてくれ。言葉をかけてくれ。そして、私と――

私と、これからも暮らしてほしい。まだ、何も伝えられていない。まだ、何も貴女に言えていない。このまま行ってほしくない。頼む……！」

身体は輪郭を取り戻し、おそらくすっかりもう全部魔法使いの前に戻ってきているが、温もりや鼓動が感じられない。今のフローラは人形のようだった。名前を呼んで、彼女を呼んで、未練を呼び覚まして、帰ってくる場所を思い出させて、それでもまだ、魂が狭間の世界をたゆたって、迷っているのだろう。身体のある人間の世界は不自由だから、本能で幸せな方に、楽な方に引っ張られてしまっているのだろう。

（あと少し！　もう少し、なのに！）

これほど言葉を尽くして、思いを、力を乗せても、まだ足りないのか、取り戻せないのか。

――そうかもしれない。

何せ、青年と少女の縁は薄い。たった一月程度、一緒に暮らしていた赤の他人だ。言葉だけでは通じ合わない部分もあるのだろう。

だが、今度の彼は、首枷を自分で破る前のように、無力感にうなだれたりはしなかった。言葉の魔法で力が足りないなら、それ以上にするまで。直接伝えるまで。何をするか頭で考え口で説明するのは野暮というものだ。こういうのは、それこそ黙って感じるものである。

ほとんど勝手に身体の方が動いた。重ねていた手が上がり。優しく、しっかりと感触を確かめてから、彼女の身体を抱き寄せる。無抵抗な感触に、ぞくりと肌が粟立つ。奇妙な高揚感が巡るのを感じた。至近距離、琥珀色の瞳に自分の姿が映り込むまで近づいてから、一度だけ青年は心の中で気合いを入れ直す。

「――貴女が好きだ、フローラ」

　これからすることの意味を、はっきりと言葉にしてから、身体を倒した。

　好意の、愛情の伝え方は人類共通である。忘れたいような前科があったのは、結果的にはよかったのかもしれない。記念すべき初体験の本番で、力み過ぎるあまりど派手に転ばずに済んだのだから。

　最初は少々、怯（おび）え混じりに、おっかなびっくりと。一度触れ合えば、たがが外れる。この先に進みたいと身体の奥からせり上がる純情が、欲望が、さらに動きを大胆にする。重なり合わせた所から、むさぼるように、深く奥まで、柔らかな彼女を浸食し、堪能（たんのう）しようとする。

　そうして情熱的に唇を奪った瞬間、少女の身体に確かに熱が戻るのを、熱い血潮が蘇るのを――魔法使いは肌に感じた。

＊＊＊

　ふわふわと漂う。上下も前後も曖昧（あいまい）だ。ただ、楽しさだけがそこにある。闇の中では無数の光が灯って瞬いている。幻想的な空間。今から自分もこの光の一つになるのだ。それはなんて嬉しくて、幸せで、安心することなのだろう。もう、何も考えずに済む――。

（……あれ？）

　まどろみの中を仲間達と共にゆるく戯（たわむ）れながらぷかぷかと漂っていると、違和感を覚えた。

（誰かが、呼んでいる……）

　足を止める。何かがおかしいと感じるが、はっきりしない。思考はぼんやりとしていて、今にも流

れて周囲に溶け出してしまいそうだ。

(まあ、いいか。きっと、大したことない……)

うとうとと、また穏やかな眠りに包まれていこうとした、その時だった。

「キッシュを、まだ食べていないんだぞ！」

ほぼ絶叫だったその声が響いてきた瞬間、ほわほわ夢見心地な気分が消えて一気に目が覚めた。

聞いたことのない男の人の声。それなのになぜかとても懐かしく、親しく、切ない。なぜだろう？

一声でそれが誰のものなのか、はっきりと理解することができた。

——それは、彼女がずっとほしくて。けれど、手に入らないものだと諦めていたものだったから。

思い出すと、次に蘇ったのは帰ってきてほしいという言葉。そして——。

(そっ……そうだ！　一日もあの家を空けてしまっていたんだもの、やることが山積み、すぐに帰らないと大変なことになる！)

すべてのムードを吹っ飛ばすは、懐かしきガラクタ屋敷の破壊力である。こんな所でのんびりしている場合ではない、掃除も洗濯も料理も何もかも残っているのだ。彼がお腹を空かせて待っている。

そう思うと、手が、足が、身体が、顔が、自分の所に戻ってくる。身体を取り戻していく作業は痛みや苦しみも伴ったが、これでいいのだとますます確信した。

(だって、前も、そうだった)

——前も？　ふと疑問を覚える。

そう、昔も同じようなことがあった。あれは、いつのことだったのだろうか。

線を越え、人を越え、激痛をくぐり抜ければそこは無の世界だった。

少し前までぐずっていた幼い少女——フローラは、今は手をつないでもらって上機嫌に鼻歌を歌っている。光の一つになって、大きな翼に抱かれている。

いや、翼とは違うだろうか？　彼女は初め、闇の中に溶け出すそれが羽ばたいているように見えたが、どうやらよく見てみると、数ある腕の一つに優しく抱かれていたらしい。光にも似た透明な腕の先端から何かが流れ込んでくる。くすぐったさに震えたが、嫌な気分ではない。彼の隣はとても落ち着く。

はるか以前、気の遠くなるほどの昔から、ずっとそうしていたような……。

まもなく彼女の脳裏に、人の声が聞こえるような感じで、相手の思念が直接伝わってくる。

【ずっと、ずっと昔。とある大精霊の一柱が、何の運命の悪戯か、人間の男に恋をした。異種？　身分差？　年齢差？　知ったことか、どーしてもあの人と添い遂げるんだ、愛し合えないなら死んでやる、ついでに周りも道連れにしてやる——って、それはもう、激しくゴネにゴネてだね】

「ごね……？」

フローラからすれば、なぜ今その話を自分に始めたのかがわからない。大いなる存在は聞き手の困惑に構わず、ゆるりと腕のような翼のような不思議な形の身体を動かしながら、マイペースに話を続けている。

【いやあ、あの時だけはさすがのぼくも、かなりヒヤッとしたよ。何せ同じ大精霊とのガチ喧嘩になりかけた訳だし。世界が終わってもおかしくなかったよね。マジでマジで】

「？？？」

【とにかくぼくも最初は、大精霊がそんなだだっ子みたいなこと言うんじゃありません、立場が違いすぎるの諦めなさい！　って説得に回っていたのだけど……あまりに向こうが頑張るもので、このまま
じゃ誰もが損する一方だって思ってね。だからとうとう、ぼくの全力で、空の魔法で、決着をつけることにした】

少女は琥珀色の目をゆっくりと瞬かせた。

「……けっちゃくって？」

【精霊だった時のことをすべてなくして、人間になってしまう呪いをかけたんだよ】

大いなる存在はゆっくりと答えた。そこから慈愛と、ほんのわずかな寂寥が伝わってきた――そんな、気がした。

【それからぼくはずっと、彼女の子ども達を、そして彼女自身が何度も生を繰り返す様子を、見守っている。ぼくだけは、誰がどれだけ忘れても、彼女のことを覚えているから……】

首を傾げたフローラが次に言葉を出す前に、彼女の後ろから切羽詰まった声が聞こえてくる。

――フローラ、お願い。戻ってきて……！

「……ママ。ママがよんでいるわ」

そうだ、自分は、言いつけを破ってしまった。きっと心配させてしまっている。早く帰って謝らなければ、怒られてしまう、泣かせてしまう。

振り返ろうとする彼女の姿が、光の一つから幼い少女の形に戻っていく。

するりと手が離れた。温もりが離れていく感覚に少女がくしゃっと顔を歪めると、一度だけなだめ

るように戻ってきて、彼女の前髪をくすぐる。

【人間の世界にお戻り、可愛い妹（シュヴエスター）。ぼくはきみを呪い続けるから、たぶんこの話もすぐに忘れてしまうだろう。ぼく自身のことも、そう多くは覚えていられないかもしれない。でも、それでいいんだ。誰かがきみを呼ぶ間は、きみが誰かを呼ぶ間は、人の中で生きておいで】

とん、と突き飛ばされるように少しだけ押されると、つながっていた感覚が切れて思考も伝わらなくなった。身体がぐんと後ろ向きに引っ張られ、あらゆる感覚が、感情が戻ってくる。快だけでなく、不快までもが身に染みて、元の通りに定着してしまおうとする。フローラ、と名前を呼ばれる度に、煩（わずら）わしい現世の情報が脳に刻まれていく。

けれど、そうだ。彼女はその、痛みと苦しみのある世界を選んで、そこで生きていくと決めたのだ。愛する人と共にいられるならと、この世で最も恐ろしく、最も優しい呪いを受け入れたのだ。

——わたしの、たったひとりの、おにいさま（ブルーダー）。

遠い、遠い、夢から覚めたらけして思い出せない、いつかの記憶。


すとん、とどこかから落っこちたような感覚と共に、彼女は戻ってきた。とても、とても苦しい。息はできないし、身体は動かない。耳は……なんだろう、至近距離での誰かの呼吸？　温もり——いや、熱も全身に感じている。

いぶかしげにうっすら開けた目に、人の顔が映る。それが人の顔だと気がついたのは、少し遅れてからだった。彼が一瞬だけ顔を離してくれたから、ああこれ顔のドアップだったんだな、ということがわかった。相手は作法通りに瞼を下ろしているのだが、フローラにはばっちりその顔が見えた。何せ、目がいいことには定評があるもので。

「――○×△□※#⁉」

自分がどういう目に遭っているのか理解すると思わず叫んでしまった。が、悲鳴のような驚きのような声も、塞がれて吸い取られてしまう。

「ん、んんうっ――んー、んー！」

色々言いたいことはあるが、とにかくまず、息ができないのだ、苦しいのだ、空気を切実に所望する。バンバン必死に胸板を叩いて暴れ回ってみるが、なぜかより一層拘束は強まるし、腕をつかんでいただけだった手は彼女の背中に、腰に回って密着率を上げてくる。

改善を求めたら状況が悪化した。どうすればいいと言うのだ。

重なって唇の感触を確かめるだけだったはずが、いつの間にかこじ開けられ、ぬるりとした感触が口内を蹂躙する。けして不快ではない、むしろ浮かされるように身体の奥に熱が灯り、共に燃え上がってさらに高みに行けそうな、新しい快楽の味ですらあるのだが――。

（もう、駄目……）

今の今まで、星空のような幻想空間を漂っていた少女に、この寝起きのディープインパクトは刺激が強過ぎた。くらっ、と熱が最大限回った所で落ちそうになると、そこでようやく満足したのか気を利かせたのか、青年は少女の口を解放し、なんとも言えない顔のままガチガチに固まっている彼女に向かって、開口一番こう言った。

「この、大馬鹿者！」

ああ――まさしく、先ほど夢のような幻の中で聞いた声だ。想像通りだが、少しかすれていて、高過ぎず低過ぎず心地よい青年の声。

本来、彼女は怒鳴りつけられるのは大の苦手である。が、この時だけは、色々な意味のキャパオーバーで飛びかけた意識を戻してくれたので、ちょうどよかったように思えた。

「ごっ、ごめんなさいっ……」

ぐるぐる目を回しかけながら、フローラは答えた。染みついている謝り癖は、動転していても咄嗟に出てしまうのである。魔法使いは再び彼女の両腕をつかみ、彼女が見たこともないほど怖く、それでいて泣きそうな顔で言いつのる。

「私がどんな思いで、すっ飛んできたと思っているんだ！　見てわかるだろう、着替えの手間だって惜しんだし、鞄（かばん）を持ってくる時間すら惜しかった。それなのになんだ貴女は、勝手に一人で先走って消えようなんて、どういうつもりなんだ！」

責められているうちにフローラもだんだん何が起きていたか思い出し、状況を理解する。彼女はしおらしく、しょぼんとうなだれた――訳ではなかった。もちろん、彼をひどく心配させたのだろう、迷惑をかけただろうことは本当に、心の底から申し訳ないと思っている。だが、彼の言い分にはカチンと来る部分もあった。こちらだって魔法使いに言ってやりたいことの一つや二つあったのを思い出し、きっと青年を見上げる。

「そっ――それを言うなら、魔法使い様だって同じです。わ、わたしのことばっかりだったじゃないですかっ……！」

「それのどこが悪い!?」

「悪いに、決まっています……！」

　言い分を聞こうじゃないかとでも言いたげに魔法使いがぐっと堪え、眉根を寄せたまま待っているのに励まされて、フローラは続けた。

「あ、あのですね……！　嵐の晩にお出かけになった時も思いましたけど、あなたはもっと、ご自分のことを大事にするべきなんです！」

　相手が危険な目に遭って心配していたのはお互い様だと反論してみせる彼女に、魔法使いはさらに表情を険しくした——と言うよりかは、なんだか拗ねているような顔になった、気がする。

「私の方は別にいいだろう。男だし」

「よくありません！　ま、魔法使い様は、ご自分のことに、頓着しなさ過ぎます！　わたしが、あなたが危なそうなことをする度に、どれだけ怖い思いをしているか——」

「なっ——そ、そんなこと言われても！」

「なんですか！」

「うっ——こ、怖かったと言うがな！　貴女がいなくなるかもしれないと思った私の方が怖かった、絶対に——」

「いいえっ、わたしの方が——」

「いーや、私の方が——」

「おーい。もう、その辺でいい？」

　唐突な横やりに、二人とも文字通り飛び上がって、急速に距離を開けた。重なり合っていたシルエットが、きっちり二つに分かれる。

音の鳴る勢いでぐりんと顔を向けた方向には、朗らかに笑う少年の姿があった。

突然の見知らぬ存在に困惑している彼女の横で、魔法使いがなにやら下を向いてもぞもぞやっていたかと思うと、さっと石版を向けてくる。

『あれは、空の大精霊だ』

「空の、大精霊……様……？」

フローラは目を丸くする。

確かに、悪霊を一瞬で消し去った辺り、力のある精霊ではあるのだろうが、大精霊とは彼らの中でも最上位の、特別な存在のことを言うのではなかったか。

なんか、実物はイメージよりも大分、軽い、ような……。

（……いいえ、そんなっ！　別にそんな、軽んじるようなことは！）

うっかり湧きそうになった邪念を振り払おうと首を振る。彼女の内なる心を知ってか知らずか、大いなる人外は爽やかに挨拶をしてくる。

「やあやあ、きみの記憶では、初めましてか二度目ましてかな？　まー、どうせなーんにも覚えてないし、わかってないだろうからちょっとだけ疑問に答えておくとだね。ぼくはニンフェの一族と過去に因縁があるんだ。きみに色々とサービスしてあげたのも、きみがぼくの喚び出し方を知っているのも、そういう訳だよ」

姿はともかく、声はどこかで聞いたことがあるような……なんてフローラが悩んでいる間に、さらりと何か大事なことを教えてもらった気がするのだが、あまりにあっさり過ぎてこちらもそれ以上追求しようがなかった。大精霊はさっさと話題を魔法使いの方に戻してしまう。

「でもさー、きみもきみだよね。ぼく、珍しくちゃんと事前連絡までして彼女のことを頼んだのに、あっさりあんな悪霊のなり損ないに襲われてピンチ作っちゃうとか、何やってんの？」

『事前連絡？　そんな親切なものがあった記憶は、終ぞないが……』

「えー、言ったじゃーん？　朝、わざわざ出かけてって、まだ寝てたから耳引っ張ってたたき起こしてさ。今日うちの子送るから、面倒見てねって、変な奴に追いかけられてるから、守ってねって、ぼくちゃんと言ったもーん」

　魔法使いの方は数拍分沈黙して固まっていたが、何か思い出したようにぽんと手を叩いてから、石版上で絶叫している。

『ずっと引っかかっていたあの日のあれは、そういうことかっ――！』

「ん？　まさかとは思うけど何……もしかしてきみ、寝ぼけてたの？」

『十年の付き合いだろう、前にも何度か見てるんじゃないのか、俺の寝起きは最悪だって、起きた直後の記憶は飛ぶって、いい加減学べよ！』

「えぇー。大精霊、些末なことをいちいち覚えてらんないからー」

　魔法使いの寝起きは半覚醒状態、性格ががらりと変わる上に、意識がはっきりしていないことは、フローラもよーく知っている。あの状態で何か言われたとしても、正気に戻った時にきちんと覚えていることはまず無理だろう。

　些末なこと、とばっさり切り捨てられた彼に少々同情していると、やはり色々納得できない所があるのだろう。ジト目の魔法使いが、どこか恨みがましく文字を表示し続けている。

『大体、元からして不親切じゃないか。貴方が最初から守っていたら、そもそもディアーブルをあそこまでのさばらせることもなかっただろうに』

フローラは魔法使いに言葉にしてもらって初めて、漠然と思っていた気持ちが形になったような気がした。そうだ、別に大精霊に助けてもらいたいなんておこがましいことは思わないが、ここまでちょっかいをかけてくるのに手の出し方が中途半端と言うか、そういう部分は感じていた。

大精霊は、悪びれる様子もなく、しれっとしていた。

「ぼくの力はやすやす使っていいものじゃないんだ。貸してあげてもいいけど、試練を乗り越えなきゃいけない。それが理というもの」

『もっともらしいことを言っているが、本当の所はどうなんだ？』

「せっかく全部忘れられてるみたいだし、それなら思わせぶりに立ち回った方が色々盛り上がりそうだなって。まあ最悪悪霊と結婚しちゃってもほら、誤差の範囲内だって。大丈夫、大精霊は器量大きいから、闇落ちしたぐらいで好きな子を嫌いになんかならないよ！」

『ふざけるな！　お前はそれでいいのかもしれないが、こっちには大問題だ！』

どんなにあどけない少年らしく振る舞っていても、人外はやはり人外だったということだ。遊びの一環で助けられたが、同じく遊びの一環で危機を放置されたらしいということまでわかって、フローラも思わず遠い目になる。すると、それまで軽薄な調子で通してきた少年がふと真面目な顔つきになった。つられるように、人間の二人も思わずぴんと背筋を伸ばす。

「でも、あくまで物事の主体がきみ達自身でなければいけないのは、本当。選ぶ側から選ばれるだけの側に変わるということは、義務と同時に権利を放棄するということ。いざって時、奇跡の力に頼るのは構わない。でも、頼るのが当たり前になったら、少しずつ人間を離れていく。きみ達はとても怖い思いをしたね？　それをけして忘れてはいけないよ。怖くなくなった時から、人でなくなってしまうから」

諭すように言われて、フローラも魔法使いも神妙に頷いた。二人の間にできてしまっている距離を、フローラの方からちょんと動いて詰める。そっと硬く大きな掌に華奢な手を重ねると、青年はびくっと一瞬驚いて身体を緊張させるが、直後に力を抜き、彼女の方を向いて優しい目を返してくれる。

「魔法使い様は、しっかりしているようで、危ない所もある方ですから。わたしが、見守ります」

口論しかけてフローラは改めて思った。この人は、独りで暴走させると危ない所まで行ってしまう人だ。だから、自分が側にいて、時々引き留めてあげたい。彼にとって、必要な人間で、ありたい。できればただの家事手伝いというだけでなく。余計な卑屈さを感じることもなく、素直にそう思うことができた。

手の位置関係が一度逆転してからもう一度解かれ、収まりどころを探るように何度か試してから、指を絡ませ合って落ち着く。二人が見つめ合い、意味深な眼差しを交わすのを見守ってから、ふっと息を吐き出した大精霊が大きく伸びをする。

「さてと。ぼくはもう行くよ。後は人間同士で頑張ってね」

大精霊は気ままにまた無に戻ってしまおうとしている。たちまち薄くなっていく彼に、はっと気がついた少女が慌てて呼び止めた。

「あの！　一つだけ、お聞きしてもよろしいでしょうか？」

大精霊は半透明になりつつも、淡くきらめくエメラルド色をこちらに向ける。肯定の態度を受けて、少女はふと浮かんだ疑問を投げかける。

「どうして精霊達は、魔法使い様の所に、わたしを送ったのですか？」

少年はフローラの質問に、なんだそんなことか、というような顔をした。こともなげに答える。

「安全な場所に逃がしてってお願いしたんでしょう？　それなら最も安全な人間の側に送るのが、一番じゃないか」

空の大精霊（ぼく）が言うんだから間違いないよ、だから下位精霊達もそうしたのさ——。

少年の言葉は余韻を残しつつ、姿と共に消えていった。しばらく、晴れた日の空の下、広大な草原の中で、手をつないだまま二人は黙り込んでいる。何度か互いに目をぱちっと合わせては、なんとなくうつむいて、を繰り返す。そのうちに、おずおずとフローラは切り出した。

「ところで、魔法使い様……」

『なんだ』

「気のせいでは、ありませんよね？　先ほど、喋っていらっしゃいましたよね？　どうして途中から、筆談に戻っていらっしゃるのですか……？」

痛い所を突かれたのか、魔法使いは甘い雰囲気のとろけるような微笑みから、真顔に戻った。だんまりを決め込もうとしたが、琥珀色の瞳にじーっと見つめられると、負けたのか渋々石版を出してくる。

『……その、喋るのが、大分久しぶりだったから疲れたし……こちらの方が落ち着くから』

目を逸らした彼に向かって、フローラはそれ以上なんと言ったものか迷い、引きつった笑顔のまま硬直する。

——でも、彼らしいと言えば、彼らしい。

思わず笑い声を漏らしてしまった彼女に、魔法使いはむっとしたような顔を向けたが、すぐに毒気を抜かれたようになる。

それから穏やかな優しい微笑みを浮かべた彼に、彼女もまた、心からの笑みを返した。

【エピローグ　訳あり魔法使いと逃亡中の花嫁】

二人とも落ち着いた所で、魔法使いは現在地を特定すると言い、地面に何か落書き――ではなくたぶん魔法陣――を描き始めた。

『貴女の従姉妹についてては、アルチュールの町に放置されていた所を発見したので、保護している。セラやシュヴァリも心配しているから、早く無事な顔を見せに行かないといけないな。封印を施してきたから、もう魔獣が前のように跋扈することはないと思うんだが、念のため確認しておかないと落ち着かないしな』

石版で説明されてほっとしたと同時に、気になる部分があった。

「ええと、封印、とは……？」

『貴女を助けるために森を離れる必要があったが、私が森を離れると以前のように魔獣が町を襲いかねない。だから出かける前に、さっくりちょっとと封印してきた』

「さっくりちょっとでできるものなのですか、それは⁉」

『人間頑張ればなんとかなるものだな』

（魔法使い様だけなのでは っ……！）

フローラが目を回していると、魔法使いは少々迷ったような仕草を見せた後、そっと文字を浮かべた。

『わかっていたんだ。本当はもう、ずっと前から、森に閉じこもらなければいけない理由なんてないことを。気持ち一つで、もっと人のいる場所に出て行けるということを。でも俺は臆病者で、独りでいられる大義名分を失いたくなかった。不注意で誰かを消して化け物と蔑まれるぐらいなら、役立たずのまま一生閉じこもっていたかった』

彼はそこで一度切った。フローラに向けて、優しい微笑みを浮かべる。

『だけど思いがけず、貴女が来て——そうも言っていられなくなったな』

「魔法使い様……」

現在地探索の魔法が終わったらしい。光を失った魔法陣から立ち上がって、彼はほっとした表情になった。

『よかった、変な場所に飛ばされていなくて。ランチェの中だ。森からもそう遠くはない』

きっと今自分達がどこにいようと、恐れを感じることはない。フローラはそんな風に思う。魔法使いと一緒にいるだけで、全く安心感が違う。だからそうやって気がゆるんだ拍子にだろうか、ふっと一つの疑問がフローラの口から漏れていった。

「結局、魔法使い様は何者なのですか?」

『と言うと?』

フローラはやや慌てたが、言ってしまったら逆に腹がくくれた。今までずっと気になってはいたが、どうにも口にし辛かった部分について、ここぞとばかりに質問する。

「あなたがただ者ではない——きっと力を持った魔法使い以上、あるいはその他と表現してもよいでしょう、何かしらの秘密を持っていることはすぐに推測できました。わたし、魔法使い様がどうしてあの森に一人で暮らしていらっしゃったのか、知りたいんです」

『ええと……つまり？』

「ディアーブル伯爵に、身分を提示していらっしゃいました。ご自身で説明していらっしゃったはずです。それは正統な貴族の証であると――」

魔法使いは一瞬ひるんだような気配を見せたが、こちらも今更と思ったのだろうか。息を吐き出してから身体を弄り、鎖付きの指輪をぽんとよこしてきた。

『こういうことだ』

軽率に手渡された貴重品に内心ぎょっとしつつ、フローラは改めて観察する。銀色の指輪に彫られているのは、魔法使いの左胸の徽章と同じ、百合と翼を特徴とする模様だ。

――すなわち、ランチェの模様。

じっと見分しているフローラの顔がだんだんと引きつっていく。

「あの……魔法使い様。気のせいでなければ、これってランチェの国の――というか、王族の紋章だったと思うのですけど……」

『だから、そういうことだ』

魔法使いは少し前までは気まずそうにしていたが、一周回って開き直ったのだろうか。咳払いして、しらっと言ってのける。

『私の正式な名前はルシアン＝フェルディ＝ド＝ランチェ。……つまりまあ……一応元は第三王子だった訳だが、細かいことは気にするな』

「細かくないですっ、全然細かくないです！」

道理で、育ちが良さそうだし教養には溢れているようだし結構いい暮らしをしていたし、その割になぜか生活力だけが異様に低過ぎると思った。けれど、まさか一国の王子とまでは思わないではないか。

今更ながら、自分は彼のことを何も知らなかったのだとフローラは思い知らされる。驚愕に目を見開いている彼女に、魔法使いはさらに説明の言葉を続けた。

『貴女が以前、魔法を暴走させて人を傷つけたと話してくれたが、私も同じだ。空の魔法で、取り返しのつかないことをしかけた。それで怖くなって逃げてきて、森の魔獣に八つ当たりをして、大精霊に声ごと魔法を封じられて……森に一人で暮らしていたんだ』

彼はそこで言葉を句切り、深緑色の目を揺らす。

『その。これから森に帰ろうと思うが……貴女はこんな私とでも、一緒に来てくれるか？』

「わたしの気持ちは変わりません。これからも一緒にいさせてください」

フローラの返答は素早く、彼女にしてはしっかりしていた。

王子と聞いて驚きはしたが、それで嫌いになったり離れようとなんて気持ちにはならない。

ほっとしたような表情になった魔法使いが、しかし直後表情を険しくさせた。フローラも何かを感じ取ったらしい彼につられて身を固くする。警戒するように何者かが向かってくる方を睨みつけていた青年だが、まもなくその表情が引きつったものに変わる。

「……げっ」

「げ？」

思わずといった風に彼の口から漏れた言葉にフローラが首を傾げると、くるっと振り返った彼は素早く石版を見せてきた。

『詳細(しょうさい)は後で説明する。とりあえず逃げるぞ』

「……えっ⁉　ちょ、ちょっと⁉」

フローラが何がどうしてその結論が出たのかわからず困惑する一方、魔法使いの行動は素早かった。

小声で何か唱えていたかと思うと、腕を振る。巻き起こった風がぴゅんと放たれて飛んでいき、草原の中に見えた物影を散らして――。

「何をするのですか、ひどいっ！」

「この容赦(ようしゃ)なさと共に若干(じゃっかん)の思いやりが添えられた魔法は、間違いなく殿下！」

「また地味に面倒な妨害を！」

「お待ちを、殿下！」

……なんだかこちらの緊張が抜ける、押し合い圧し合いしつつ、ぎゃーぎゃーわーわー騒いでいる音が聞こえる気がするのだが。

魔法使いは特に頓着(とんちゃく)した様子を見せず、フローラの手を取ると、くるっと背を向けて走り出――そうとして、思い直したように早歩きになった。同行者が普通に走ったら色々と不都合の起きる服を着ていたことを思い出したのだろう。

フローラは慌てて、取られなかった方の手で花嫁衣装を抱え、長く重たいドレスの裾を踏まないように注意しつつ、一生懸命彼の後についていこうとする。が、今聞こえてきた言葉に、どうしても気になるものがあるので、小走りになりつつもおそるおそる魔法使いに口を開く。

「あ、あの！」

『なんだ？』

「あれは、お知り合いの方――と言うか、ひょっとして、王家からのお迎えではないのですか？　逃げたりしてしまって、大丈夫なのですか!?」

『良くはないだろうが……心の準備ができていなくて。たぶん、貴女を追いかける時に結構派手なことをしたから、とうとう居場所がバレたんだろう』

　フローラは思わず納得してしまった。確かに、ずっと家出中だった所に急な再会がこのような形となれば、逃げたくなる気持ちもわかる――かも、しれない。

　しかし、やはり慣れない衣装及び足下が良いとは言えない草原で逃亡劇を続けるのは、少々無理があったようだ。

　まもなく息が上がってしまったフローラに合わせるように魔法使いが歩調をゆるめると、追っ手の姿が見えてきた。ぜーはー言いながらも追いついてきた――格好からして、騎士と魔法使いの部隊なのだろうと思われる――人達は、お互いの顔がはっきり見える位置まで追いついてくると足を止めて――大の大人達が、一斉に涙を滂沱と流しつつ感無量な感じで口々に言葉を連ねる。

「で、殿下！」

「待てと言えば待ってくれる、やっぱりこの優しさはルシアン殿下！」

「第一王子と第二王子にも爪の垢を煎じて飲ませたい！」

「ここで会ったが百年目！」

『大精霊みたいな雑な計算をするな！』

　魔法使いに一喝されると男達は一斉に黙ってお互いを見回し、代表者一名が再び口を開ける。

「で、では十年と三ヶ月と十六日目……」

『今度は細か過ぎないか!?』

「それにしても、陰のあるイケメンに育ちましたな、殿下！」

「かっこいいですぞ殿下！」

「と言うかなぜ筆談、我々と話すのがそんなに嫌ですか!?」

『うるさいっ』

彼らははたして治安維持部隊なのだろうか、それともただのファンクラブなのだろうか。

わたしの知っている騎士団や魔法使いと違う、と気が遠くなるフローラだったが、思えばランチェのお国柄は全体的にディーヘンより、よく言えば明るく、悪く言えば浮かれている。

気を取り直している彼女の横で、真面目な顔になった魔法使いがこほんと咳払いした。

『その。十年前、何も言わず、勝手に抜け出して悪かった。だけど……ようやく、時間を進めていいと、思えるようになったんだ。身勝手なことを言っているのはわかっている。それでも今度、こちらから、ちゃんと挨拶(あいさつ)しに行くから。その時、全部話すから――もう少しだけ、父上、母上、兄上達と一緒に、城で待っていてくれないか』

はっ、とフローラは魔法使いを見た。

ずっと、森の中で一人でいた彼が、変わろうとしている。それはよいことのように思えたし、変化を迎えて何かと苦労するだろう彼に、寄り添って支えていたいと思う気持ちが芽生えてくる。きゅ、と握りしめた指先に力を込めれば、返ってくる確かな反応があった。魔法使いの静かな雰囲気に、わちゃわちゃしていた大人(おとな)達も空気を読んで大人しくなる。

「……わかりました」

「ところで殿下、つかぬことをお伺いいたしますが」

『なんだ』

「お隣の女性とは、どういったご関係なのでしょう」

……大人しいまま終わらせてくれる訳がなかった。

確かに、あちらからすると、十年ぶりに出奔した王子を探しだしたと思ったら、仰々しい花嫁衣装をまとっている少女を伴っているのである。仔細を問いただしたくなるのももっともと言えばそうである。

急に矛先が飛んできて、視線を受けて愛想笑いのまま固まるフローラに、ふうと息を吐き出した魔法使いが悪戯っぽい笑みを向けてきた。

『フローラ』

「はい」

『逃げるか』

「……はいっ！」

この賑やかな一団相手に込み入った事情を説明しようとしても、なんだか拗れそうな予感しかしない。どうせ十年ぶりに帰ると伝えたのだ、ならばその時たっぷり嫌というほど話せばいいだろう。

フローラが微笑みを返して答えると、彼はさっと彼女を抱え上げた。逆らわず、むしろ首に手を回してしがみつく。あちらが呆気に取られている間に、魔法使いは素早く宙に飛び上がって風に乗ってしまった。

「で、殿下あーっ！　いけませんぞ、そのような！」

「殿下が軽薄なランチェ男になってしまった！　うわあああああああん！」

「殿下だけは清らかだと！　殿下だけはいつまでもランチェ人っぽくないままだと信じていたのに！」

フローラは遠ざかる野太い悲鳴に若干の気の毒さを感じつつも、思わず声を上げて笑ってしまう。

それも落ち着くと、ぱちりと至近距離で目が合った。咄嗟に慌ててうつむいてしまう彼女に、魔法使いが優しい言葉をかけてくる。

『帰ろう、私達の家に』

「はい、魔法使い様。……あの、ところで、その……」

『何か気になることでも？』

「魔法使い様が里帰りしてご挨拶しに行くということでしたら、わたしも、きちんと話をしたい人がいて……」

なぜかそこで、今まで穏やかだった彼の雰囲気が一気に剣呑になった。

『……男か？』

「へっ!?　ち、違います違います、保護していただいた従姉妹です！」

『ああ……あの彼女か。なら、問題ないな。一緒に行こう』

当然のように言ってもらえて、フローラは少しくすぐったい気持ちになる。機嫌が直ったかに見えた魔法使いだったが、すぐにまたじーっと彼女の顔を見つめてきた。

『ところで、私も気になることが一つある』

「なんでしょう？」

『きちんと名乗ったのだし、名前で呼んでくれないのか？』

きょとんとしてから「あ」の形に口を開く。ずっとそれで慣れてきてしまっていたが、フローラは今まで一度も彼の名前を呼んだことがない。本人がうっかり言い忘れていたせいでもあるのだが、それはさておいて。期待の籠もった目に、はにかみ、どもりつつもフローラは応じる。

「ルッ——ルシアン様」

『うん』

「あの、ルシアン様も、わたしの名前を呼んでくださらないのですか？」

『何度も呼んでいるじゃないか』

「言葉で——その声で。文字ではなく、あなたの声を聞かせてくださらないのですか」

少女にじっと視線を返されると、一瞬うっと息を呑む顔になってから、青年はごくごく小さな声で囁きかける。

「……フローラ」

少女はぱっと花のような笑顔になると、ルシアンに抱きつくようにして、頬にキスを落とした。

訳ありの魔法使いと、あと少しだけ逃亡中の花嫁の未来は、昇る温かな日の光の下、幸せと輝きに満ちていた。

【後日談　私にも料理はできる】

『いつも貴女にばかり家事をさせているから、たまには私もやってみようと思う！』

ある日の午前、リビングで繕い物をしていたフローラの所に調合部屋からルシアンが出てきたかと思うと、唐突に元気よく宣言した。

喋れるようになったはずなのに相変わらず会話の大半に筆談を選んでいるのは、十年間染みついた癖がなかなか取れないことや、話すことにまだ慣れていないせいなのかもしれない。

フローラは笑顔のまま、文字通り固まる。彼女が黙ったままだと、彼もやる気満々の顔のまま突っ立っている。

「ええと……あの、理由をお聞きしても……？」

これはどうやら本気で言っているらしいし空耳でもないらしい、と理解したフローラが、とりあえず裁縫道具を片付けながらおそるおそる尋ねてみると、彼はピクッと眉を動かす。

『いや、別に特に特別なことは何もなかったのだが……不満か？』

「ふっ――不満では、ないのですが！　その、今まで全部お任せいただいていたので、本当にこう、どうしたのかなー、と……」

フローラは慌てて言葉を返す。不満と言うか、どちらかと言うと不安なのである。彼女は自分がいないとルシアンがどれだけ杜撰な生活を送るか、正確に理解しているつもりだ。

魔法使いことルシアン＝フェルディ＝ド＝ランチェは、元王国の第三王子という出自のおかげか（いや元ではなく今もなのだが、絶賛家出中らしいので）、共同生活中、世話を焼かれることにはそこまで抵抗がなかったように見られた。それはそうだろう、元来周りにちやほや世話をされて当然の身分の人間なのだから。

逆に十年間よくセラだけでなんとかなったなとも思う。週一の通いの家事だけでどうやって生活していたのかについて、ちらっと少し前にルシアン本人に聞いてみた所、

『案外なんとかなるものだぞ、高みを目指さなければな』

なんて志の低い回答をした後、さすがにばつが悪かったのか言い訳は続き、

『前も言ったかもしれないが、私は他人と会話をすることがそこまで得意ではないし、空の魔法がある以上、なるべく人を近づけたくもなかった。アルチュールの魔物を殲滅させた力は畏怖され、町の人間も私に積極的には近づきたがらなかった。セラはほら、放っておいてくれるような人じゃなかったから、勝手に押しかけてきていた部分が大きくて。それで、貴女の方は……まあ、その。色々と、特別だったから。精霊が見える特異体質なんだろうということはわかっていたし――』

等と言ってからまだ文を続け、

『だ、だがな！　別にその、下心だけで迎え入れた訳ではないぞ⁉　いやその、精霊のことについて興味がなかったと言ってしまえばもちろん嘘になるし、私も男だから期待しないことが皆無とは言えないがって違う！　だからその、貴女自身にだってちゃんと興味はあったし、と言うか興味がなかったらまず泊めないし、ベッドだって渡さな――いやこれも違う。あの、本当に困っていて行く先がないから手を差し伸べたいと思ってだな、邪悪な魔法使いに狙われたことがあると言うなら私が守ってあげた――何を言っているんだ私は、いやでも本当に貴女はとても好ましい人柄で家のこともやって

くれて、髪だって整えたら可愛かった、しかも私と一緒にいてくれることを選んでくれてこれ以上何を求めろと言うのか、つまり私は――』

その辺りで必死にまくし立てていた言い訳が、いかにフローラのことを好ましく思っているかというプレゼン大会になっていることに気がついたのだろう。しかもフォローするつもりの下心云々について、思いっきり自分で肯定するという自爆っぷりである。

恥ずかしくなったらしいルシアンは調合室に撤退し、フローラはフローラで一人残されてひっそりと悶絶することになった。

ともかく。急に彼が（家事的な意味での）自立精神に目覚める心当たりが、少なくともフローラにはない。彼女は首を傾げ、おずおずと聞いた。

「あの……もしかしてわたし、何かお気に障るようなことを――」

「する訳ないだろう!?」

ルシアンは咄嗟に叫ぶように言ってから、はっとなって慌てて石版を出している。

『その……貴女の問題ではないんだ、全然。本当に、貴女のしてくれていることには満足している。どちらかと言うとその逆で、私がこう、貴女に対してできることが少な過ぎると言うか、いくら顔がよくて魔法が使えても甲斐性がない男はいずれ愛想を尽かされるとか、セラが――』

一瞬声が聞けて嬉しいのと、すぐにまた筆談に戻って残念なのと、二つの気持ちで揺れているフローラだったが、彼の言葉に思わずふっと目が遠くなるのを感じてしまった。

つまりいつものごとくセラに発破をかけられたのを、ド真面目に真に受けたということがことの真相らしい。

（わたしは別に、愛想を尽かすなんてそんな、考えたこともないのだけど……）

むしろ任せてもらえることが彼女がこの家にいられる存在意義の一つであるとも思っているぐらいだが、彼の方はまた別の考えらしい。

『とにかく！　貴女に任せっきりではなく、私自身の選択肢も増やしていこうと思う！』

きらきらと瞳を輝かせている青年を前にすると、フローラも強いて否という気持ちにはなかなかなれない。

（確かに、わたしがいつも元気でいられる訳ではないだろうし……やってくれようとする気持ちは嬉しい。最初なのだもの、別に失敗したっていいわ。これで彼の気が済むなら、その方がきっといいのだわ）

彼女はそう納得して、ルシアンの好きにさせることにした。


そして早速後悔した。

「あの……魔法使いさ――」

「ルシアン」

「――ええと、ルシアン様……」

未だについ魔法使いと言ってしまうフローラの咄嗟の呼び声を素早く口で訂正してから、ルシアンは石版に文字を浮かべる。

『待ってくれ。もうちょっとでなんとかなるはずだから。たぶん、なんとかなる、はず……なんだ』

首を捻り、頭を掻きながら杖をくるくる回しているその下には、期待――ではない、予想通り、黒焦げの物体Xができあがっていた。

（なぜ、選んだものが、よりによって、料理……！）

初めて会った頃、彼は自己申告していたではないか。昔自分で料理を作ったら酷評されたから、もう二度と人には出さないと誓ったと。妙にやる気を出していると言うか肩に力が入っている感じがあったから、少し嫌な予感はしていたが、まさかの選択肢である。これもセラの余計な台詞由来なのだろうか。

一度見守ると決めた以上、フローラは横でどんどん素材が原形をとどめなくなっていくのを見ている他ない。ルシアンが魔法を使った調理とやらを試みているらしいせいで、余計手出しができないのだ。

『おかしいな、私の考えではこっちの方がうまくいくはずなんだが』

そんなことを呟いているルシアンは、教本を開いて従っていたのは本当に最初の方だけ、自分の好きなように杖をふるって暗黒料理を加速させている。独断によるレシピから外れた創作――料理が苦手で失敗する人間のお手本のような行動パターンだ。魔法薬の調合と同じようなノリなのだろう。そちらは彼の天才的な魔法のセンスゆえか、レシピや教本を無視してフィーリングで突っ走っても案外うまくいったりするから、料理でも同じことができると思っているのではなかろうか。

しかし、現実は無情であった。

「とうっ」

ボンッ。

頭に手を当てて唸(うな)っていたルシアンが、閃(ひらめ)いた、これだ！　という顔になって杖を振った瞬間、小さな爆発音が起こる。既(すで)に黒焦げだった物体が弾(はじ)けて辺りに飛び散って、フローラと魔法使いに黒い染みをつける。もはやただの炭化した物体で熱さもなく、火傷(やけど)等の心配がないのはきっと不幸中の幸いという奴なのだろう。

「………」

「…………」

沈黙が場を支配する。この空気を一体どうしてくれよう。なんか、何を言っても彼のプライドを傷つける気がする。

「わ、わたしが料理を、お作りしますから！　洗濯もしますから！」

それでも懸命に、極力余計なことを言わない方向性でフローラは言葉を絞り出すが、案の定ルシアンの顔は暗い。

『私は本当に駄目な男だ……』

「ま、魔法が使えるじゃないですか！」

『それだけの奴なんだ……』

「い、いろんなことを知っていらっしゃいます！　物知りです！」

『知っているだけで役に立てられないのではな……』

「かっ——かっこいいですよ！　ま——ルシアン様は、かっこいいですよ！」

『やめてくれ、その言葉は今の私に突き刺さる』

フローラがお互いの黒い染みをタオルで拭(ぬぐ)いながらフォローしてもこの有様である。顔を押さえ、悲壮感たっぷりな様子の彼はいつになく悲観的だ。ひょっとすると最盛期（？）のフローラ以上に卑屈だ。

しばらく対応に迷っておろおろしていたフローラだったが、自分がなんとかしなければ状況が好転しない、という意識は変わらなかった。ゆっくりと近づいて、手に触れる。ぴくりとルシアンの身体が反応した。

「あの……ルシアン様。わたしはあなたが料理を作れなくても、嫌いになったりなんか、しませんよ？」

『今はそうでも……いつかは違うかもしれないじゃないか』

はっと息を呑んだフローラの前で、彼は小さく言葉を続ける。

『怖いんだ。今がとても幸せで、だけどそれを失いかけたことが頭から離れなくて――時折どうしようもなく、不安になるんだ』

フローラはようやく理解した。彼がどうして急に無謀なことを言い出したのか。一体、何にそんなに焦っていたのか。

(ああ、そうか。きっと本当に、以前までのわたしと一緒なんだ)

「ルシアン様」

フローラがもう一度呼びかけると、彼は手を下ろし、うつむいていた顔を上げた。揺れている深緑色の瞳を、琥珀色の瞳がしっかり見据える。彼女の手は彼の手に重なり、小さな温もりを伝えている。

「どう、お伝えすれば届くのでしょう？　わたしも、幸せなんです。だからこそ不安になる気持ちも、わかります。でも……今、本当に幸せだから、あの――」

彼女が言葉を選んで一瞬視線を下げると、つられるようにルシアンも目線を落とした。再び彼女が彼の顔に目を戻しても、あちらはなかなか戻ってこない。

それが、少しだけフローラを大胆にさせた。

もう一歩近づいて、背伸びする。触れたのは一瞬。完全に油断していたのだろうルシアンが、飛び跳ねて頬を押さえ、信じられない顔で少女を見つめる。フローラははにかんだ顔で、けれど彼に微笑(ほほえ)みを返した。

「……わたしの気持ちです。わかっていただけましたか？」

ぱくぱくと陸に上げられた魚のように口を開いては閉じてをしていたルシアンだったが、フローラが恥ずかしさから逃げるように背を向けようとすると硬直から立ち直り、素早く手を捕まえた。フローラも捕まえられると強いては抵抗しようとしない。そのまま二人は静止する。

「――フローラ」

やがて、少しかすれた彼の声が焦れたように、あるいは促すように唇から漏れた。

「こっちを向いて」

声で懇願されると、彼女はあっさり従う。自覚のない恋心をほんのり胸のうちに育てていた頃からずっと待ちわびていたそれは、彼の使うどんな魔法より魅力的な呪文だ。

そのまま引き寄せるように彼女の背中に腕を回したルシアンが、一度動きを止める。

「キスしても、いいか？」

至近距離で問われ、ほんのり赤みを帯びていたフローラの顔が真っ赤に変わった。けれどそれはルシアンの方も大差ない。彼は情熱を帯びた目で、返答を待っている。

「――はい」

消え入りそうな声で返事をして、目を閉じる。すると待ちきれないとでも言うように、彼が覆い被さってきた。

唇を重ね合わせる。何度も、何度も、飽きることもなく。背中に回された手が腰の辺りに下りていき、両手でしっかり彼女の感触を確かめて離さない。自然とフローラも請うように、いつの間にか魔法使いの首に手を回していた。

(不安が消えた訳じゃない。できないことも、心配なことも、たくさんある。それでも――)

今この瞬間、とても幸せで。この先もずっと彼と一緒にいたいと思う気持ちが揺るがなければ、きっとどんな困難だって乗り越えていける。

フローラがこの温かい思いが伝われとばかりに身を寄せると、彼は優しく、けれど確かな力でもってそれに応えた。

あとがき

はじめまして。鳴田（なるた）るなと申します。人生ではじめて自分からやりたいと思って始めたことが執筆活動でした。こうして夢が一つ叶ってとても嬉しいです。どんな形であれ、細々書き続けていければなあと思います。

さて、本作はWebで連載していた完結作の書籍化作品になります。大体が不憫（ふびん）ヒロイン萌えと筆談ヒーロー萌えでできています。結婚式に「異議あり」のプラカード（違う）を掲げて乗り込んでくるシーンがどうしても書きたかったのでねじこみました。フローラがいちいち花嫁衣装になるのはそのせいです。趣味です。緊迫したシーンなのに絵面は割とシュールなのが好きです。魔法使いが自己主張している間は待っててくれるディアーブルさんって実はすごくいい人なのでは（迷推理）。

ちなみに修正開始時点で元の文が約十五万字、ちょっと多いから削るぞと意気込んで大体十六万字程度に収まりました。ははは こやつめ、なぜ増えた。

ともあれ、既にお読みの方も今回初めての方も楽しんでいただける仕上がりになっているはずですので、ぜひぜひ何とぞご一読の程を。結構変わってる所もあるよ！

長々語っても余計な事しか言わないので、お世話になった方々にお礼を。

まずはこの本を手に取って今この文章を読んでいる皆様、誠にありがとうございます。最後まで読んでいただけると更に嬉しいです。

Web版の応援をしてくださった皆様、本当にありがとうございます。読者の方々の、面白い！　続けて！　という声がなければここまで来られませんでした。諸先輩方、創作仲間にも頭が上がりません。この先もご恩返しが……できるといいですね！

担当様。度々ご迷惑をおかけして本当に申し訳ございませんでした。いつもお世話になっております。最後までお付き合いいただき本当にありがとうございました。魔法使いのかっこいいシーンがWeb版より増えているとしたら間違いなく担当様のおかげです。そういえばこの男ハイスペックなイケメンだった。忘れてた。

イラスト担当の藤未都也（ふじみつや）先生。素敵なイラスト、本当に本当にありがとうございます！　担当していただけると聞いた時、嬉しすぎて信じられませんでした。ピンナップの風景は、せっかくなので後日談の短編にさせていただいています。しかし欲を言うと、ちょっとだけディアーブルさんのカラーに未練が、いやなんでもありません。

最後になりますが、出版に関わってくださった全ての方々にありったけの感謝を。

素敵な作品になっているので、少しでも多くの人に楽しんでいただけますように！

鳴田るな

IRIS NEO

『虫かぶり姫』

著：由唯　イラスト：椎名咲月

クリストファー王子の名ばかりの婚約者として過ごしてきた本好きの侯爵令嬢エリアーナ。彼女はある日、最近王子との仲が噂されている令嬢と王子が楽しげにしているところを目撃してしまった！　ついに王子に愛する女性が現れたのだと知ったエリアーナは、王子との婚約が解消されると思っていたけれど……。事態は思わぬ方向へと突き進み!?　本好き令嬢の勘違いラブファンタジーが、WEB掲載作品を大幅加筆修正＆書き下ろし中編を収録して書籍化!!

訳ありわけ魔法使まほうつかいと逃亡中とうぼうちゅうの花嫁はなよめ

2018年7月5日　初版発行

初出……「訳あり魔法使いと逃亡中の花嫁」
小説投稿サイト「小説家になろう」で掲載

著者　鳴田るな

イラスト　藤 未都也

発行者　原田 修

発行所　株式会社一迅社
〒160-0022 東京都新宿区新宿2-5-10 成信ビル8F
電話　03-5312-7432（編集）
電話　03-5312-6150（販売）
発売元：株式会社講談社（講談社・一迅社）

印刷所・製本　大日本印刷株式会社
ＤＴＰ　株式会社三協美術

装幀　小菅ひとみ（CoCo.Design）

ISBN978-4-7580-9085-8

おたよりの宛て先
〒160-0022 東京都新宿区新宿2-5-10 成信ビル8F
株式会社一迅社　ノベル編集部
鳴田なるたるな 先生・藤ふじ 未都也みつや 先生